Für Norbert

Harry Robson

Das Mädchen da oben auf der Treppe.... werde ich heiraten!

Biografischer Roman

Impressum

© 2019 Harry Robson

1. Auflage Umschlaggestaltung, Illustration: Harry Robson
Verlag und Druck: tredition GmbH, Halenreie 40-44, 22359 Hamburg

ISBN Taschenbuch: 978-3-347-17871-7

ISBN Hardcover: 978-3-347-17872-4

ISBN e-Book: 978-3—347-17873-1

Das Werk, einschließlich seiner Teile, ist urheberrechtlich geschützt. Jede Verwertung ist ohne Zustimmung des Verlages und des Autors unzulässig. Dies gilt insbesondere für die elektronische oder sonstige Vervielfältigung, Übersetzung, Verbreitung und öffentliche Zugänglichmachung.

Bibliografische Information der Deutschen Nationalbibliothek: Die Deutsche Nationalbibliothek verzeichnet diese Publikation in der Deutschen Nationalbibliografie; detaillierte bibliografische Daten sind im Internet über http://dnb.d-nb.de abrufbar.

1. Kapitel

Claus starrte mich verständnislos an. „Kennst Du die etwa?" „Nein, leider nicht, aber ich werde sie auf jeden Fall heiraten." Darauf lachte er nur und meinte, dass mit mir irgendetwas nicht in Ordnung sei.

Wir beide standen auf dem Schulhof der Berufsschule in Bergheim. Es war August 1967, unser erster Schultag. Etwa 150 Jugendliche zwischen 14 und 17 Jahren standen dort. Wir beide hatten eine Lehre als Großhandelskaufmann begonnen. Allerdings bei unterschiedlichen Lehrherren. Von der Realschule her kannten wir uns, hatten die „mittlere Reife" mit Ach und Krach geschafft.

Eigentlich wollte ich Reisebürokaufmann werden. Leider war nur in Köln eine entsprechende Lehrstelle zu finden und das hätte bedeutet: Morgens um 06:45 h mit dem Zug nach Köln, abends gegen 20:30 h wieder zu Hause. Nun bekam ich kein Taschengeld und von meiner Lehrlingsvergütung durfte ich nur den Fahrtkostenanteil behalten. Der Rest musste abgeliefert werden. Also hatte ich mir mit 14 einen lukrativen Nebenjob verschafft: Kegeljunge. Während meiner Schulzeit hatte ich bis zu 5 Kegelvereine unter Vertrag, die teilweise auch nachmittags zu Gange waren. Außerdem fanden sonntags oft Kegelwettbewerbe statt, bei denen ich gerne den Kegeljungen machte. Damit kam ich auf bis zu 200 DM im Monat und wenn ich in Köln arbeiten wollte, kam ich nie und nimmer so zu Hause an, dass ich um 20:00 h auf der Kegelbahn war. Die Abendvereine waren die finanziell attraktivsten. Schließlich musste ich wegen der Lehre schon meine Nachmittagsvereine opfern. Reisebürokaufmann ging also gar nicht.

„Sie", die unbekannte Schöne, stand mutterseelenalleine direkt vor dem Schuleingang. Frech schaute sie von der Treppe auf die Schulanfänger herab, mit einem Gesichtsausdruck: Macht endlich auf, ich will hier rein! Sie trug eine Collegemappe unter dem Arm, einen kamelhaarfarbenen Mantel und eine Kurzhaarfrisur, die man damals wohl als „Rattenkopf" bezeichnete.

Sie gefiel mir ungemein. Ich war 17 und hatte bisher nie eine Freundin gehabt. Ich war zwar schon mal mit einem Mädchen Eis essen oder spazieren, aber mehr war da noch nie. Naja, das stimmt nicht ganz: Mit Dagmar war ich einmal im Wald spazieren und wir hatten uns zum Ausruhen auf eine Wiese gelegt. Plötzlich küsste sie mich und erklärte mir anschließend: Nun bekomme ich ein Kind von dir! Noch nie hatte mich ein Mädchen geküsst und mir war die Sache sehr unangenehm. Die feuchten Lippen auf meinem Mund und ihr Versuch, die Zunge in meinen Mund hineinzuschieben, waren mir mehr als peinlich.

Am Abend befragte ich meinen besten Freund Hans, was er davon hielt. Hans war ein Jahr älter als ich und hatte eine Schwester, war also mit dem anderen Geschlecht besser vertraut als ich. Nein, meinte er, vom Küssen wird man nicht schwanger. Ich habe meine Schwester schon oft beobachtet und da müsste sie jetzt schon einige Kinder haben, mach dir keine Sorgen. Sein Rat war Gesetz. Ich beschloss in Zukunft einen Bogen um Dagmar zu machen, so ganz geheuer war mir bei der Kussgeschichte nicht.

Endlich erschien der Schulleiter auf der Treppe und verlas die Namen der Schüler mit den dazugehörigen Klassennummern. Ich hielt es für eine schicksalhafte Fügung, dass die Unbekannte mit mir in eine Klasse kam. Schnell wusste ich, dass sie Romika hieß und bei einem Notar lernte. Da es in Bergheim nur einen Notar mit Lehrling gab, wurde sie bei den Kaufleuten eingeschult.

Nach den einleitenden Worten des Direktors wurde uns der Klassenlehrer vorgestellt und die üblichen Anweisungen, was Bücher, Stundenplan, Schulzeiten etc. betraf, verlesen. Dann durften wir den Klassenraum wieder verlassen. Aber auf dem Schulhof konnte ich sie nicht finden, obwohl ich überall nach ihr suchte. Ich ging dann zu meiner Lehrstelle, wissend, dass ich sie beim Schulbeginn wiedersehen würde.

Genau das passierte auch und sie erschien mir noch begehrenswerter als am ersten Schultag. In den Pausen hielt sie sich immer bei den anderen Mädels auf, da war also kein herankommen. Außerdem war ich sehr schüchtern und hätte bei einer Ansprache in Anwesenheit von anderen wahrscheinlich kein Wort herausbekommen. Immerhin hatte ich herausgefunden, wo der Notar sein Büro hatte und auch, wie die Arbeitszeiten waren. Um 17:30 h hatte ich Feierabend, der Notar schloss um 18:00 h. Es waren ca. 20 Minuten zu laufen und so hielt ich mich dann eines Tages gegen 18:00 h vor dem Notar auf und als sie herauskam, wollte ich sie dann endlich ansprechen. So nach dem Motto: Hallo, das ist ja ein Zufall, dass ich ausgerechnet jetzt hier vorbeikomme. Leider stieg sie sofort in einen schwarzen Mercedes ein und der verschwand mit ihr.

Es war ein Mercedes, Baujahr 1953, das hatte ich sofort erkannt. Und noch etwas war mir aufgefallen, was ich kaum glauben konnte. Mein Vater war neben seinen verschiedenen Tätigkeiten als Busfahrer auch Chef-Fahrer bei einem Direktor, dem ein schwarzer Mercedes gehörte. Dieser Mercedes hatte die Nummer SU-D 450. Etwa um 1960 wurde der Wagen dann verkauft. Der tauchte nun hier direkt hier vor mir auf und fuhr mit meiner Angebetenen davon. Wenn das keine Fügung des Schicksals war.

Beim nächsten „Date" kam ich mit dem Fahrrad und fuhr dann dem Mercedes hinterher. Offensichtlich saß die Mutter am Steuer, was mich total beruhigte. Hätte ja auch irgendein Typ sein können. So fand ich heraus, wo sie wohnte. Aber viel weiter war ich damit auch nicht.

Das Schicksal half mir erneut: Ich hatte auf der Realschule Schreibmaschine und Steno gehabt, es darin aber nie zu meisterlichen Fähigkeiten gebracht. Mein Lehrherr fand das ganz schnell heraus und meldete mich auf seine Kosten in einer privaten Handelsschule an. Als ich den Klassenraum betrat, sah ich zu meiner Überraschung, dass Romika ebenfalls dort angemeldet war, um Schreibmaschine und Steno zu lernen.

Nun war es für mich von Vorteil, dass wir beide uns ja von der Berufsschule her kannten, von den anderen Schülern kannten wir niemanden. So nach und nach kamen wir ins Gespräch und verabredeten uns für einen Sonntagnachmittag, 15:00 h, an der Straßenbahnhaltestelle. Sie erklärte mir direkt, dass sie einen sehr strengen Vater habe und auf jeden Fall um 18:00 h wieder zu Hause sein müsse. Außerdem dürften wir uns nicht in Bergheim bewegen, denn ihr Vater würde das halbe Dorf kennen und wenn irgendjemand sie mit einem Jungen sah, würde das riesigen Ärger geben.

Der Sonntagnachmittag kam, und sie war pünktlich zur Stelle. Sie trug ein blaues Etuikleid mit weißem Kragen und ließ auch einiges vom Bein sehen. 1967 war die Zeit des Minirocks. Sie hatte ein sehr hübsches Gesicht, wundervolle Beine und auch eine ansprechende Oberweite. Ich war hin und weg. Wir dackelten also den Rhein entlang dann über die Felder, an der Siegmündung vorbei bis Mondorf und wieder zurück. Letztendlich landeten wir dann rechtzeitig an der Straßenbahn, von wo sie mit dem Bus nach Hause fuhr.

Zum ersten Mal in meinem Leben hatte ich mich verliebt!

Wir sahen und nun mehrmals die Woche: 2-mal Berufsschule und 2-mal Steno. Wir freundeten uns an.

2. Kapitel

Leider war ihr Vater sehr restriktiv, was Romikas Freizeit anging. Richtige Treffen außerhalb der Schulzeiten gab es leider nicht und Romika war klar, dass ihr Vater uns und vor allem mich, „kaputt" machen würde, wenn das herauskäme. Es war wohl in dieser Zeit die größte Angst aller Eltern, dass die Töchter frühzeitig Spaß am Sex haben würden um dann, vor allem ungewollt, schwanger zu werden.

Ich verfiel auf eine kleine List: Aus den Gesprächen wusste ich, dass Samstagnachmittag immer der Zeitungsjunge kam, um die Fernsehzeitung zu bringen. Wo sie wohnte wusste ich ja und so lauerte ich in der Nähe von Romikas Zuhause dem Zeitungsjungen auf und überredete ihn, mir für eine Weile sein Rad mit den Zeitungen zu überlassen. Dafür bekam er mein Rad als Pfand und 5,00 DM, was damals dem Gegenwert von 10 Kölsch entsprach.

Dann fuhr ich als Zeitungsjunge zu Romika, klingelte und wartete ab. Romika, die natürlich von allem nix wusste, öffnete die Tür, wurde puterrot und stammelte: Was willst du denn hier? Zwischenzeitlich war auch die Mutter an der Türe erschienen und fragte: Haben wir einen neuen Zeitungsjungen? Ich erklärte, dass ich nur Vertretung machen würde und völlig von den Socken sei, dass Romika hier wohnt. Wir würden uns aus der Berufsschule kennen und das sei hier ein wirklicher Zufall, das könne man ja kaum glauben!

Romikas Mutter war ganz angetan und lud mich zu einem Glas Limonade ein. So war ich das erste Mal bei ihr Zuhause und lernte alle Familienmitglieder kennen, soweit sie anwesend waren. Insgesamt gab es 7 Geschwister. Der Vater grummelte nur was vor sich hin und sofort war ich für ihn schon wieder vergessen.

Die Mutter hingegen ahnte wohl, dass dieser Zufall nicht so ganz zufällig war und unterzog mich einem Verhör, betreffend Familie, Berufsaussichten und so weiter. Letztendlich erklärte sie, dass sie nichts dagegen habe, wenn sich Romika mit mir treffen würde. Das Eis war gebrochen! Ich verabschiedete mich, dankte für die Limo und brachte dem Zeitungsjungen sein Fahrrad zurück.

Ich war einfach nur glücklich und wieder zu Hause, erzählte ich meiner Mutter davon. Nachdem ich meine Schilderung der Ereignisse beendet hatte, machte sie ein nachdenkliches Gesicht und sagte mir, dass sei gar nicht gut. Ich erwiderte: „Du musst sie erst mal kennenlernen, dann wirst Du schon sehen!" Aber meine Mutter meinte, das Problem hing mit dem Ort zusammen, in dem Romika wohnte.

Dazu muss ich etwas weiter ausholen. Meine Mutter war Kölnerin und hatte 2 Geschwister. Ihr Vater hatte eine große Fleischerei in Köln, die im Krieg ausgebombt worden war. Leider war der Vater in den letzten Kriegstagen eingezogen worden und wurde sofort vom Feind erschossen. Die Restfamilie, Mutter und 3 Kinder, zogen dann nach Müllekoven, einem Nachbarort von Bergheim.

Mein Vater hingegen stammte aus Schlesien. Seine Familie, 12 Kinder und die Eltern, gehörten zu den Flüchtlingen/Vertriebenen des 2. Weltkrieges. Das Deutsche Rote Kreuz führte die Familie in Bergheim zusammen. Nach und nach kamen auch die Söhne aus der Kriegsgefangenschaft zurück. Mein Vater war bei den Amerikanern inhaftiert.

Bei den Bergheimern waren die „Neubürger" nicht sehr willkommen. Damals nannte man sie „Polacken", da für den Rheinländer Polen und Schlesien dasselbe war. Die „Polacken" wurden in der Regel irgendwo zwangseinquartiert, einfach da, wo gerade Platz war. Das führte natürlich zu Reibereien. Niemand wollte seinen Wohnraum mit den Polacken teilen. Außerdem, und das war wohl das Hauptproblem, drängten die jungen Männer auf den Heiratsmarkt und buhlten um die jungen Mädels. Diese wiederum waren an den fremdländisch anmutenden, jungen Männern sehr interessiert, hatten genug von den örtlichen Bauerntölpeln und das führte, gerade am Wochenende beim Tanzvergnügen, zu massiven Schlägereien, bei denen wohl oft ein Messer gezückt wurde. Romikas Vater gehörte wohl zu den ganz schlimmen Fingern, genauso wie mein Vater.

Es waren also Schwierigkeiten zu erwarten und als meine Mutter dem Vater über meine Eroberung berichtete, war auch gleich der Teufel los. „Dreckige Messerstecher" war noch das Harmloseste, was da geschrien wurde. Nie im Leben würde ein Mädel aus dieser Sippe einen Fuß über seine Schwelle setzen.

Romikas Vater war wohl zwischenzeitlich aus seiner Lethargie erwacht und verlangte Auskunft über den neuen Zeitungsjungen, den man mit „seiner Limonade" bewirtet hatte. Die Mutter übernahm die „Moderation" und das Ganze endete mit „lebenslangem Stubenarrest" für Romika. Nie wieder wolle er den Sohn des schlimmsten Messerstechers aller Zeiten wiedersehen. Im Gegenteil: Sobald er wisse, wo die Familie wohnt, würde er höchstpersönlich dort auflaufen und alle platt machen.

Damals wusste ich noch nicht, dass Romikas Vater, besonders am Wochenende, durchgängig alkoholisiert war und meist schon am nächsten Tag nicht mehr wusste, was Sache war.

Unsere weiteren Zusammenkünfte gestalteten sich also schwierig und forderten jede Menge Erfindungsreichtum, was Ausreden für häusliche Abwesenheit betraf. Wir ließen uns davon aber nicht den Wind aus den Segeln nehmen, trafen uns heimlich nach der Arbeit auf dem Friedhof, der ganz in der Nähe von Romikas Elternhaus lag und gingen auch mal in die Nachmittagsvorstellung ins Kino. Irgendeine von Romikas Freundinnen gab dann das passende Alibi ab. Irgendwann durfte ich Romika auch mal mit nach Hause nehmen, als der Vater nicht da war. Mutter war ganz angetan von dem Mädel und versprach, uns zu helfen, wo immer möglich.

Nach einiger Zeit wurde ich dann offiziell sonntags zum Mittagessen bei Romika eingeladen. Natürlich hatte ich mich chic gemacht und Blumen dabei. Der Vater hingegen war auf dem Frühschoppen und tauchte statt um 13:00 h um 14:30 h auf, sternhagelvoll. Der Braten war zermatscht, die Kartoffeln ungenießbar und die Stimmung im Keller. Einzig positiv war, dass ich Romikas Mutter beim Kochen zusehen durfte. Mir fiel auf, dass alle Messer stumpf waren und so gut wie nichts mehr schnitten. Beim nächsten Besuch brachte ich einen vernünftigen Schleifstein mit und schärfte alle Messer. Das hinterließ einen bleibenden Eindruck!

Nach dem 1. Lehrjahr musste Romika ganztags nach Köln auf die Berufsschule, da es dort eine Klasse für Rechtsanwalts- und Notargehilfen gab. Da der Stenokurs genau auf den Berufsschultag fiel, wurde der abgesagt und dadurch sahen wir uns gar nicht mehr. Telefonieren war schwierig. Wir hatten kein Telefon, ich musste also immer zum Telefonhäuschen laufen. Ich konnte aber auch nicht so ohne weiteres bei Romika anrufen, denn ihr Vater war fest davon überzeugt, dass das Telefon durch das Telefonieren ganz schnell kaputt gehen würde. Wenn er also zu Hause war, ging immer er ans Telefon und legte sofort auf, wenn es nicht für ihn war. Tagsüber von der Firma aus telefonieren war gar nicht möglich. Es war streng untersagt, das Firmentelefon für private Gespräche zu benutzen. Völlig egal, ob aktiv oder passiv.

Deshalb musste irgendwie mein Vater weichgekocht werden. Ich erklärte einfach, dass mein Mädchen zwar aus Müllekoven käme, aber mit dem „Messerstecher" aus Nachkriegszeiten nichts zu tun habe. Das sei nämlich der jüngere Bruder gewesen. Romikas Vater war 1947 schon deutlich über 30 und friedlich gewesen. Mein Vater hat es geglaubt und Romika durfte zum Grillen kommen. Sie gefiel ihm unheimlich gut und das Thema Bergheimer Messerstecher war vergessen. Wir durften uns also nun auch offiziell treffen.

3. Kapitel.

Unser Verhältnis war nach wie vor freundschaftlich. Händchenhalten, bisschen herumfummeln, erzählen, mehr war nicht. Küssen war nach dem Erlebnis mit Dagmar nun auch nichts, wohin mein Streben ging. Aber generell wollte ich schon mehr über die Weiblichkeit, das Geheimnis zwischen Mann und Frau, erfahren. Wir sprachen beide darüber und kamen zu dem Ergebnis: „Es zu tun". Eine Ahnung, was wirklich zu tun war, hatte ich nicht.

Im Universallexikon zu Hause suchte ich alles ab, was mir weiterhelfen konnte und tatsächlich fand ich eine kleine Zeichnung der Vagina. Diese, so wurde erklärt, sei im Startbereich mit einer Klitoris, auch Kitzler genannt, ausgestattet. Wenn nun der Mann seine Eichel in die Nähe davon brachte, so würde der Kitzler den Penis so lange kitzeln, bis es ihm kam. Das Ganze machte Sinn, denn bei der Selbstbefriedigung ging es ja schließlich auch darum, die Eichel so zu reizen, bis es kam. Also hatte ich mit Logik ein schwieriges Problem gelöst. Dass das nicht ganz richtig war, erfuhr ich dann später. Sehr zufrieden mit meinen Forschungsergebnissen machte ich mich daran, das „Event" zu planen.

Wir hatten uns schon einige Male im Wald getroffen und eine versteckte Bank gefunden, auf der wir händchenhaltend über „Gott und die Welt" sprachen. Hier sollte „Es" stattfinden. Wir trafen uns in der Mittagspause. Ich setzte mich auf die Bank, zog meine Hose inklusive Unterhose herunter, Romika zog ihren Slip aus und den Rock hoch und setzte sich auf meinen Penis. Prima dachte ich, jetzt geht's los. Leider passierte gar nichts!

Der Kitzler kitzelte nicht. Ich erklärte Romika, sie war übrigens 15, was ich erwartete und sie meinte, einen Kitzler habe sie schon, aber warum der jetzt nichts machte, sei ihr nicht klar. Wir zogen uns also wieder an und gingen zurück ins Büro.

Der Vorfall ließ mich jedoch nicht ruhen und bei nächster Gelegenheit setzte ich mich wieder mit dem Lexikon auseinander, konnte aber nichts Neues entdecken. Hier fehlte mein Freund Hans, der solche Dinge sicherlich bis ins Detail erklären konnte. Leider war Hans inzwischen bei der Bundesmarine, Wehrdienst leisten. Also musste des Rätsels Lösung warten, bis er wieder Heimaturlaub hatte.

Irgendwann war er wieder im Lande und ich fragte, ob er mir erklären könne, warum der Kitzler bei Romika nicht richtig arbeitete. Er konnte sich vor Lachen kaum noch halten und nachdem er sich wieder beruhigt hatte, erklärte er mir in allen Einzelheiten, was genau zu tun war. Was soll ich sagen: Beim 2. Versuch hielt ich mich genau an seine Anweisungen und der Erfolg war nicht zu übersehen. Auch Romika schien begeistert und von da an machten wir es, so oft es ging.

Ab und an trafen wir uns sonntags in einer Diskothek. Das war damals nicht so ein Glitzertempel, in der die Lightshow einen zum Erblinden brachte, sondern eine ehemalige Kneipe. Hier hatte man den Raum, in dem normalerweise Hochzeiten und Beerdigungen stattfanden, komplett schwarz gestrichen und einige, winzige Lämpchen aufgehängt. An der Stirnseite thronte der Diskjockey, mit zwei Plattenspielern bewaffnet. Die Lautstärke war durchaus vertretbar, aber wenn die Bude voll war, und das ging ganz schnell, herrschte Saunatemperatur, die einem den Schweiß aus den Poren trieb. Da das Publikum aus Teenies bestand, öffnete man schon um 15:00 h. Ab 19:00 h war schon das Meiste gelaufen. Die herrschende Dunkelheit verführte natürlich dazu, an den Mädels herumzugrabschen und sich auf diverse Kussabenteuer einzulassen. Musik: Bee Gees, Beatles, Cliff Richard, Stones, Spencer Davies, Kinks usw. Es war einfach richtig schön.

4. Kapitel

Irgendwann im Frühjahr 1969 meinte Hans, dass er gerne im Sommer in Österreich den Urlaub verbringen möchte. Seine Schwester und ihr Freund würden mitfahren und wenn ich auch mitkäme, wäre das eine feine Sache. Ziel war der kleine Ort Ledenitzen am Faaker See. Dort sei er als Kind mit den Eltern gewesen, es sei wunderschön und auch sehr preiswert.

Gerne wollte ich mitfahren, sehr gerne sogar. Ich war noch nie irgendwo im Urlaub gewesen und an mir lag es bestimmt nicht. Die Klippe, die es zu umschiffen galt, war mein Vater. Obwohl ich 19 war, behandelte er mich immer noch wie seinen Leibeigenen. Ich sprach mit meiner Mutter darüber und sie meinte, frage einfach, mal sehen was passiert. Was passieren würde, wusste ich schon vorher. „Was, Du willst in Urlaub fahren? Du bist 19 Jahre alt, hast im Leben noch nichts geleistet, liegst uns nur auf der Tasche und Du willst in Urlaub fahren? In Deinem Alter hatte ich den Krieg und die Kriegsgefangenhaft hinter mich gebracht, geheiratet und gearbeitet. Hatten Deine Mutter und ich jemals Urlaub?"

Es war sinnlos. Einige Zeit später sagte Mutter, „Du kannst fahren, aber sprich bloß nicht mit ihm darüber." OK, mir fiel der berühmte Stein vom Herzen. Als Hans das nächste Mal kam, sagte ich zu. Sofort begann das Pläne schmieden. Was uns fehlte, war ein Zelt und Luftmatratzen. Romika hatte ein Zelt, das wusste ich. Bei nächster Gelegenheit fragte ich nach, ob ich das Zelt leihen könne. Naja, das Zelt stand den ganzen Sommer im Garten und die kleineren Geschwister spielten den ganzen Tag im und um das Zelt herum. Eigentlich war es ziemlich ramponiert. Außerdem ließ es sich vorn am Eingang nicht verschließen. Aber ein neues Zelt zu kaufen, war uns finanziell nicht möglich. Damals kosteten die Dinger ein kleines Vermögen. Ich musste also bei Romikas Mutter Überzeugungsarbeit leisten, damit wir das Zelt bekamen. Eine Luftmatratze bekam ich auch und Hans konnte eine bei einem Kameraden leihen.

Der Tag der Abreise rückte näher und als Hans mit dem Auto bei uns vorfuhr, mich und meine Habseligkeiten einzuladen, stockte mir der Atem. Es war der Mercedes SU-D 450, den ich noch vor einem Jahr bei Romikas Eltern gesehen hatte. Die hatten den Wagen gegen ein anderes Modell in Zahlung gegeben und Hans hatte ihn dann in Köln, bei einem anderen Händler, entdeckt und gekauft. Gut, dass Vater nicht zu Hause war. „Sein Mercedes" als Urlaubsgefährt für ein paar Halbstarke. Ein Tobsuchtsanfall wäre das Mindeste gewesen.

Die Schwester, Heidi, und ihr Freund hatten es sich auf der Rücksitzbank gemütlich gemacht, ich war der Beifahrer. Noch nie hatte ich eine größere Strecke auf diesem Platz zurückgelegt. Waren Familienfahrten angesagt, musste ich immer hinten sitzen. Bei einem FIAT 500 war es dann das Problem, dass ich meine Beine so zusammenfaltete, dass man die Türe schließen konnte.

Natürlich war ich aufgeregt. Es sind rund 1.000 Kilometer bis Kärnten und Hans rechnete mit 14 – 16 Stunden Fahrzeit. Die musste er alleine leisten, denn Heidi und ich besaßen keinen Führerschein. Der Freund hatte seinen Führerschein erst ganz kurz und wollte nicht mit dem dicken Wagen fahren. Am Frankfurter Kreuz: Stau. Wenn ich heute über die A3 Richtung Süden fahre, Frankfurter Kreuz: Stau. Es gibt Dinge, die ändern sich nie.

Alles in Allem kamen wir gut voran, der nächste Knackpunkt war München. Man musste quer durch die Innenstadt fahren, um auf die Autobahn München-Salzburg zu kommen. Eine direkte Verbindung gab es noch nicht. Das war nicht nur nerven-, sondern auch zeitraubend. Aber irgendwie gelang das auch und nun sah ich zum ersten Mal in meinem Leben Berge, die größer waren als Drachenfels und Ölberg. Viel grösser. Sehr viel grösser. Später sogar mit Schnee obenauf und das im August.

Wir fuhren Richtung Hohe Tauern, wir wollten über die Katschbergverladung nach Kärnten. Den Tauerntunnel gab es damals noch nicht. Die Autos mussten auf einen Eisenbahnanhänger fahren, ähnlich denen wie bei einem Autoreisezug. Allerdings blieben die Reisenden im Auto sitzen. Nachdem die Anhänger voll beladen waren, fuhr der Zug durch den stockdunklen Katschbergtunnel und kam dann im Süden, im strahlenden Sonnenschein, wieder aus dem Berg hinaus. Ich war fasziniert. So hatte ich mir das nicht vorgestellt, und als wir den Verladebahnhof verlassen hatten, fuhren wir Richtung Spittal/Drau.

Eine so steile Abfahrt hatte ich im Leben noch nicht gesehen. Mir war angst und bange. Das Gefälle betrug bis zu 15 %, und wir verloren fast 1.000 Höhenmeter. Der Wagen, Leergewicht über eine Tonne, knarrte und knackte, ich erwartete jeden Moment, dass die Bremsen versagten und wir mit Karacho, die ganzen Serpentinen abschneidend, den Berg herunterkrachten. Glücklicherweise geschah nichts davon. Hans hatte auch keine Höhenangst und fand das Ganze völlig normal. Er blieb völlig cool, würde man heute sagen. Irgendwann waren wir im Drautal angekommen und Hans fand zielsicher Ledenitzen, unseren Urlaubsort.

5. Kapitel

Wir waren auf einem Bauernhof zu Gast, auf dem Hans Eltern schon etliche Male Urlaub gemacht hatten. Sie hatten jeweils zwei Zimmer gemietet, eins für die Eltern, eins für die Kinder. Es gab eine zentrale Toilette, und man konnte die Küche fürs Frühstück mitbenutzen. Wir bekamen einen Platz auf der Hofwiese, Toilette und Küche durften wir mitbenutzen. Der Preis für den Zeltplatz lag bei 50 Pfennig pro Tag. Wir taten uns schwer mit dem Aufbau des Zeltes. Heringe fehlten, Befestigungsschlaufen waren ausgerissen, es war ein trauriger Anblick. Meine Luftmatratze verlor genauso schnell die Luft, wie ich sie reinpustete. Einen Blasebalg besaßen wir nicht. Keiner von uns hatte je auf einer Luftmatratze geschlafen. In den nächsten Tagen gelang es uns dann, die Matratze zu flicken und einen Blasebalg trieben wir auch auf.

Weniger schön war die Tatsache, dass wir das Zelt nicht verschließen konnten. Mit ein paar Wäscheklammern, so dachte ich, wäre das Problem gelöst, aber es gab Millionen von Insekten, die auf der Wiese lebten, die sich nicht um die Klammern kümmerten. Offensichtich war man auf Insektenseite der Meinung, dass es sich bei uns um ein Geschenk des Bauern handelte, denn wir wurden von Besuchern überschüttet. Ameisen, Ohrwürmer, Mücken, Spinnen und allerlei Getier, das ich nicht kannte, strebte in unser Zelt. Jeden Morgen mussten wir es komplett ausräumen und mit einem Besen alles rauskehren. Eine der ganz wichtigen Tatsachen, die ich auf diesem Urlaub gelernt habe: Fahre nie in Urlaub, wenn du dir kein vernünftiges Bett leisten kannst. Daran habe ich mich mein ganzes Leben lang gehalten.

Aber das war auch der einzige Wermutstropfen. Direkt neben dem Bauernhof lag der Dorfgasthof, der auch Gäste beherbergte. Man konnte dort Kleinigkeiten essen und Bier trinken. Hans war mit den Wirtsleuten gut bekannt. Wenn Bedarf bestand, wurden wir mit Eimern und Schütten ausgestattet. Wir gingen dann in den Wald, Blaubeeren sammeln. Es war unvorstellbar, wieviel Blaubeeren es in unmittelbarer Nähe des Gasthofes gab. Mit der Schütte, eine Art riesiger Kamm, ging man durch die Büsche, die Früchte sammelten sich obenauf und wurden dann in den Eimer geschüttet. Nach etwa einer Stunde waren die zwei Eimer voll. Zum Lohn gab es Blaubeerpfannkuchen und ein Bier. Wichtig war, dass man den Blaubeerpfannkuchen nach dem Bier genoss. Die umgekehrte Reihenfolge sorgte dann in den Gedärmen von Hans für ein ungeahntes Chaos.

Des Weiteren gab es einen SPAR-Laden und ein Restaurant, in dem wir meist essen gingen. Hier konnte man preiswert essen und das Tagesmenü lag mit einem großen Bier um die 1,50 DM.

Highlight des Ganzen war natürlich der Faaker See, ca. 3 - 4 km entfernt. Wenn wir morgens gefrühstückt hatten, ich holte immer vier paar Wiener und vier Semmeln im SPAR-Laden, fuhren wir mit dem Mercedes zum Strand. Jetzt waren wir keine Halbstarken mehr, sondern zwei gut aussehende, junge Männer, die Mercedes fuhren. (☺) Ausschließlich Deutsche bevölkerten den Strand, die meisten aus NRW. Einige Campingplätze existieren in der näheren Umgebung, sowie Hotels, Pensionen und Privatzimmer.

Wir schwammen meist auf die kleine, mitten im See gelegene Insel, fuhren Tretboot, spielten Tischtennis, lagen in der Sonne und tranken auch schon mal ein Villacher. Ich genoss das freie, völlig unbeaufsichtigte Leben. Kein Vater, der einem das Leben schwermachte, kein Chef, keine besoffenen Kegelbrüder. Ich war endlich frei.

Heidi und ihr Freund sind dann per Anhalter nach Venedig weitergefahren. Wir waren nun alleine und freundeten uns mit ein paar Hamburger Jungs an, die im Gasthof wohnten. Hans meinte, wir sollten mal einen Ausflug nach Italien unternehmen, ans Meer. Da war ich leider auch noch nie und es handelte sich natürlich um einen Freundschaftsdienst von Hans, der mir das mal zeigen wollte. In meinem genau kalkulierten Spritanteil 2 X 1000 km /4 Personen war da kein Platz mehr, aber Hans meinte: Passt schon.

Grado an der Adria war rund 150 km entfernt und die Fahrt ging ausschließlich über Landstraßen, auf denen Eselkarren, dreirädrige Vespas, überladene LKW's und auch wir unterwegs waren. Es wurde unerträglich heiß im Auto. Der schwarze Lack zog die Sonnenstrahlen magisch an, wir hatten Durst, aber kein Geld. In Österreich wurde mit Schilling bezahlt, in Italien aber mit Lire, die wir aber nicht besaßen. In Grado angekommen, erst mal ans Meer! Toll! Kein Meer mehr da. Es war Ebbe. Alle Bötchen lagen auf dem Trockenen, schwimmen war unmöglich. Die Enttäuschung war groß, der Durst und der Hunger noch viel grösser. Wir setzten uns in ein Lokal und verhandelten mit dem Kellner, wieviel Schilling er für vier Pizzen und vier große Wasser haben wolle. Natürlich war das viel zu teuer, der Mann wollte uns ausrauben. Es begann ein endloses Geschacher, und letztendlich bestellten wir vier Wasser und zwei Pizzen, die wir uns teilten. Bis dahin hatte ich noch nicht mal gewusst, was eine Pizza überhaupt ist. Es war eben das Billigste auf der Karte, was wir uns leisten konnten. Wir waren schon überrascht, als dann die belegten Teigscheiben serviert wurden. Es hat keinem von uns richtig geschmeckt. Die Vorsehung hatte Gutes getan, uns nur zwei bestellen zu lassen. Erst Jahre später hielt die Pizza dann auch Einzug nach Deutschland.

Noch immer hungrig und durstig fuhren wir zu unserem Zelt zurück und aßen dann richtig zu Abend.

Ein anderes Mal fuhren wir nach Udine. Dort gab es einen riesigen Markt, auf dem in Italien hergestellte Kleidung verramscht wurde. Außerdem die typischen Touristendevotionalien. Die Qualität war nicht besonders, aber die Preise waren eben auch sehr niedrig. Heute würde man sagen „Chinakram". Heidi nebst Freund waren mit von der Partie, und das Riesenangebot an Textilien beeindruckte sie sehr. Wir wollten jedoch mit der Sesselbahn auf den Hausberg fahren. Soweit ich weiß, existiert die nicht mehr. Meine Höhenangst überwindend fuhren wir bergan und auch wieder bergab. Wir trafen uns am Wagen, der schräg nach hinten, auf einem nach hinten abfallenden Parkplatz stand.

Hans bemerkte, dass hinten rechts, genau unter dem Benzintank, Benzin herauslief. Offensichtlich war die Benzinleitung beim Einparken beschädigt worden. Das konnte mächtig Ärger geben, denn ADAC-Mitglied war er nicht, und ob die Italiener solch einen Wagen reparieren konnten? Und was das kosten würde? Hans packte sofort sein Werkzeug aus, um der Sache auf den Grund zu gehen. Er schob sich mit Zange, Hammer und anderem Gerät unter den Wagen, um der undichten Stelle auf die Spur zu kommen. Ich konnte dabei nicht helfen, hatte keine Ahnung. Aber mir fiel auf, dass ein Autofahrer, etwas weiter weg, das gleiche Problem hatte. Nun sah ich mir die Bordsteinkante genauer an und sah eine Vielzahl von großen und kleinen eingetrockneten Benzinflecken, die ganze Kante entlang.

Des Rätsels Lösung: In Italien war der Sprit damals billiger als in Österreich und jeder fuhr mit fast leerem Tank nach Italien und tankte erst Mal voll. Wenn das Auto dann nach hinten, schräg abfallend geparkt war und die knallige Sonne schien auf den Wagen, dehnte sich das Benzin aus und floss dann über einen Sicherheitsüberlauf nach draußen. Es war also alles in Ordnung. Hans verstaute das Werkzeug, und wir fuhren zurück.

Es gab jeden Tag Programm. Feuerwehrfeste, der Mittagskogel, der Villacher Kirchtag, Wörther See und vieles mehr. Natürlich wurde auch der „Hexenkeller" in Drobollach besucht. Das war eine kleine Disco im Keller eines Hotels, das ausschließlich von Deutschen bewohnt wurde. Saßen die Erwachsenen abends beim Bier zusammen, durften die Teenies in die Disco. Das war strategisch sehr günstig, denn wollten die Teenies aus irgendeinem Grund die Disco verlassen, mussten sie durch den Gastraum, wo sie garantiert von den Eltern erspäht wurden. Wir beide waren jedoch nicht an den Teenies interessiert, wir wollten nur Musik hören.

Nach dem Besuch irgendeines Feuerwehrfestes hatte Hans Probleme, die Autotür aufzuschließen. Kurzentschlossen gab er mir die Autoschlüssel und meinte: „Fahr lieber Du, es ist billiger, beim Fahren ohne Führerschein erwischt zu werden, als beim Fahren mit Alkohol." Ende der 60er Jahre lag die Promillegrenze noch bei 1,2 o/oo. Polizei, die kontrollierte, haben wir nie gesehen. Immerhin durfte ich nun auch Mercedes fahren, oft genug hatte ich ja zugesehen.

Einmal gab es nachts ein riesiges Gewitter. In den Alpen knallt es wegen der echobildenden Berge besonders laut. Wir verpissten uns bei wolkenbruchartigem Regen in die Scheune. Dort schliefen wir tatsächlich ein, und am nächsten Morgen lag unser Zelt, schlaff wie ein kaputter Luftballon, darnieder. Der ganze Inhalt war komplett eingeweicht. Wir mussten alles zum Trocknen aufhängen. Ich glaube mich zu erinnern, dass die Bäuerin sogar noch einen Teil der Wäsche waschen musste.

Leider war nach 3 Wochen alles vorbei und wir fuhren wieder nach Hause. Es war ein wirklich schöner Urlaub. Er wäre bestimmt noch schöner gewesen, wäre Romika dabei gewesen.

6. Kapitel

Bei meinem Lehrherrn lief leider nicht alles so glatt. Mein Boss war ein steinreicher Mann mit einer riesigen Villa hoch am Berg, Haushälterin, Köchin, Gärtner, Fahrer und immer den dicksten, neuesten Mercedes. Das imponierte mir alles mächtig. Ich kam aus der Welt der armen Schlucker und Habenichtse. Vater jeden Freitag beim Lohntütenball und anschließend kein Geld mehr für Lebensmittel. Anschreiben im Lebensmittelladen war normal, und es wurde hauptsächlich mit viel Mehl und Kartoffeln gekocht. Hier, bei meiner Lehrstelle, konnte ich zum ersten Mal sehen, was Mann mit Geld alles bewerkstelligen konnte. Ich fing an, für die Schule zu pauken und lernte fleißig alles, was es zu lernen gab. Ich wollte unbedingt auch so ein Boss werden. Im 2. Lehrjahr wurde ich Klassenbester und blieb es bis zum Ende der Lehrzeit.

Seinen Reichtum hatte er wohl illegalen Geschäften zu verdanken. Insbesondere im Interzonenhandel mit der damaligen „DDR" ließ sich viel Geld verdienen, wenn man an den richtigen Fäden zog und die entsprechenden Papiere vorlegen konnte. Ich lernte, wie man aus allerlei Vorlagen Fotokopien so bastelte, dass es „Originale" wurden. Ich lernte auch, wie man Telexe so modifizierte, dass sie „echt" waren, wie man Zollstempel von einem Formular auf das andere übertrug und so weiter. Mir war überhaupt nicht bewusst, dass das Ganze irgendwie verboten und nicht rechtmäßig war. Ich war der Lehrling und machte, was man mir auftrug.

Eine Episode mit meinem Boss ist mir noch in Erinnerung. Als ich mit der Ausbildung begann, wurde, taggleich mit mir, ein kaufmännischer Angestellter eingestellt, der gerade seine Lehrzeit beendet hatte. Herr Hoppbock. Er war ein eingebildeter Schnösel, der sich für ein gottähnliches Wesen hielt. Seine Lieblingsbeschäftigung bestand darin, mir die Namen von Firmen und Personen zuzurufen, mit denen ich ihn am Telefon verbinden sollte. Meist musste ich die Telefonnummern erst mal im Telefonbuch suchen oder über die Auskunft ermitteln. In dieser „Wartezeit" schaute er aus dem Fenster und klapperte unentwegt mit seinem Autoschlüssel. Dauerte ihm das zu lange, scheute er sich nicht, mich zu beschimpfen. „Lahmarschiger Trottel" ging ihm ganz leicht über die Lippen. Natürlich gefiel mir das gar nicht, aber ich hatte keine Ahnung, was da zu tun sei.

Eines Tages, der Boss saß an seinem Schreibtisch, ging Hoppbock zu ihm und fragte, ob er einen Moment Zeit habe. Ja gerne, was ist denn? Nun, stammelte Hoppbock, es wäre so, er wollte gerne, also es hätte sich so ergeben, dass seine Freundin schwanger wäre. „Herzlichen Glückwunsch", gratulierte der Boss jovial. Nun, stammelte Hoppbock weiter, es sei ja so, dass sein Gehalt nicht reichen würde, eine Familie zu versorgen und da hätte er, Hoppbock, sich gedacht, dass eine Gehaltserhöhung die Sache erleichtern würde.

Der Boss lief rot an, sein Blutdruck stieg in atmosphärische Höhen. „Sie bumsen so eine blöde Kuh an und ich soll dafür bezahlen? Haben Sie noch alle

Tassen im Schrank? Halten Sie ihren Schwanz doch unter Kontrolle! Ich bezahle für Leistung im Büro und nicht Ihre Rumfickerei! Sie können ja noch nicht mal selber telefonieren, dass muss der Lehrling für Sie machen! Das ist ja auch kein Wunder, wenn sie immer nur ans Bumsen denken!" Es folgten noch eine Menge Schimpfworte, die ich noch gar nicht alle kannte und die Sekretärin schritt ein: „Was Sie da sagen, sagt kein feiner Mann". Die Antwort wird mir unvergessen bleiben. Er schlug mit dem Locher immer wieder fest auf den Schreibtisch und brüllte dabei im Takt: „ICH WILL KEIN FEINER MANN SEIN!!!"

Es gab für Hoppbock keine Gehaltserhöhung, aber ich musste nun auch nicht mehr Hoppbocks Privattelefonisten spielen.

Eines Morgens, ich wollte gerade die Bürotür aufschließen, trat ein Mann aus dem Schatten hervor und zeigte mir seinen Ausweis. Er sei vom BKA und was ich da vorhabe. Ich bin der Lehrling und will ins Büro, arbeiten. Das, so der Unbekannte, sei nicht möglich. Die Firma sei geschlossen. Er nahm mir den Schlüssel ab und schickte mich nach Hause; dort solle ich auf weitere Nachricht warten.

Anrufe beim Boss blieben unbeantwortet, die Sekretärin ging ebenfalls nicht ans Telefon und der Prokurist auch nicht. Was tun? Die Polizei wusste nichts, die IHK nicht, der Firmenanwalt erklärte mir nur, ich würde mein Geld weiter bekommen, alles andere würde sich finden.

Nach drei Wochen fuhr ich zur IHK und fragte nach, was zu tun sei. Mittlerweile war dort ein Antrag meines Arbeitgebers eingetroffen, das Lehrverhältnis solle aufgelöst werden, da ich seit Wochen nicht mehr zur Arbeit erschienen war. Ich konnte jedoch alles ausräumen und die IHK sagte mir zu, eine Firma zu finden, bei der ich meine Lehrzeit beenden konnte. Der Vertrag wurde aufgelöst, und schon 2 Tage später war ich bei meinem neuen Lehrherrn. Dazu muss man sagen, dass es zwischenzeitlich überall rum war, dass gegen meinen Boss wegen Urkundenfälschung, Steuerhinterziehung und anderen glanzvollen Tätigkeiten ein Strafverfahren eingeleitet worden war. Einige Zeit später ist er dann in der DDR bei einem Autounfall mit Totalschaden tödlich verunglückt. Komisch.

7. Kapitel

Meine neue Lehrstelle lag in Bonn, aber die Berufsschule für mich war weiterhin Siegburg. Mit meinem neuen Arbeitgeber konnte ich mich auf eine Verkürzung des Lehrvertrages auf 2,5 Jahre einigen, so dass ich zum 31.3.1970 mit der Ausbildung fertig war. Kurz vor dem Ende der Lehrzeit sprach mich mein Berufsschullehrer an. Es gäbe für mich die Möglichkeit, Berufsschullehrer zu werden, ganz ohne Abitur. Mittlere Reife, abgeschlossene Lehre und ein Zeugnis mit lauter Einsen würden dafür genügen. Ich müsse zwei Jahre lang einen speziellen Kurs besuchen und danach sei ich Lehrer, mit den Vollakademikern gleichgestellt. Das war natürlich verlockend, hätte ich doch wenige Jahre später Beamter werden können. Andererseits hatte ich keine Lust, die nächsten 40 Jahre immer wieder den gleichen Kram zu unterrichten. Also lehnte ich dankend ab.

Mir war klar, dass ich nach dem Ende der Lehrzeit unbedingt zu Hause raus musste. Ich war dann 20 Jahre alt und mit 21 Jahren wurde man erst volljährig. Ich hätte also noch ein Jahr zu Hause verbringen müssen, denn mein Vater ließ keine Zweifel aufkommen, dass ich nach der Lehre mein verdientes Geld zu Hause abliefern müsse. Er habe jahrelang in mich investiert und wolle nun Kasse machen. Ach ja: Die Lehre hab ich mit der Note „gut" beendet. Nicht schlecht, wenn man bedenkt, dass die Durchfallquote bei 45 % lag.

In meiner Lehrzeit hatte ich ja festgestellt: Wissen ist Macht! Ich wollte mein Wissen also unbedingt erweitern und begann, nach Lösungen zu suchen. Nach einigen, vielen Recherchen kam ich dann auf folgende Lösung: Wenn man sich auf 2 Jahre bei der Bundeswehr verpflichtete, wurden 1,5 Jahre so gestellt, als ob man im erlernten Beruf gearbeitet habe. Wenn man nun direkt nach der BW die Ausbildung zum staatlich geprüften Betriebswirt startete, musste man keine 2 Jahre Berufstätigkeit nachweisen, sondern nur 1,5 Jahre. Also ging ich als Freiwilliger zu Marine, denn nur dort funktionierte mein Ausbildungsmodell so, wie ich es geplant hatte.

Romika war Feuer und Flamme, versprach, mich in allem zu unterstützen. Zwischenzeitlich waren wir so eng miteinander, dass wir ganz offen von Hochzeit sprachen. Sobald wir genug Geld verdienten, wollten wir heiraten und Kinder haben. Am 31. März 1970 hob ich zum letzten Mal Kegel auf und am 01. April 1970 saß ich im Zug nach Glückstadt, um dort die Grundausbildung zu beginnen.

8. Kapitel

Das Schlimmste war die Trennung von Romika. Wir schrieben uns fast jeden Tag einen Brief. Natürlich gab es bei der Marine viel zu berichten. Alles war neu, anders und völlig unbekannt. Das Zusammensein mit 12 fremden Männern in einer Stube war gewöhnungsbedürftig. Gemeinsames Duschen, gemeinsames Essen, gemeinsame Freizeit. Es gab wirklich nichts, wo man hätte mal für sich alleine sein können.

Glücklicherweise hatte ich den „DLRG Leistungsschein" und wurde bei schönem Wetter zur Schwimmbadwache eingeteilt. Dadurch blieb mir manch unangenehmer Dienst erspart. Bei der Grunduntersuchung, zu Beginn der Wehrzeit, wurde festgestellt, dass ich schlechte Zähne habe. Also besorgte ich mir so schnell es ging einen Termin beim Anstaltsarzt. Das war ein fertiger Zahnarzt aus Köln, der in jeweils 3-monatigen Abschnitten seinen Wehrdienst absolvierte. Daheim in Köln besaß er eine gutgehende Praxis, die er jedes Jahr für 3 Monate schließen musste, bis sein 18-monatiger Grundwehrdienst abgeleistet war.

Nachdem wir festgestellt hatten, dass wir quasi Nachbarn waren, machte er mir ein erstaunliches Angebot: Er würde mir in den kommenden 3 Monaten meine Zähne komplett überarbeiten und alle Plomben entfernen. Dafür dann überall Goldinlays oder entsprechende Kronen anfertigen. Das würde mich ca. 50 - 80 DM für das Gold kosten. Natürlich war ich einverstanden, zumal er mir versicherte, dass ich die Termine nach Wunsch haben konnte, müsse nur rechtzeitig Bescheid sagen.

Beim Grundwehrdienst lernten wir so allerlei. Besonders verhasst war mir das Rudern. Es handelte sich nicht um Ruderboote, wie man sie vom Rhein oder Bötchensee her kennt, wo man sonntags mit seiner Freundin ein bisschen umherruderte. Es waren Ungetüme, die für eine Atlantiküberquerung gedacht schienen. Die Ruder waren so lang und schwer, dass man sie mit zwei Mann tragen musste. Außerdem lernte man neben dem Rudern das Arbeiten mit Seilen und Tauen. Die waren steinalt und ließen sich kaum bewegen. Schnell hatte man die Finger von kleinen Taustückchen gespickt, die wie kleine Nägel in die Finger stachen, um dort wochenlang herauszueitern. Meine Zähne und der Zahnarzt ließen das jedoch nicht zu, so dass ich nur einmal an dieser Veranstaltung teilnehmen musste. Danach wurde immer ohne mich gerudert.

Ebenfalls zu meinen ungeliebten Übungen zählte das Schießen. Jeder Soldat bekam zu Beginn des Wehrdienstes eine „Braut". Das war ein Gewehr, Typ G3, für das der Soldat voll verantwortlich war. Geschossen wurde bis auf wenige Ausnahmen mit Übungsmunition. Die machte ordentlich Krach und verbreitete einen fürchterlichen Gestank. Abends, wenn wir vom Kriegsspielen zurück waren, mussten die Dinger zerlegt und gereinigt werden. Anschließend sah man aus wie ein Automechaniker nach dem Ölwechsel. Um diesen unangenehmen Praktiken aus dem Weg zu gehen, verschenkte ich meine Übungsmunition immer an Otto. Er verehrte den Krieg und war immer der Erste, dem die Munition ausging. Otto liebte mich dafür, und mir war es egal. Nach der Reinigungsstunde kam dann immer der UFZ (Unteroffizier vom Dienst) um zu prüfen, ob die Bräute auch schön sauber waren. Zu diesem Zweck schaute er in den Lauf, den er auf Rückstände prüfte, die nun nicht mehr vorhanden sein sollten. Außerdem besaß er noch einen Zahnarztspiegel, den er auch für den Lauf benutzte.

Als er meine Braut prüfte, fragte er scheinheilig, wann ich denn das letzte Mal damit geschossen habe. Da seien Spinnweben im Lauf, die nicht von heute sein konnten. Ohne auf meine Antwort zu warten, nahm er mich und die Braut mit nach draußen und drückte mir 100 Schuss Übungsmunition in die Hand. „Los, schießen!" befahl er mir, und mit Tränen in den Augen verballerte ich alle 100 Schuss. Wohl wissend, dass durch die Einstellung „Schnellfeuer" das Gewehr sehr heiß werden würde und die Pulverrückstände sich dadurch richtig fest ins Metall einfräßen. Anschließend musste ich das Gewehr reinigen und um 20:00 h auf der Wache prüfen lassen. Otto, der große Kriegsherr, erbot sich, mir das Gewehr zu reinigen, wenn ich noch „einen Halben" dazulegte. Ich versprach ihm das Bier und er putzte wie der Teufel. Die Inspektion zeigte keinerlei Mängel, und Otto bekam auch weiterhin meine Übungsmunition.

Ab und an wurde dann auf dem Manövergelände/Schießstand mit scharfer Munition geschossen. Da half mir dann auch kein Otto. Erstaunlicherweise war ich direkt unter den 3 besten Schützen, was Otto natürlich maßlos ärgerte.

Die große Panik unter den Soldaten löste das Wort „36-Stundenübung" aus. Hierbei musste der Soldat, mehr oder weniger auf sich selbst gestellt, einige Kriegsaufgaben lösen, nachts im Zelt biwakieren, in der freien Natur sein Geschäft verrichten, aus Konservendosen sein Essen zubereiten und noch so ca. 25 km mit großem Gepäck marschieren. Hier konnte mir der Zahnarzt nun auch nicht mehr helfen. Im Rahmen dieser Übung musste auch ein kleiner Fluss überquert werden. Frühmorgens wurde ein Schlauchboot an die Überquerungsstelle geschafft, einer ruderte auf die andere Seite und befestigte dort ein Sicherungsseil, welches dann an dem Schlauchboot befestigt wurde. Da passte immer ein Zug (ca. 12 Mann) hinein. Im Laufe von zwei Stunden wurde so die ganze Kompanie auf die andere Seite verbracht. Das „Bodenpersonal", die Leute, die das Ganze sicherten, bestand vorwiegend aus Soldaten, die es geschafft hatten, sich rechtzeitig krankschreiben zu lassen. Leider hatte das bei mir nicht geklappt. Mein UFZ wollte mit aller Gewalt, dass ich die Übung mitmachte. Meine ewigen Zahnarzttermine gingen ihm auf den Sack!

Als sich aber dann herausstellte, dass die Übung auch von einem ausgebildeten Rettungsschwimmer beaufsichtigt werden musste, und ich der einzig verfügbare war, war die „36-Stundenübung" für mich gestorben. Ich saß am Ufer. Wenn jemand ins Wasser gefallen wäre, hätte ich ihn herausholen müssen. Das Wasser ging knapp bis zur Hüfte, wäre also lösbar gewesen.

Während der Grundausbildung gab es keinen Heimaturlaub. Nach 6 Wochen durften wir samstags bis 22:00 h raus. Das war's. Natürlich nur in Uniform. Ich habe mit einem Kumpel ein paar Unterhosen gekauft, und wir waren zusammen essen. Endlich mal keinen Bundeswehrfraß. Andere Kollegen waren da schon weit fortschrittlicher. Einige fuhren nach Hamburg, um dort auf der Reeperbahn einmal so richtig die Sau raus zu lassen. Dort nahm man die Jungs ganz gelassen in die Arme, und als Hamburg mit ihnen fertig war, kamen sie ordentlich durchgeprügelt, nur noch mit Teilen der Uniform bekleidet, natürlich ohne Geld und Truppenausweis, viel zu spät wieder in der Kaserne an. Es hagelte Disziplinarstrafen!

In Sichtweite der Kaserne stand ein Zweifamilienhaus. Von dort winkten immer Frauen zu uns herüber. Die „Braut des Soldaten", hieß nur so, als Braut konnte man sie, trotz des Laufes, nicht benutzen. Je länger wir in der Kaserne eingesperrt waren, umso größer wurde das Verlangen nach einer Braut für Life. Es war aber ausdrücklich gewarnt worden, dass diese Frauen allesamt kranke Nutten waren, die zwar billig, aber auch hochansteckend waren. Bevor wir das erste Mal rausgelassen wurden, zeigte die Oberste Heeresleitung einen Film, in dem alle bekannten und verfügbaren Geschlechtskrankheiten in epischer Breite erklärt und auch gezeigt wurden. Alles in allem eine sehr unappetitliche Geschichte. Das hätte Warnung genug sein müssen, aber wie sagte der Turnlehrer…

Mein Bettnachbar, also der, der unter mir lag, hatte sich einen Besuch bei den Damen gegönnt und berichtete mit stolzgeschwellter Brust, wie er es „denen" gezeigt habe. Drei Hühner habe er „gefickt" und dafür nur 30 DM bezahlt. Billiger ging es nun wirklich nicht. Die Mädels haben jedoch nicht nur 30 DM genommen, sondern ihm auch noch einen ausgewachsenen Tripper geschenkt. Er hatte also mehr bekommen, als er gegeben hatte. Eine echte „Win-Win-Situation". 14 Tage lang musste er mit vielen anderen morgens um 06:00 h im Sanitätsbereich auflaufen. Dort gab es eine Spritze gegen den ungebetenen Gast und das Verbot, sich sexuell zu betätigen.

Ich hingegen besaß drei neue Unterhosen, hatte lecker gegessen, kein Geld verloren und auch keine Krankheit gewonnen. Eben auch Win-Win.

9. Kapitel

Am 01.07.1970 wurde ich zur Marineversorgungsschule (MVS) nach List/Sylt versetzt. Dort wurde mir dann schon wieder Schreibmaschine und Steno beigebracht, außerdem die Bundeswehrregeln für den Schriftverkehr. Da konnte nicht jeder so schreiben wie er wollte. Formalismus über Alles. Allerdings konnte ich diese Fähigkeiten gut gebrauchen, wie sich noch herausstellen sollte. Immerhin durfte man von Sylt aus einmal im Monat nach Hause fahren, was ich nicht versäumte. Es war eine Ochsentour. Man musste betteln, dass man Freitagmittag den Zug nach Hamburg nehmen durfte. Von dort aus war man dann gegen 22:20 in Köln. Die Bimmelbahn nach Bergheim brauchte eine weitere Stunde, so dass man kurz vor Mitternacht zu Hause war. Zurück ging es dann Sonntagnachmittag gegen 16:00h, so dass man Montagmorgen mit dem 1. Zug in Sylt eintraf und um 09:00h in der Kaserne sein konnte.

Die MVS bildete unter anderem auch die Köche für die Marine aus. Diese Ausbildung dauerte ebenfalls 3 Monate. Hier traf ich dann Otto wieder, den großen Kriegsherrn aus der Grundausbildung. Er stand an der Essensausgabe und führte wieder das große Wort. Nur von ihm würde es abhängen, ob jemand genug zu essen bekäme, denn er würde die Portionen einteilen. Also bekamen Typen, die er nicht mochte, kleinere Portionen oder zu wenig oder gar kein Fleisch. Irgendwie saß es ihm noch immer in den Knochen, dass ich ihn beim Schießen um Längen geschlagen hatte. Damals wollte ich ihn trösten und gemeint: Du wirst doch Koch, da musste nicht schießen können, ein scharfes Messer tut es doch auch. Diese wohlmeinenden, tröstenden Worte, hatte er irgendwie in den falschen Hals bekommen und nun war ich Feind, also ein Typ, der für kleine Portionen stand.

Nun war ich nicht der Typ, der sich mit ihm geschlagen hätte. Ich lernte ja „Schreibstube" und hatte Zugang zu den Schreibmaschinen. Ich verfasste also meine erste Beschwerde über Otto und seine Auffassung darüber, wie Portionen zu verteilen waren. Eigenartiger Weise wurde das sofort akzeptiert. Ich wurde Mitglied im Küchenbeirat, und Otte schälte eine Woche lang nur Kartoffeln.

Auf Sylt habe ich meine „Liebe" zum Laufen entdeckt. Man konnte ja auch außer saufen nix anderes machen. Es war ein Einödstandort. Ich schloss mich der Laufgruppe an und erreichte gute Zeiten auf 5.000 Meter. Da es immer irgendwelche Wettbewerbe gab, konnte man jedes Mal mit der Teilnahme einen Tag Sonderurlaub abgreifen und das war ja etwas, das zählte. Man musste nicht gewinnen, nur teilnehmen. Der Sonderurlaub konnte aber erst nach den 6 Monaten Grundausbildung genommen werden. Aber das war ja egal.

Auf diese Weise trug ich zusätzliche 14 Urlaubstage zusammen und wog nur noch 68 kg.

10. Kapitel

Zum 1.10.1970 wurde ich dann zu meinem endgültigen Standort versetzt: „Amphibische Transportgruppe" in Emden. Das war eine sogenannte „Komandoeinheit", die die Aufsicht über das „Marineversorgungsbataillon" in Emden hatte. Das bedeutete, dass in meiner Einheit nur Stabsoffiziere, „Höhere Tiere" saßen. Aus dem Grund existierten auch nur drei Gefreite. Einer in der Schreibstube beim Spieß, einer war für den Kartenraum zuständig, und ich wurde der Registratur zugeteilt. Das ist die Stelle, bei der die Post ankommt. Hier wird die Post an die Beteiligten verteilt, hingetragen, abgeholt, umgetragen, abgelegt und fertige Post wird abgefertigt.

An dieser Stelle folgendes: Stellen sie sich vor, sie besäßen eine Bank mit 100 Mitarbeitern. Es gäbe keine Öffnungszeiten, keinen Publikumsverkehr und auch kein Geld. Dieser Zustand beschreibt meine Tätigkeit. Es gab keinen Krieg, keinen Feind und auch nicht die Aussicht darauf, dass einer kommen würde.

Das bisschen Arbeit musste für die Zeit von 08:00 bis 17:00 h reichen. Kein Wunder, dass ich auf allerlei dumme Ideen kam. So war es üblich, dass die Offiziere sich täglich um 11:00 h zur „Lagebesprechung" trafen. Hätte es Krieg gegeben, hätte man dann darüber beraten, wie mit dem Feind umzugehen sei. Es gab aber keinen Krieg. Dafür gab es Kaffee, der von den zivilen Schreibkräften zubereitet wurde. Weiter standen in einem Schrank diverse Alkoholika. Die dienten den Offizieren zur Stärkung, wenn die Lage es erforderte. Ich glaube, dass die Lage 1970 sehr ernst war, denn die leeren Stärkungsmittel lagen abends im Papierkorb. Diese mussten von der Registratur geleert und der Inhalt entsorgt werden. Dadurch wurde ich täglich über den Ernst der Lage informiert. Mit der Hand am Puls der Zeit.

Gegen 12:00 h wurde die Lagebesprechung beendet und die Offiziere gingen zum Mittagessen. Die meisten fuhren nach Hause und kamen gegen 14:00 h wieder zurück. In dieser Zeit mussten die Gefreiten reihum die Kaffeetassen spülen und den „Lageraum" wieder herrichten. Oft fand dann eine zweite Lagebesprechung statt, und es wurde wieder Kaffee gekocht.

Mir stank das gewaltig, und ich beschwerte mich schriftlich darüber: Es sei nicht Aufgabe eines Soldaten, Kaffeetassen zu spülen, wenn der Kaffee privat bezahlt würde und die Tassen auch dem Privateigentum der Offiziere zuzurechnen seien. Außerdem hatte ich in der TDV (Truppendienstverordnung) keinen Abschnitt gefunden, die eine solche Lagebesprechung in Friedenszeiten vorsehen würde. Also würden die Soldaten offensichtlich für illegale Zwecke missbraucht. Und vor allem: Was wäre, wenn Krieg wäre? Die Kameraden würden mangels meiner Unterstützung im Feld sterben, weil ich Kaffeetassen spülen müsse. Natürlich auf den entsprechenden Vordrucken mit dem entsprechenden Formalismus und in epischer Breite. Ich hatte ja Zeit und bei der MVS auch sehr viel Sinnvolles gelernt.

Die Beschwerde wurde abgelehnt, was mich nicht weiter wunderte. Befehl sei Befehl, und die TDV sei für die Vorgesetzten da und nicht für die Untergebenen. Damit hatte ich gerechnet und erneut Beschwerde bei der nächsthöheren Instanz eingelegt. (Marinedivison Nordsee in Wilhelmshaven). Auch hier zeigte man wenig Einsicht in die illegale Beschäftigung und lehnte erneut ab. Nun, ich war noch nicht am Ende. Erneute Beschwerde eine Stufe höher: Marineoberkommando in Bonn.

Dort verstand man meine Sorgen über die illegale Beschäftigung durchaus, argumentierte aber damit, dass das Kaffeetassenspülen nur einen ganz kleinen Teil meiner Zeit in Anspruch nehmen würde, in Kriegszeiten durchaus ausfallen dürfe und daher zulässig sei.

Nun, das war nicht die Antwort, die ich haben wollte, und es ging weiter zur letzten Instanz: Truppendienstgericht in Hannover. Endlich fand ich jemanden, der meine Sorgen und Nöte verstand. Hier erkannte man glasklar, dass die Offiziere die Tassen eben selbst spülen sollten oder die zivilen Schreibkräfte. Letztere hätten den Kaffee ja auch gekocht, und nach dem Verursacherprinzip seien sie denn letztendlich auch für die Reinigung zuständig. Inwieweit eine tägliche Lagebesprechung erforderlich sei, würde separat geprüft. Allerdings warte ich noch heute auf den Bescheid.

Der ganze Beschwerdeakt hatte ein gutes Jahr gedauert, und die Antwort des Truppendienstgerichtes erhielt ich, als schon wieder Zivilist war. Immerhin wurde das Kaffeetassenspülen bereits an die Zivilkräfte übertragen, als ich mich beim Marineoberkommando beschwerte. So verging die Dienstzeit wie im Fluge. Es gab immer etwas zum Beschweren. Meistens gewann ich. Ich konnte fast jedes Wochenende nach Hause fahren. Da ich auch in Emden ein paar Tage Sonderurlaub ergattern konnte (25km-Marsch, diverse Schießprüfungen), legte ich im Frühjahr 1971 eine 3-wöchige Pause ein und vertrat einen Bekannten, der in Wesseling eine Frittenbude betrieb. Ich bekam seinen Transporter und war auch für den Einkauf zuständig. Jeden Morgen um 10:30 h machte ich die Frittenbude auf und um 17:00 h wieder zu. Montag bis Samstag. Ich verdiente eine Menge Geld und war jeden Tag zu Hause.

Romika und ich waren zwischenzeitlich verlobt und dadurch hatte ich freien Zugang zu ihrem Elternhaus. Sie hatte mich am „Tag der offenen Tür" in Emden besucht und die Nacht bei mir verbracht. Mein Zimmerkumpel nächtigte woanders. Als ich sie sonntags zum Bahnhof brachte, überkam uns beide ein fürchterlicher Schmerz, und wir mussten beide weinen. Es war schlimm, sehr schlimm. Es war uns klar geworden, dass wir zusammen gehörten und auf jeden Fall heiraten wollten.

11. Kapitel

Für den Sommer 1971 hatten wir eine Reise nach Mallorca gebucht. Volle drei Wochen. Vorher mussten wir nur Josef, Romikas Vater, davon überzeugen, dass wir in getrennten Zimmern übernachten würden, so dass Sex absolut unmöglich war. Schließlich waren wir nur verlobt, also sexunwürdig. Wir flogen von Köln aus nach Cala Ratjada. Es war wundervoll, ein kleines, einfaches Hotel, ca. 30 Betten, das dem Bürgermeister gehörte. Das Essen war einfach, die Zimmer auch, aber wir hatten ein Badezimmer für uns alleine. Wir waren im 7. Himmel, lagen am Strand, gingen lecker essen, tranken Cocktails, unternahmen diverse Ausflüge und haben uns auch oft geliebt. Viel zu schnell ging die Zeit herum, und als wir sonntags zurückflogen, gab es einen Streik der Fluglotsen. Ganze sechs Stunden saßen wir in dem Flieger fest. Am Tag vorher hatten wir ein Tal mit seltenen Blumen besucht, und ich hatte mir einen allergischen Schnupfen eingefangen.

Meine Nase lief ununterbrochen. Tempotücher, Klopapier, Servietten, alles wurde vom Personal herangeschafft. Um 18:00 h hoben wir endlich ab und waren 20:30 h in Köln. Romikas Mutter, die uns gegen 14:30 h in Köln abholen wollte, war nicht mehr da. Niemand in Köln hatte sich die Mühe gemacht, die Wartenden zu informieren. Also nahm ich meinen Notgroschen, 50 DM. Wir charterten ein Taxi nach Bergheim. Das brachte zuerst Romika nach Hause und dann mich zum Bahnhof, wo ich dann 22:10 h den Zug nach Köln und damit nach Emden erreichte. Schließlich war ich ab Montag wieder im Dienst, denn ich musste die Republik schützen.

Letztendlich heirateten wir kurz nach dem Urlaub standesamtlich, so dass wir moralisch endlich voll abgesegnet waren. Es gab damals noch den „Kuppeleiparagrafen". Demzufolge war es verboten, unverheiratete Paare unter einem gemeinsamen Dach nächtigen zu lassen, um die damit verbundene „Unzucht" zu verhindern. Romikas Eltern standen also immer mit einem Bein im Gefängnis. Das war unmoralisch! Der Klerus hatte damals noch einen sehr starken Einfluss auf die Geschicke der Republik. Erst unter Willy Brandt wurde dieser Einfluss stark zurückgedrängt, der Paragraf wurde abgeschafft. Ebenso wurde Homosexualität erlaubt bzw. nicht mehr unter Strafe gestellt. Mann konnte, wenn Mann wollte, Mann musste aber nicht!

Die Heirat hatte auch den Vorteil, dass ich mehr Sold und eine Trennungsentschädigung bekam. Eine Menge Geld damals. Wir legten jeden Groschen auf die hohe Kante. Romika kellnerte an Wochenenden, an denen ich in der Kaserne bleiben musste, in Königswinter. Damals noch das Eldorado am Rhein, was rheinische Gemütlichkeit, Frohsinn und Komasaufen betraf. Wir kellnerten auch zusammen bei Taufen, Hochzeiten, Beerdigungen usw. Oft waren wir jedes Wochenende ausgebucht.

Im Herbst 1971 konnte Romika für uns eine Wohnung mieten. Romikas Mutter meinte zwar, dass ich weiterhin bei Romika im Zimmer übernachten könne, aber das war entschieden zu eng. Ich musste dort im Schlafsack auf dem

Boden schlafen, das Bett war nur 90 cm breit. In Emden hatte ich in einem Möbelgeschäft (Europa-Möbel) Möbel entdeckt, die mir gefielen. Ich sendete Romika den Prospekt und ihr gefielen die auch. Da es sich um eine bundesweite Kette handelte, konnte sie die Möbel in Bonn bestellen. Irgendwann im Herbst 1971 wurden die Möbel geliefert. Eines Abends holte sie mich am Bahnhof ab, und wir gingen gemeinsam in unsere erste Wohnung. Es war einfach überwältigend. Wir haben vor Freude geweint. Keine Eltern mehr, die einem reinreden, keine nervigen Geschwister, kochen was man will, eigenes Fernsehen und Radio, ein 2 X 2 Meter Bett, und und und…

Gegen Ende der Dienstzeit baute ich mir einen „Restdienstzeitkalender". Es war üblich, sich für die restlichen 150 Tage Bundeswehr ein Maßband zu kaufen, um dann jeden Tag einen Zentimeter davon abzuschneiden. So konnte man auf einen Blick erkennen, wieviel Tage Mann noch absitzen musste. Es war sehr lästig, das Maßband in der Hosentasche zu tragen, da es sich immer abwickelte. Ich ließ mir also beim Glaser quadratische Glasscheiben von 5 cm Kantenlänge schneiden. Die klebte ich mit Tesafilm zu einem kleinen Kästchen zusammen, in dem mein Maßband Platz hatte. Auf einer Seite war ein kleiner Schlitz, aus dem das Maßband putzig herausguckte. So konnte man bequem abschneiden und gucken, was Sache ist.

Da ich ja den Tag in der Registratur verbrachte, stand mein „Restdienstzeitkalender" auf meinem Schreibtisch. Unserem Spieß gefiel das nun überhaupt nicht, er sah darin eine Provokation und Unterwanderung der Wehrmoral. Das Teil wurde verboten! Was tun? Natürlich eine Beschwerde, in der ich auf über fünf Seiten ausführlich zu diesem Sachverhalt Stellung bezog. Der oberste Boss ließ sich von mir das Teil zeigen und Sinn und Zweck erklären. Es sah darin nichts Schlimmes, und das Teil durfte wieder auf den Tisch.

Eines Tages kam der Spieß zu mir und bat mich um einen „persönlichen Gefallen." Das musste schon eine haarige Sache sein, denn seit meiner Restdienstzeitkalenderaktion mochte er mich nicht mehr. Die Sache sei folgende: Jeden Monat müsse bis zum 5. Werktag eine Statistik an die vorgesetzte Dienststelle geliefert werden, in der haarklein aufgelistet sei, wer im abgelaufenen Monat von den Soldaten am Dienst teilgenommen habe, wegen Krankheit nicht teilgenommen habe, sowie abkommandiert, auf Urlaub, im Krankenhaus oder sonst wo gewesen war. Nun habe er, der Spieß, den Termin versemmelt und ich solle doch bitte den Gefreiten in der Schreibstube bei der vorgesetzten Dienststelle anrufen und ihn bitten, den Eingangsstempel entsprechend anzupassen, so dass die Meldung „fristgerecht" angekommen sei. Offensichtlich wurde dann aus all diesen Statistiken berechnet, ob man im Vormonat in der Lage gewesen wäre, Krieg zu führen oder wegen Personalmangel den Feind um Terminverschiebung hätte bitten müssen.

Dieser eminent wichtigen Aufgabe nahm ich mich sofort an. Durch entsprechende Telefoniererei fand ich den zuständigen Kollegen. Nach ein bisschen Smalltalk weihte ich ihn in die Verschwörung ein, und zu meinem Erstaunen lachte er laut und herzlich auf. Ich hatte das Gefühl, er würde sich den Bauch vor Lachen halten. Als er sich beruhigt hatte, erklärte er mir, er habe schon mal hier angerufen, aber niemanden erreicht. Diese Meldung müsse seit zwei Jahren nicht mehr abgegeben werden. Er habe sie immer in den Papierkorb geschmissen. Mit dieser brisanten Neuigkeit machte ich mich sofort auf den Weg zum Spieß. Der verstand die Welt nicht mehr. Er sah sich innerhalb von Sekunden seines Kerngeschäftes beraubt, und das machte unser Verhältnis nicht einfacher.

12. Kapitel

Im Frühjahr 1972 wurde ich bei der Marine planmäßig entlassen und begann die Ausbildung zum staatlich geprüften Betriebswirt in Köln. Immerhin hatten meine Beschwerden bei den Vorgesetzten der Marine einen positiven Eindruck hinterlassen. Drei Monate vor dem Ende meiner 2-jährigen Verpflichtung bot man mir die Offizierslaufbahn an. Ich hatte zwar kein Abitur, aber das wurde mit „mittlerer Reife" und „abgeschlossener Lehre" gleichgestellt. Der Haken an der Sache war der, dass ich für sechs Monate auf die damals noch schwimmfähige „Gorch Fock" versetzt worden wäre, um „Leutnant zur See" zu werden. Grundvoraussetzung für die Offizierslaufbahn. Nachdem

Romika und ich ja stets unter dem Trennungsschmerz litten, lehnte ich das ab. Es erschien uns unmöglich, länger als 14 Tage voneinander getrennt zu sein.

Das Studentenleben forderte mir einiges ab. Nachdem mein Verstand ja zwei Jahre pausiert hatte, musste ich nun wieder eigenständig denken und mich auf die verschiedensten Themen einlassen. Ich fand einen Studierkollegen in Rheinbreitbach, der ebenfalls jeden Tag nach Köln zur Schule musste und auch die gleichen Fächer belegt hatte. So war gegen eine angemessene Beteiligung an den Benzinkosten die Fahrerei geregelt.

Im Rahmen der Ausbildung gab es ein Fach: EDV, elektronische Datenverarbeitung. Das war damals noch relativ unbekannt. Mich faszinierte, dass es Maschinen gab, die elektrisch, mittels Lochkarten, Konten verbuchen konnten. Als Lehrling war mir die Durchschreibebuchführung recht schwer gefallen. 3 Kontenblätter, dazwischen Kohlepapier, mussten so ausgerichtet werden, dass das, was man in die erste Zeile auf Blatt 1 schrieb, auf den anderen Blättern jeweils in der ersten freien Zeile stand. Es war eine unheimliche Fummelei und wenn mal was daneben ging, musste man zum Chef, die Fehlbuchung abzeichnen lassen. Es war grausam.

Romika hatte 1970 ihre Lehrzeit mit Erfolg beendet und verdiente schon Geld. Meine Schule wurde vom Arbeitsamt bezahlt und ich erhielt einen Unterhaltszuschuss. Mehr als mein letzter Sold bei der Marine. Unser Leben war also nicht schlecht. Wir gingen regelmäßig kellnern und sparten und sparten.

Im Juni 1971 wurde dann kirchlich geheiratet, ein MUSS in der damaligen Zeit. Es war zwar niemand gläubig, aber sich eine solche Feier entgehen zu lassen, war unmöglich. Es war eine klassische Hochzeit. Polterabend mit jeder Menge Geschirr und alten Kloschüsseln zum zerdeppern, eine Band, die zum Tanz aufspielte, Bier vom Fass, Maibowle, Würstchen mit Kartoffelsalat usw. Es waren um die 300 Leute, und das Bier hatte so gerade gereicht. Der nächste Tag war dann kirchlich, Braut in Weiß, Bräutigam in Schwarz, alle anderen festlich gekleidet. Das Mittagessen kochten Frauen vom Kirchenchor. Es war wirklich ein tolles Fest und ich hatte die schönste Braut, die man in Bergheim je gesehen hatte.

Im Sommer 1973 kauften wir uns dann das erste Auto, einen apfelgrünen Renault R4, für 6.000,00 DM, bar bezahlt.

Mein Studierkollege erwies sich als nicht sehr zuverlässig, und wenn er ausfiel, war es eine Weltreise, mit Zug und Bahn nach Köln-Braunsfeld zu kommen. Romika machte den Führerschein und so konnten wir beide das Auto nutzen.

Da wir auf Mallorca so glücklich gewesen waren, wollten wir im Sommer 1973 erneut in Urlaub fahren. Wir hatten ja nun ein eigenes Auto. Jugoslawien existierte damals noch an einem Stück und über den ADAC buchten wir 3 Wochen in Crikvenica an der jugoslawischen Adriaküste/Kroatien. Bei den Jugos war es besonders preiswert, aber es war noch voll kommunistisch. Es gab Versorgungsmängel ohne Ende. Wenn es zur Vorspeise Hühnersuppe gab, dann war die aus den Hühnern gekocht, die es zum Hauptgang gab. Nannte sich dann „gegrillte Hähnchen". Jeder, der mal gekocht hat, weiß, dass man aus einem ausgekochten Huhn kein Grillhähnchen mehr zaubern kann. Legte man dem Kellner nicht einen Dinarschein, entsprechend ca. 2 DM, unter die Serviette, bekam man kein Fleisch. Es musste in zwei Schichten gegessen werden, die sich täglich änderten, und in der zweiten Schicht war man froh, wenn überhaupt noch etwas zu Essen vorhanden war.

Es gab aber auch keine Restaurants im Ort, in denen man hätte essen gehen können. Wir entdeckten dann irgendwann eine kleine Bar. Dort gab es gefüllte Paprika! Aber auch nur gefüllte Paprika. Jeden Tag! Wenn der Wind vom Meer zum Land wehte, trieben die Abwässer an den Strand, und es stank erbärmlich. Zum Schwimmen war das Ganze ohnehin nicht geeignet. Daher der Spruch: Was man morgens auf der Toilette verabschiedet, trifft man mittags am Strand wieder.

Einziges Highlight waren die Plitwitzer Seen. Dort waren die Winnetou-Filme gedreht worden, und die Karstlandschaft war wunderbar und einzigartig. Auf der Fahrt dorthin kamen wir an einem großen Gasthaus vorbei. Dort drehten sich auf einem Spieß über Holzkohlenfeuer zwei Lämmer. Das war es, endlich mal Fleisch! Wir beide fuhren mit großer Vorfreude dort hin und setzten uns in das Restaurant. Auf der Karte: Gefüllte Paprika! Die Lämmer, so erklärte man uns, seien für eine Busgesellschaft, die am Nachmittag kommen würde. „NEIN", man könne da auch nichts davon abschneiden.

Wir waren es satt. Es war auch nichts von der ausgelassenen Heiterkeit wie die der Spanier auf Mallorca zu spüren. Die Menschen liefen herum, als ging gerade die Welt unter. Alles war trist, grau und öde. Kommunismus, Versorgungsmängel, vom allerfeinsten. Also brachen wir unsere Zelte ab und fuhren nach 14 Tagen Richtung Österreich, Faaker See.

Auf dem Weg dorthin mussten wir durch Triest und dort haben wir erst einmal angehalten. Die Auslagen der italienischen Restaurants und Trattorias waren wie der Blick in eine andere Welt. Wir konnten uns gar nicht satt sehen und natürlich haben wir gespeist wie die Fürsten. Das Geld war uns egal, endlich mal lecker essen.

13. Kapitel

Über Udine fuhren wir nach Ledenitzen am Faaker See. Ich war 1969 mit Hans für 3 Wochen dort, und auch auf der Hinfahrt nach Jugoslawien haben wir hier übernachtet. Wir fuhren einfach zum Quartier der Hinfahrt, und wir konnten bleiben. Es war ein altes Mütterchen, das dort in einem einsamen Häuschen wohnte, bisschen so wie bei Hänsel und Gretel. Sie war die Oma von irgendeinem Kellner, den Hans und ich 1969 kennengelernt hatten. Dusche draußen, direkt unter einem kleinen Wasserfall. Schweinekalt, aber sehr erfrischend. Dickes Bett mit einem halben Meter hohen Plumeau. Aber Toilette und Frühstück gab es auch, und das für 8,00 DM pro Nacht.

Leider regnete es ununterbrochen, und es hörte auch nicht auf. Wandern, spazieren gehen, schwimmen: Unmöglich! Wir waren samstags angekommen und am Mittwoch regnete es immer noch. Abends waren wir in unserem „Stammlokal" essen, und als der Essensbetrieb vorbei war, setzte sich der Kellner noch zu uns an den Tisch. Leider wurde er Romika gegenüber sehr zudringlich und ließ sich auch von mir nicht in die Schranken weisen. Romika gefiel die Situation offensichtlich sehr gut, genoss das Spiel um sie und beachtete mich nicht weiter.

Ich fuhr dann mit dem Auto zur Unterkunft und sehr spät am Abend tauchte sie dann auch auf. Ich war ziemlich sauer, und wir hatten unseren ersten großen Streit. Am nächsten Tag sind wir dann im strömenden Regen wieder nach Hause gefahren.
Später beschwerte ich mich beim ADAC über die Unterkunft und man schrieb mir, dass sei ja alles sehr traurig, aber im nächsten Jahr würde es besser. Mir war klar: Nie mehr Jugoslawien und nie mehr ADAC.

14. Kapitel

Zu Hause beruhigte sich alles wieder. Wir waren glücklich! Alle unsere Pläne gingen auf, und als ich 1974 mit der Ausbildung fertig war, fand ich sofort eine Arbeitsstelle als „Trainee on the Job" in einem großen Bauunternehmen in Bonn. Wir wollten ja unbedingt bauen, und da erschien uns eine Baufirma als der ideale Einstieg ins Berufsleben. 2.200,00 DM Monatsgehalt waren für die damalige Zeit ein Hauptgewinn!

Nach dem Vorstellungsgespräch und der sofort erfolgten Einstellung fuhren wir nach Berlin. Wir hatten uns mit Hans und Lisa an einer Autobahnraststätte verabredet. Von dort aus wollten wir in unserem R4 nach Berlin, Hans' Tante Gertrud besuchen, die Schwester seiner Mutter. Lisa war Hans' Freundin, die er während seiner Marinezeit in Wilhelmshaven kennengelernt hatte.

Sie war deutlich jünger als Hans, aber ein wirklich hübsches und freundliches Mädel.

Tante Gertrud wohnte in Berlin in einem Hinterhof zur Miete. Es war wie auf einem Bild von Zille. Mehrere hohe Mietshäuser hintereinander, düstere Hinterhöfe, in der Mitte ein Durchgang zum nächsten Haus. Eine Toilette für je 2 Etagen auf der „halben Treppe", wie man das nannte. Tante Gertrud hatte ihr Schlafzimmer geräumt, campierte auf der Couch im Wohnzimmer, und wir vier schliefen im Doppelbett. Es war wohl für alle Beteiligten, außer mir, etwas schrill, dass ich keinen Schlafanzug besaß und nackt schlief. Da das „Doppelbett" sehr knapp bemessen war, musste ich auf dem Boden schlafen, was ich ja von Romikas Zimmer her schon kannte. Als Tante Gertrud dann am Morgen nach uns sehen wollte und mich nackt auf dem Boden liegen sah, überkam sie ein mächtiger Schreck, von dem sie sich nur schwer erholte. Später wanderte sie nach Amerika aus. Ob da irgendein Zusammenhang bestand?

In der Nacht störte ein eigenartiges Rasseln und Stampfen, das aus der Schlafzimmerwand zu kommen schien. War da irgendjemand eingemauert, der raus wollte? Tante Gertrud konnte das Mysterium aufklären. Die Schlafzimmerwand gehörte auf der anderen Seite der „Schultheiss Brauerei" und genau an dieser Wand waren die Pferde angekettet, die tagsüber die Bierfässer herumfuhren.

Wir genossen die Zeit in Berlin, besuchten den „Osten", die vielen Kaufhäuser, den Kudamm, lernten auch Broiler kennen. Das war auch eine „lustige" Geschichte.

Als Westler mussten wir 25 DM in 25 Ostmark umtauschen. „Monopolygeld" nannte man es damals, da man dafür nix kaufen konnte. *Kommt eine Frau in den Laden und sagt: „Ich hätte gerne ein Brot." Darauf die Verkäuferin: „Wir haben hier kein Fleisch. Kein Brot gibt es nebenan."* Für uns war der Begriff Broiler völlig unbekannt und da wir mit insgesamt 100 Ostmark ausgestattet waren, wollten wir uns diese unbekannte Spezialität unbedingt antun und gingen in einen „Broilerladen". Es war so eine Mischung aus Restaurant und Schnellimbiss, menschenleer. Wir wollten uns gerade hinsetzen, als eine als Bedienung verkleidete Tarantel auf uns zuschoss und uns anherrschte: „Sie können sich nicht einfach hier hinsetzen, Sie müssen am Eingang warten und dann werden Sie platziert!". OK, alle Mann zurück zum Eingang und warten. Die Tarantel kommt wieder auf uns zu und fragt: „Was möchten Sie denn essen?" „Broiler!" „Die sind alle". „Was haben Sie denn sonst noch?" „Na nichts. Sie sehen doch, der Laden ist leer". Es war nicht alles schlecht in der DDR. Kurz vor dem Grenzübergang nach Berlin verschenkten wir die Ostmark an eine zufällige vorbeikommende Passantin. Auf der Rückfahrt lieferten wir Hans und Lisa wieder an ihrem Auto ab.

Nun, wo ich eine feste Anstellung hatte, wurde es langsam Zeit, an den Nachwuchs zu denken. Romika arbeitete in Bergheim beim Notar. In dessen Bürohaus wurde die Dachwohnung frei. Knapp 80 qm, Miete 0,00. Schlaf-/, Kinder-/, Wohnzimmer, große Wohnküche, ein kleines Badezimmer, Garage und die Nutzung des Gartens. Dafür musste dann abends das Büro gereinigt, Fenster geputzt und aufgeräumt werden. Wir schlugen sofort zu, zogen 1974 nach Bergheim in diese Wohnung. Kurze Zeit später war Romika schwanger.

15. Kapitel

Leider ging in meinem Job nicht so alles nach Plan. Die Firmeninhaber stritten sich wegen Anteilen an Firmen und Grundstücken vor Gericht, die Banken drehten den Geldhahn zu, und der Laden ging den Rhein runter. Der damalige Geschäftsführer hatte mir versprochen, dass sei alles nur vorübergehend, und ich solle auf jeden Fall in der Firma bleiben, aber nur wenige Tage später wechselte er zu einem Konkurrenten.

Da war mir klar, dass meine Tage und die der Firma gezählt waren. Ich suchte eine neue Arbeit. Die Firma „Neumann Tapete" (NT) suchte einen Assistenten für den Geschäftsführer. Hauptsächlich sollte die Firma auf einen modernen

Organisationsstand gebracht werden. Der Magnetbandcomputer sollte durch einen neuzeitlichen Rechner ersetzt werden. Die Kontenbuchhaltung sollte durch eine OP-Buchhaltung abgelöst werden, das Fakturiersystem sollte neu geschaffen und eine Lagerbestandsrechnung sollte eingeführt werden. EDV-gestützte Buchhaltung war genau mein Thema und den Rest, da war ich mir sicher, würde ich auch schaffen. Nach meiner Bewerbung wartete ich fieberhaft auf Nachricht und schon bald erhielt ich einen Vorstellungstermin, Juli 1975.

Beim Termin waren anwesend: Herr Möckner, Firmeninhaber, Herr Schäfer, Prokurist und Verkaufsleiter sowie Herr Pflock, Vertriebsleiter bei der IBM Köln. Herr Pflock bestritt den wesentlichen Teil des Gespräches. Er, als IBMer, sollte herausfinden, ob ich die Fähigkeiten besäße, alle diese Wünsche zu realisieren. Herr Möckner war nur für die Gehaltsfrage zuständig und Herr Schäfer als Beobachter. Als es um das Gehalt ging, forderte ich 2.600,00 DM und Herr Möckner meinte, ich sei mit Abstand der teuerste Bewerber. Herr Pflock hingegen hielt diese Summe eigentlich für zu niedrig und meinte, dass ich auch der bisher beste Bewerber sei, den man gesehen habe. Ich wiederum verwies darauf, dass ich noch andere Vorstellungstermine habe und nicht böse sei, wenn man sich einen Mann wie mich nicht leisten könne.

Ich wurde nach draußen geschickt und nach einiger Beratungszeit wurde ich wieder reingeholt. Herr Möckner bot mir 2.600,00 DM an, nach 6 Monaten 2.800,00 und die Übernahme aller erforderlichen Lehrgangskosten für Programmierung und was sonst noch erforderlich wäre, nebst Spesen. Das Ganze auf der Basis von 13 Monatsgehältern. Es wundert wohl niemanden, dass ich auf der Stelle zusagte.

Romika war total happy. Unsere Emma war im März 1975 geboren worden und entwickelte sich prächtig. Wir hatten ein süßes Kind, eine Arbeit mit Zukunftsaussichten, und wir liebten uns. Was hätte uns noch passieren können?

Mitte Juli hörte ich bei der Baufirma auf, der Laden war in Auflösung. Die Geschäftsführer schleppten Rechen- / Schreibmaschinen ins Auto, Kopierer verschwanden über Nacht, die Wirtschaftsprüfer, zuständig für ein neues Unternehmenskonzept, ließen sich abends die geleisteten Stunden in bar auszahlen. Ich hatte genug und ging.

Emma war ein total liebes Kind. Sie schrie kaum und schlief viel. Nachts gab ich ihr Fläschchen, wickelte sie und spielte ein wenig mit ihr, bis sie wieder einschlief. Romika schlief nachts durch. Die Geburt hatte sie doch sehr erschöpft. Wir hatten eine kleine Wippe, in die wir Emma legten, wenn wir frühstückten oder zu Mittag aßen. Natürlich war sie der Liebling von allen Omas und Opas, sie war ja das erste Enkelkind. Am Wochenende gingen wir mit ihr im Kinderwagen spazieren und Freunde und Verwandte besuchen. Es war wie im Bilderbuch. Romika hatte noch Mutterschutz und danach ging sie halbtags arbeiten, Emma wurde in dieser Zeit immer bei Romikas Mutter abgeliefert. Wehe, wenn Emma mal nicht gebracht wurde!

16. Kapitel

Am 1.8.1975 begann ich bei NT. Alle Betriebsangehörigen beäugten mich misstrauisch, als ich dort auflief. Mein Büro war noch nicht fertig (ich sollte ursprünglich erst am 15.8. anfangen) und ich stand mit meinem Schreibtisch am Ende des Flures, von dem alle Büros abgingen. Ich machte mir ein Bild von dem Unternehmen, stellte mich allen Mitarbeitern vor, sprach mit ihnen, ließ mir Arbeitsweise und Abläufe erklären und lernte den Laden erst Mal kennen.

Die Realisation der ganzen Umstellung sollte mit dem neuentwickelten IBM-Rechner /32 erfolgen. Dieser Computer war völlig neu auf dem Markt und die IBM wollte damit in die kleinen und mittleren Unternehmen hinein, die sich Großrechner nicht leisten konnten. Der Computer war etwa so groß wie ein Schreibtisch, verfügte über einen eingebauten Drucker und einem ca. 20 x 20 cm großen, ebenfalls fest eingebauten Bildschirm. Eingebaut war auch eine Festplatte mit 5 MB und ein 16 K Hauptspeicher. Das Ganze zum sagenhaft

„günstigen Preis" von 65.000,00 DM, also 20.000,00 DM teurer, als der Superbenz von meinem Chef.

Die Software musste nicht erst manuell programmiert werden. Das war die große Neuerung! IBM hatte ein Tool entwickelt, „MAS" Modulares Anwendungssystem. Auf Basis eines sehr umfangreichen Fragenkataloges mit Ankreuztechnik wurde herausgefunden, was die Software leisten sollte. Ein Großrechner stellte dann aus einer Datenbank die entsprechenden Programmmodule zusammen und fertigte dann das Anwendungspaket.

Letztendlich hat das bei der IBM nie so richtig funktioniert und der Abteilungsleiter bei der IBM, der dafür zuständig war, hat dann die IBM verlassen, SAP gegründet und ist heute mehrfacher Milliardär. (TSG Hoffenheim). MAS wurde dann später auch als („Mach alles selber") interpretiert.

Soweit sind wir aber noch nicht. Der IBM-Mann, zuständig für die ganze Realisation, war nicht Herr Pflock, sondern Herr Norbert Griegoleit, den ich im August 1975 kennenlernte. Er trug im Gegensatz zu den IBMern keinen dunkelblauen Anzug mit Schlips, sondern ein blaues Sakko, graue Hose und ein Halstuch. Sah also schon mal nicht nach IBM aus.

Ich zeigte ihm, was ich bisher alles herausgefunden hatte, die Organisationsabläufe, wie sie bei NT bestanden, wo derzeit die Engpässe waren und wer welche Funktion hatte. Wir arbeiteten den Fragenkatalog gemeinsam durch und immer wieder musste ich bei NT Informationen nachgraben. Gleichzeitig stellte Herr Griegoleit fest, welche Lehrgänge ich besuchen sollte und buchte diese dann bei der IBM ein. Da kam einiges zusammen. Wir trafen uns regelmäßig bei der IBM in Köln und dort lernte ich dann auch die /32 kennen.

Nach ungefähr einem Monat Zusammenarbeit war der Fragenkatalog fertig und er wurde an die Zentrale nach Stuttgart geschickt. Einige Zeit später kam Norbert mit einer Fehlerliste zu mir ins Büro. Es waren Unplausiblitäten im Fragenkatalog, die nachgearbeitet werden mussten.

Aber auch das bekamen wir hin. Bei NT wurden organisatorische Änderungen durchgezogen, Datenbestände durchgearbeitet. Das größte Problem war die Organisation der Buchhaltung. Der damalige Buchhalter, Herr Hardt, hatte alle Buchungen auf sognannte „diverse Konten" gebucht. Gab es 5 verschiedene Kunden, die alle mit dem Buchstaben „B" begannen, so buchte er die alle auf „B-diverse".

Kamen Zahlungseingänge, wurden die ebenfalls dahin gebucht. Die Firma belieferte Tapetengeschäfte und Malerfirmen. Fast alle Malerfirmen fangen mit „M" an und die Tapetengeschäfte mit „T". So gab es 140 Malerkunden, die alle mit ihren Rechnungen auf dem „M-diverse" Konto standen, natürlich mit den dazugehörenden Zahlungen. Es war ein unglaubliches Durcheinander, und die Konten mussten alle aufgelöst werden, damit man ermitteln konnte, wer hat was bekommen, wer hat was bezahlt und vor allem: Wer muss noch bezahlen. Man hatte noch nie einen Kunden gemahnt, kannte die Höhe der Außenstände nicht, wusste noch nicht einmal, wer von den Kunden schon pleite war.

Man kann sich gut vorstellen, dass Herr Hardt und seine Lieblingsbuchhalterin nicht zu meinen Fans gehörten. Sie hassten mich. Jahrelang war Ruhe in der Buchhaltung, niemand hat je gestört. Nun kommt der junge Schnösel und bringt alles durcheinander. Als wir dann zum ersten Mal Mahnungen verschickten, stand das Telefon tagelang nicht still, der Anrufbeantworter war jeden Morgen voll, bis an die Grenze seiner Aufnahmekapazität. Jede 2. Mahnung war falsch und am Ende dieser Aktion mussten 120.000,00 DM Forderungen ausgebucht werden.

Im Bereich Fakturierung war es ähnlich. Es gab keine Konditionsblätter für die Kunden. Herr Mattes, zuständig für Fakturierung, besaß eine große Kladde, in der die Konditionen der Kunden eingetragen waren. Allerdings in einer Schrift, die niemand außer Herrn Mattes selbst lesen konnte. War er krank oder in Urlaub, konnten eben keine Rechnungen geschrieben werden. Keiner blickte durch. Hier musste mit massivem Druck gearbeitet werden, damit Klarheit in die Daten kam. Aber auch das bekamen wir hin. Die Lagerbuchhaltung wurde erst Mal auf später verschoben, Fakturierung und Buchhaltung waren die Hot Spots.

Zwischenzeitlich hatte ich mich auch mit meinem Chef, Herrn Möckner, etwas angefreundet. Er hatte vier Kinder und war ganz begeistert, als ich ihm von Emma und unseren weiteren Kinderwünschen erzählte.

Alles war bestens.

Im Spätherbst liefen die ersten Rechnungen auf unserer /32. Bis gegen 01:00 h hatte ich am Computer herumgewerkelt, bis er endlich anfing, Rechnungen zu drucken. Das geschah alles sehr langsam, ich fuhr nach Hause. Gegen 06:00 h rief mich Herr Möckner an: Die Rechnungen sind alle falsch!

Ungewaschen fuhr ich sofort nach Bonn und tatsächlich: Die Multiplikation von Menge und Preis war falsch. Nicht eine Zeile stimmte und ich war den Tränen nahe. Ich konnte Norbert noch zu Hause erreichen und auch der kam direkt zu uns ins Büro. Es war kein Fehler in der Software, die Hardware hatte eine Macke und kurz nach 08:00 h, standen schon 2 IBM-Techniker auf der Matte. Irgendwann in Laufe des Tages stellten diese fest, dass es auf einer Platine lockere Lötstellen gab. Eine neue Platine musste beschafft und eingebaut werden. Zwei Tage später starteten wir erneut und dann klappte es. Die Rechnungen waren O.K. und konnten verschickt werden.

Leider hatten sich durch die schleppenden Vorbereitungen zur Umstellung eine Menge Belege angesammelt, die alle noch nicht fakturiert waren. Wir waren ca. zwei Monate mit der Rechnungsschreibung zurück, was sich auch liquiditätsmäßig auswirkte. Mein Chef musste mehrmals zur Bank, um dort die Gemüter zu beruhigen.

Das System /32 hatte einen großen Nachteil: Man konnte entweder nur Daten erfassen oder nur Rechnungen schreiben. Multitasking kannte die Maschine nicht. Da die Datenerfassung tagsüber lief, schrieb ich nachts die Rechnungen. Das war auf Dauer aber nicht praktikabel, denn tagsüber musste ich ja meine normale Arbeit machen. Norbert okkupierte kurzerhand eine zweite /32 im Rechenzentrum Köln und nun konnte ich tagsüber in Köln Rechnungen drucken, während die Mitarbeiter in Bonn die Datenerfassung bewerkstelligten. Später kauften wir noch eine Datenerfassungsstation. Die Daten konnten dann mittels Diskette auf die /32 transferiert werden. Langsam baute sich der Datenüberhang ab, das Konto rutschte aus dem roten Bereich, ich konnte nachts wieder schlafen und alle waren zufrieden.

Mitte 1976 war alles erledigt, aber es war klar, dass /32 nur eine Zwischenlösung sein konnte. Die IBM kündigte einen Nachfolger an /34. Ein System, an das bis zu 32 externe Bildschirme angeschlossen werden konnten. Mehr Hauptspeicher und schnellere Drucker. Wir bestellten sofort.

Endlich konnten wir unsere Lagerbuchhaltung realisieren und mit den Bestellungen online gehen. Diese wurden bisher am Telefon auf einen Zettel oder Vordruck geschrieben und manuell weiterbearbeitet. Der Lieferschein wurde davon wieder abgeschrieben und der diente dann als Fakturierunterlage.

17. Kapitel

Während bei uns im Büro alles mit der erneuten Umstellung beschäftigt war, Herr Hardt war zwischenzeitlich in den wohlverdienten Ruhestand abgetaucht, seine Lieblingsbuchhalterin hatte sich mit Schwangerschaft und Hochzeit aus dem aktiven Arbeitsleben verabschiedet, war Romika wieder schwanger. Im Februar 1977 wurde Rocky geboren. Wir waren überglücklich. Nach der Tochter ein Sohn. Besser ging es gar nicht. Ich lud meinen Chef nach Bergheim in meiner Lieblingskneipe zum Essen ein. Rumpsteak mit Bratkartoffeln. Ich kannte kein Lokal, in dem es besser schmeckte. An diesem Abend wurde mein Gehalt neu auf 4.000,00 DM festgesetzt, mir wurde ein Firmenwagen zugesagt und ich wurde zum Prokuristen befördert.

Als ich am nächsten Tag Romika davon berichtete, war klar: Jetzt können wir bauen! Romika hatte schon länger ein Grundstück im Auge, mit dem sie liebäugelte. Mir war es zu nah an der Bundesstraße und der Bundesbahn gelegen. Ich hätte das Grundstück gerne woanders und kleiner gehabt. Es ging um ca. 1.000 qm. Aber ich konnte mich nicht durchsetzen. Bei der Finanzierung wurde ich dann aber wieder gefragt. Wir mussten ein eigenfinanziertes und voll bezahltes Grundstück vorweisen, um eine Hypothek zu bekommen. Wir hatten aber nur 10.000,00, das Grundstück kostete 70.000,00. Nun, mein Arbeitgeber war bereit, mir 30.000,00 als Arbeitgeberdarlehen ohne Grundbuchsicherung zu geben. Die Bausparkasse gab 10.000,00 als Darlehen ohne Grundbuchsicherung. Fehlten noch 20.000,00. Mit dem Grundstückseigner vereinbarten wir, dass diese fehlenden 20.000,00 nach 3 Jahren in einer Summe bezahlen würden. Passte! Das Grundstück war gesichert und finanziert. Ich rechnete mir aus, dass es kein Problem werden würde, das Haus nach 3 Jahren mit 20.000,00 zu belasten, da ich auch von weiter steigendem Einkommen ausging.

Seit Jahren hatten wir immer wieder Fertighausausstellungen besucht, saßen auf Bergen von Katalogen und wussten eigentlich schon genau was wir wollten. Ein Walmdachbungalow mit 110 qm, voll unterkellert, der Marke „Fingerhut" aus Wissen/Sieg.

Der Bau als solcher war, völlig unerwartet, mit sehr viel Stress verbunden. Wer glaubt, dass man überhaupt keinen Ärger bekommt, wenn man ein schlüsselfertiges Fertighaus baut, der glaubt auch an den Weihnachtsmann. Der Winter 1977/1978 war einer der härtesten nach dem 2. Weltkrieg! Wochenlang Eis und Schnee bei bis zu minus 20°. Die Baufirma konnte auf den Straßen keine schweren Lasten transportieren, dafür war es einfach überall zu glatt. Der Keller war zwar im Spätherbst geliefert und aufgebaut worden, im Keller kann man aber nicht wohnen. Unsere Wohnung hatten wir aber zum 1. Mai gekündigt.

18. Kapitel

Ärger gab es auch zwischen Romika und mir. Gewaltigen sogar. Der Supergau! Einige Monate nach Rockys Geburt fragte ich Romika, wann sie glaube, sich so weit von der Geburt erholt zu haben, dass wieder an Sex zu denken sei. Bei Emma war das recht flott wieder der Fall. Romikas Antwort irritierte mich enorm: Es würde keinen Sex mehr geben. Sie habe sich immer zwei Kinder, Junge und Mädchen gewünscht und das sei ja nun geschehen. Ihre Familienplanung sei abgeschlossen, Sex mit mir daher nicht mehr nötig. Ich hielt es für einen dummen Witz, aber ihr war es bitterer Ernst. Um diese Aussage zu unterstreichen, wurde Rocky dann nächtens immer zwischen Romika und mir ins Bett gelegt. Damit sollten und wurden nächtliche „Übergriffe" verhindert. Es hatte keinen Zweck, mit ihr zu verhandeln. Es war von ihr verkündet und beschlossen! Eines Morgens, ich hatte mich wohl in der Nacht etwas zu laut selbst befriedigt, meine sie: „Geilen Sex gehabt heut Nacht?" Sie fand ihren Witz einfach übermächtig gut und lachte den ganzen Tag immer wieder über diese, ihrer Meinung nach wirklich gelungene Anmerkung.

Nun begab es sich zu jener Zeit, dass ich mittlerweile Personalchef war. Ich hatte die Buchhaltung komplett mit neuen Kräften bestückt und alles lief vortrefflich. Eine der jungen Damen, ca. 22, gefiel mir und rückte, auch bedingt durch meine erzwungene sexuelle Enthaltsamkeit, immer mehr in mein Interesse. Sie war eine gutaussehende, ruhige, junge Frau, mit dunklen Augen und einer sehr angenehmen Stimme. Natürlich unternahm ich nichts, um ihr näher zu kommen, aber gefallen hat sie mir schon sehr.

Bei der jährlichen Weihnachtsfeier sollte sich das ändern. Die Auszubildenden und die jüngeren Angestellten hatten nach dem offiziellen Teil der Feier bei einem Azubi einen Tanzabend arrangiert und mich als Chef gebeten, mitzukommen.

Nach einigem Zögern wurde ich weich und kam mit. Es war alles sehr liebevoll gestaltet, schöne Musik, ein paar leckere Drinks und Tanzen mit meinen Mädels, unter anderem auch mit Greta, meiner Buchhaltungsschönheit. Schnell merkte, oder hoffte ich, dass da ganz offensichtlich weitergehendes Interesse an mir bestand. Ihre Hände wanderten an Stellen, die man beim Tanzen normalerweise nicht berührt und dadurch ermutigt, ließ ich meine Hände ebenfalls an und über neuralgische Punkte wandern. Das wurde aber auch nicht abgelehnt. Im Gegenteil! Je forscher die Hände wurden, umso geschmeidiger wurde meine Partnerin. Wir zogen uns in ein dunkles Eckchen zurück und hatten eine Menge Spaß. Zum Äußersten kam es jedoch nicht. Es war schon spät, bzw. früh am Morgen. Ich fuhr nach Hause und dann war erst mal Weihnachten.

Hier ergab sich dann leider keine Entlastung durch Romika und auch Rocky wurde jede Nacht wieder zwischen uns ins Bett gelegt. Im Januar ging es wieder ins Büro und natürlich war Greta auch da. Wir spürten beide, dass es über kurz oder lang zwischen uns beiden gewittern würde, es knisterte gewaltig, aber ich traute mich nicht, irgendetwas zu unternehmen. Eines Abends fragte sie mich, ob mir das Tanzen mit ihr nicht gefallen habe. Doch, ja, auf jeden Fall, erwiderte ich. Ich weiß aber nicht, wie dir das gefallen hat. Nun, so ihre Einrede, das können wir außerhalb der Firma besprechen.

Wir verabredeten und trafen uns. Ich erzählte ihr von meinen Eheproblemen, den Kindern, vom Haus und vieles mehr, sie von den Problemen mit ihrem Freund. Sie hörte die ganze Zeit über verständnisvoll zu und ehe ich mich versah, plötzlich küsste sie mich, heiß und innig. Es war, als ob in mir ein Ventil aufgedreht wurde. Ich küsste zurück, wir zogen uns in mein Auto zurück und hatten Sex, wie ich ihn noch nie erlebt hatte. Es war eine Offenbarung, über die ich hier nichts weiter schreiben möchte, aber sie konnte Dinge, von denen Romika wahrscheinlich gar nicht wusste oder wissen wollte, dass es sie gab.

Greta und ich trafen uns so oft es ging im „Pendel". Eine Mischung aus Disco, Bistro und Kneipe. Ein bisschen schummrig und immer laute Musik. Dr. Hook: „When you're in love with a beautiful woman", „Sexy Eyes". Art Garfunkel: "Bright eyes, burning like fire". America: "The last unicorn". Das waren unsere Lieder, die regelmäßig gespielt wurden. Musik war ohnehin sehr wichtig für mich.

In meinem Elternhaus lief in den 50er Jahren: Peter Alexander, Gerhard Wendland und andere Strategen. Es waren die 78er Platten. 78 wegen der Umdrehungsgeschwindigkeit. Teilweise noch aus Schellack, im Format einer 30-cm Langspielplatte. Die Nachkriegsmusik war schon von fast peinlicher Sentimentalität und gefiel mir überhaupt nicht. Die Menschen, die den Krieg überstanden hatten, sehnten sich nach Ruhe und Geborgenheit oder nach Urlaub in fernen Ländern, z. B. Spanien oder Italien. Durch Hans, den hatte ich 1960 bei der Einschulung in der Realschule kennen gelernt, tauchte ich in andere Dimensionen der Musik ein. Er wohnte ganz in meiner Nähe und so nach und nach kamen wir uns näher. Ursprünglich kamen er und seine Familie aus Norddeutschland. Sein Vater hatte eine Stellung bei der Bundeswehr bekommen, die 1956/1958 wieder neu aufgebaut wurde. Im Gegensatz zu mir besaß er einen eigenen Plattenspieler, sogar von DUAL, und vor Allem, was noch viel wichtiger war, eigene Platten. Ich sehe den Plattenspieler noch heute vor mir. Ein rechteckiger Kasten aus braunem Holz mit abnehmbarem Deckel. Der Deckel bestand aus 2 Lautsprechern, die per Kabel mit dem Chassis verbunden waren. Hier liefen nur 45er Platten.

Hier hörte ich zum ersten Mal „The Shadows", eine Band aus London, die damals ausschließlich Instrumentals spielte. Und zwar nicht mit Klavier, Geige und Cello, sondern es waren vier Mann mit 3 Elektrogitarren und einem Schlagzeug. Es war die Band von Cliff Richard, von dem ich zwar schon mal etwas gehört hatte, aber was der für Musik machte, war mir nicht bekannt. Ich hörte „Wonderful Land" und „Apache". Da war es um mich geschehen. Diese Musik hörte sich an wie der Klang aus einer anderen Sphäre. So etwas Schönes und Melodisches hatte ich noch nie gehört. Noch heute, 60 Jahre später, kann ich von dieser Musik nicht genug bekommen. Etliche Male habe ich sie Live auf der Bühne gesehen und besitze alle DVD's.

1962 erschienen die Beatles auf der Musikszene und natürlich wurden die dann zu einer unserer Lieblingsbands Es begann die Ära des „Brit Pop". Nun war es nicht so, dass man diese „entartete Musik" an jeder Ecke zu hören bekam. Die deutschen Sender spielten diese Musik nicht und auch in England tat man sich sehr schwer. Es etablierten sich „Piratensender" im Ärmelkanal, die außerhalb der 3-Meilenzone illegal Rockmusik auf Mittelwelle sendeten. Der bekannteste war „Radio Caroline". Nachts war die Übertragung besser, aber immer noch grottenschlecht. Die Töne waren von Störgeräuschen überlagert, die Lautstärke schwankte stark und manchmal verschwand der ganze Sender.

Meinem Vater gefiel das Ganze überhaupt nicht und verbat mir, dieses „Gekreische und Gejohle" überhaupt zu hören. Es machte es für ihn nicht leichter, dass alles in Englisch „geschrien" wurde. Seiner Meinung war in der Vergangenheit vieles falsch gelaufen. Hätte man den „Führer" nicht an der Ausübung seiner wichtigen Mission gehindert, würden die Engländer heute Deutsch sprechen und man wüsste, was die da zu grölen haben. Andererseits wäre uns unter dem „Führer" diese Abart von Musik erspart geblieben. Der hätte abartige Musik verboten und gewusst, wie man mit den Urhebern zu verfahren hätte. Wie ER überhaupt immer gewusst habe, wie man mit Menschen verfahren müsse, die sich nicht anpassen konnten. Es war generell in den Kreisen meines Vaters üblich, immer den „Führer" herbeizusehnen, wenn irgendetwas nicht nach deren Gusto lief. Es herrschte seltsame Übereinstimmung, dass der „Führer" sich nur versteckt hielt und irgendwann mit neuer Kraft auf der Weltbühne erschien und alles zum Guten richten würde. Es war so eine Art „Fakenews" in Verbindung mit „Verschwörungstheorie".

Es ist für mich mehr als nur erstaunlich, dass es, auch in der heutigen Zeit, immer noch Menschen gibt, die sich diesem rechtsextremen Gedankengut mit großem Enthusiasmus nähern. Verfehlte Bildungspolitik?

Er, mein Vater, nicht der „Führer", ging auch einmal die Woche zur Probe in den „Gesangverein". Dort pflegte man „Deutsches Liedgut", „Deutsches Bier" und „Deutsche Tugenden". Singen, saufen, schlagen. Kam er nach der anstrengenden Probe mehr oder weniger besoffen nach Hause, musste dann meine Mutter herhalten. Er lebte nach dem Spruch: „Schlag deine Frau zwei Mal täglich, auch wenn du nicht weißt, warum. Sie wird es schon wissen." Er war ein absolutes Ekelpaket.

Als ich bei der Bundeswehr diente, hatte er nur noch meine Mutter als „Punching Ball". Irgendwann in dieser Zeit suchte sie einen Anwalt auf, um sich beraten zu lassen, wie sie aus dieser Prügelehe herauskommen könne. Der Anwalt, ein Saufkumpan meines Vaters, rief ihn an und erklärte ihm, dass er sich ein bisschen um seine Ehefrau „kümmern" müsse, die wolle aus der Ehe raus. Mein Vater machte meiner Mutter klar, dass so etwas mit ihm überhaupt nicht ging, und nach dieser sehr intensiven Erklärung lag sie für eine Woche im Krankenhaus. Sie war die Treppe heruntergestürzt, die ungeschickte Frau. Zwei Stockwerke tief! Leider habe ich das alles viel zu spät erfahren.

Aber zurück zu Romika.

19. Kapitel

Ich erklärte Romika, dass ich nun jemand anderen gefunden habe und mir eine Wohnung nehmen würde. Das ließ sie jedoch völlig kalt, sie hatte das provoziert und letztendlich auch damit gerechnet. In Bornheim fand ich ein kleines Appartement und zog dort ein. Sonntags besuchte ich die Kinder. Da ich freiwillig an Romika Unterstützung bezahlte, wusch sie meine Wäsche, die ich abends wieder in meine Wohnung mitnahm. Greta traf ich, sooft es ging, und wir kamen uns immer näher. Eines Tages offenbarte sie mir ihre Zukunftspläne. In denen ging es auch unter anderem darum, dass sie unbedingt Kinder haben wollte. Von mir!

Mich endgültig von meiner Frau zu trennen, erschien mir als sinnvoll und notwendig, aber ich hatte ja schon zwei kleine Kinder. Warum noch mehr? Schließlich würden mich die vorhandenen Kinder mit Romika über die kommenden Jahre hinweg eine Menge Geld kosten. Das Haus, das bald fertig war, könnte man verkaufen. Die Schulden vom Verkaufserlös bezahlen und den Rest teilen. Das war lösbar. Außerdem liebte ich meine Kinder. Was tun? Ich befand mich in einem echten Dilemma. Darüber hinaus hatte ich ja am eigenen Leib erfahren, wie sich eine Frau nach der Geburt von Kindern verändern kann. War das eine einmalige Sache, die nur mir passiert war oder musste man bei jeder Frau damit rechnen?

An irgendeinem Sonntag erklärte mir Romika, dass sie es sich anders überlegt habe. Es wäre Blödsinn, die Kinder ohne Vater aufwachsen zu lassen und das schöne Haus zu verkaufen. Außerdem habe sie in den letzten Wochen gespürt, dass sie mich sehr lieben würde und auf keinen Fall auf mich verzichten möchte. Es täte ihr alles so leid und, und, und. Sie heulte, schluchzte, jammerte, wand sich, wie unter Schmerzen. Es war eine Oscarreife Vorstellung. Nach einiger Bedenkzeit beendete ich also mein Verhältnis mit Greta unter großen Tränen meinerseits und mit einem sehr schlechten Gewissen. Meinen neuen Hausstand löste ich wieder auf, Greta kündigte und ging zu einer anderen Firma in Köln. Dort lernt sie dann einige Zeit später ihren zukünftigen Ehemann kennen, mit dem sie drei Kinder hat.

20 Jahre später, Weihnachten 1998, ging ich nach einem Arztbesuch in Bonn über den Weihnachtsmarkt. Ich wollte mir ein Würstchen gönnen. Plötzlich, ich traute meinen Augen kaum, sah ich an einem Stand eine Person stehen, die ich vom Umriss her als Greta identifizierte. Sie stand mit dem Rücken zu mir, in die Auslage der Weihnachtsbude vertieft. Von hinten ging ich auf sie zu, legte beide Hände auf ihre Schultern: „Hallo Greta, wie schön dich zu sehen, wie geht es dir?" Sie zuckte nicht zusammen und drehte sich auch nicht um: „Mir geht es gut, Harry!" Dann erst drehte sie sich um, und wir umarmten uns lang und intensiv. Die alte Sympathie war sofort wieder da, als hätten wir uns nie getrennt. Es war schön, sie wieder zu sehen und das so unver-

hofft. Wir gingen wieder ins „Pendel", die Kneipe gab es tatsächlich noch. Wir sprachen über einfach alles. Natürlich auch über die erneute Trennung von Romika. Die war am 1.10.1998 ausgezogen.

Greta besuchte mit den Kindern ihre Eltern in Bonn. Die Oma passte auf ihre drei Jungs auf, damit Greta ungestört Weihnachtseinkäufe vornehmen konnte. Nach einer Stunde musste sie leider weg, die Mutter wartete mit dem Abendessen. Wir drückten uns innig, tauschten aber keine Adressen oder Telefonnummern aus. Wir wussten beide, dass das nicht gut ausgehen würde. Mir kamen einfach die Tränen gelaufen, sie waren nicht zu stoppen. Ihr ging es nicht besser und so verabschiedeten wir uns, heulend, jeder in seine Richtung. Wieder knapp 20 Jahre später suchte ich im Web nach alten Klassenkameraden, ehemaligen Lehrlingen und früheren Bekannten. Irgendwann stieß ich auf Gretas Eintrag und schrieb sie an. Irgendwie war sie sehr abweisend und kurz angebunden. Aber nach einigen Mails hatte sie wohl erkannt, dass ich lediglich Nachrichten austauschen wollte. Mehr nicht. Was will Mann nach 40 Jahren auch noch wollen?

20. Kapitel

Das Verhältnis zu Romika hat dann nie wieder den Zustand erreicht, wie er vorher war. Es begann dann auch mir aufzufallen, dass sie sich seltsam benahm. Das war wohl schon vorher so, aber da sah ich ja noch alles durch die rosarote Brille. Nun war der Blick klarer! Es begann das, was man als „narzistische Persönlichkeitsstörung" bezeichnet. Spruch: „Wo ich bin, ist immer vorne, deshalb stehen alle anderen immer hinter mir". Noch ein Spruch: „Wenn ich nicht Recht hätte, würde ich es doch gar nicht erst sagen!" Außerdem entwickelte sie ein Verhältnis zu Rocky, das man, mild gesprochen, durchaus als „sehr ungewöhnlich" charakterisieren kann. Meine Therapeutin bezeichnete später das Ganze als „erotisches Verhältnis". Erotisch wohlgemerkt, nicht sexuell. Allerdings habe ich nie verstanden, wo da genau die Grenzen liegen.

Bis zum 3. Lebensjahr von Rocky blieb Romika zu Hause, ging also nicht mehr arbeiten. Ab dem 3. Lebensjahr ging Rocky in den Kindergarten und Romika wieder halbtags arbeiten. Im Gegensatz zu Emma war Rocky ein sehr lebhaftes Kerlchen, immer für Überraschungen gut.

Leider hatte er von Geburt an Neurodermitis, was dazu führte, dass Romika wohl die erste „Helikoptermutter" war und ist, denn sie hing immer an und über ihm, ließ ihn überhaupt nicht er selbst sein. Er bekam keine Chance, sich ohne Romikas Einfluss zu entwickeln. Darauf angesprochen erklärte sie mir: Ich habe alle meine Geschwister erzogen. Du hast nun wirklich keine Ahnung von Kindererziehung. Wenn du dich da einmischst, werde ich dich mit den Kindern verlassen!

Nun ja, alle Geschwister hat sie nicht erzogen. Die ältere Schwester nicht, den älteren Bruder nicht und sich selbst schon mal gar nicht. Von den verbleibenden fünf haben sich zwei selbst getötet. Als die jüngste Schwester „erzogen" werden musste, waren wir schon verheiratet. Aber das nur am Rande.

Beruflich tat sich sehr viel Positives. Die lang geplante und minutiös vorbereitete Umstellung auf /34 funktionierte hervorragend. Nunmehr konnten die Kunden über Telefon das Tapetenmuster bestellen, dass sie haben wollten. Der Sachbearbeiter konnte direkt bestätigen, ob die gewünschte Menge vorhanden war. War die Bestellung O.K., wurde im Lager sofort ein Lieferschein ausgedruckt und im Regelfall wurde am nächsten Tag die Ware zugestellt. Wenn nicht, wurde automatisch eine Bestellung beim Lieferanten ausgelöst.

In der Branche sprach sich das schnell herum, und NT konnte jede Menge neue Kunden gewinnen. Außerdem machte die IBM mächtig Wind mit und für uns. Wir waren die erste Firma in Deutschland, die das System /34 so schnell und so perfekt ans Laufen bekommen hatte. Es gab einen großen Beitrag in der IBM-Kundenzeitschrift, Sonderdrucke und regelmäßig karrte die IBM ganze Busladungen von Interessenten ins Haus, die alle sehen wollten, wie die Arbeit mit externen Bildschirmen funktioniert. Darüber hinaus wurde ich zu IBM-internen Veranstaltungen eingeladen, bei denen ich gegen Honorar von meinen Umstellungserfahrungen berichtete. Ich bekam auch eine Menge Angebote von Firmen, dort zu arbeiten und die Firmen organisatorisch neu aufzustellen.

Es lief wirklich alles wie im Bilderbuch. Natürlich gehörte der meiste Dank Norbert, der die Programme zum größten Teil selbst angepasst und weiterentwickelt hatte. Er bezog mich jedoch immer in die Arbeit ein, gab mir kleinere Programmieraufgaben und dabei lernte ich das Programmieren richtig. Konnte ich vorher nur einige kleine Dinge basteln, war ich nun in der Lage, auch umfassende Programme zu entwickeln.

An dieser Stelle eine kleine Episode, die etwas über Norbert zeigt. Wir hatten uns zu Norberts Lieblingsradtour verabredet. Von Schmidtheim, Start 10:00 h, über Kalterherberg und Mützenich ins Hohe Venn und von dort nach Aachen. Rund 120 km und um 18:00 h mussten wir den Zug in Aachen erreichen. Der „Ostende-Express" brachte uns dann nach Köln.

Wir hatten also 8 Stunden für 120 km. Machbar, wie wir wussten, aber hart, zumal der Aufstieg von Kalterherberg nach Mützenich rund 180 Höhenmeter in stechender Mittagssonne ohne jeden Schatten erforderte. Norbert hatte zu dieser Tour seinen Bekannten Rainer mitgebracht. Dieser wiederum schleppte seine Ehefrau und deren Freundin mit. Die beiden Damen hatten keinerlei Erfahrung mit solchen Strecken, und Rainer war ein begabter Fahrrad-Schrauber, aber es war seine erste große Eifeltour. Das ganze Unternehmen ging also sehr schleppend vonstatten. Mit Mühe und Not erreichten wir erst nach 12:00 h den Gasthof, der am Fuß des Aufstiegs zum Hohen Venn lag. Eigentlich hätten wir Punkt 12:00 h dort sein müssen. Alle Touren mit Norbert waren auf das sorgfältigste geplant und ihm war anzumerken, dass ihm diese Verzögerung nicht passte. Er bat also alle, sich nur eine kleine Mahlzeit zu bestellen, damit wir zügig weiterfahren konnten. Unsere Mitfahrenden waren eigentlich schon fix und fertig und ahnten nicht, dass wir bisher nur die Aufwärmrunde gefahren hatten.

Nicht ahnend, was nun kommen würde, bestellte die Rainer-Mannschaft, trotz Norberts Warnung, Rumpsteak, Zwiebeln, Fritten, Salat und reichlich Bier. Nach einer halben Stunde kauten sie noch immer auf ihrem Steak herum und es war abzusehen, dass das auch noch eine ganze Weile andauern würde, zumal die Damen erklärt hatten, sich nach dem Essen noch einen Eisbecher einzuführen. Norbert erklärte kurz, wie man nach Aachen kommen würde und schon saßen wir im Sattel, brausten der Auffahrt entgegen. Die war, wie immer, knüppelhart und kostete mich etliche Liter Wasser. Die Abfahrt Richtung Wesertalsperre, den Getzbach entlang, war wie immer ein Genuss. Er hatte das Flair eines alpinen Gebirgsbaches. Kleine Wasserfälle, Stromschnellen, große und kleine Steine und ruhiges Gewässer wechseln einander ab, ein Fest fürs Auge, und mitten im schönsten Downhill machte es „Pffft". Norberts Rad hatte einen platten Reifen. Natürlich hatten wir alles dabei, um einen Platten zu flicken, aber es kostete eine halbe Stunde. Wir waren nun eine Stunde im Rückstand. Dazu kam ein Gewitter, das uns mächtig zusetzte. Der Regen war nicht so schlimm, aber es entwickelte sich ein gewaltiger Gegenwind, der uns die Luft zum Atmen nahm. Pausen waren nun nicht mehr möglich und wir strampelten, als ob es um unser Leben ging.

Was soll ich sagen: Um 18:05 h standen wir im Bahnhof Aachen auf dem Bahnsteig und warteten auf den „Ostende-Express". Der lief dann um 18:08 h ein. Puuhh, geschafft. Leider war der Zug völlig überfüllt, wir waren klatschnass von Regen und Schweiß, wollten uns unbedingt irgendwo hinsetzen. Aber nirgendwo auch nur der Hauch eines Sitzplatzes. Auf der Suche nach einem Platz kamen wir am leerstehenden und verschlossenen Abteil des Zugschaffners vorbei. Hier, sagte Norbert, hier sind unsere Sitzplätze! Meinem verständnislosen Gesicht zeigte er einen Vierkantschlüssel! Den besaßen eigentlich nur die Zugschaffner. Die Abteiltüre öffnete sich, und wir beide ließen uns krachend auf die Polster fallen. Natürlich kam nach einer Weile der Zugschaffner und herrschte uns an, was wir in seinem Abteil wollten! Sofort raus hier! Norbert erklärte freundlich, dass dieses Abteil offen gestanden habe und da er, der Zugschaffner, ja wohl ganz offensichtlich keinen der sechs Sitzplätze benötige, hätten wir uns hier hineingesetzt und würden bis Köln hier bleiben. Sprachs, öffnete seine Butterbrotdose und biss in das letzte Brot. Ich nahm mir eine Dose Wasser und schaute gelangweilt aus dem Fenster. Mittlerweile wurde es wieder hell, das Gewitter war weitergezogen. Von Köln aus musste ich mit dem Zug noch bis nach Hause und als ich ausstieg, hatte mich das Gewitter wieder eingeholt. Klatschnass kam ich zu Hause an. Später habe ich dann erfahren, dass die Mitfahrer mit letzter Kraft den Zug um 20:00 h erreicht hatten. Ich kann mich nicht erinnern, dass nochmal jemand aus dieser Truppe mitfahren wollte.

21. Kapitel

Lag der Umsatz von NT im Jahre 1975 noch bei knapp 6 Mio., so steigerten wir den Umsatz bis 1985 auf 14 Mio. Dementsprechend stieg auch der Gewinn. Ich glaube, in dieser Zeit waren wir der einzige Tapetengroßhandel in Deutschland, der eine vernünftige Umsatzrendite erzielte. Mein Firmenwagen wurde gegen einen Mercedes getauscht. 280E, 185 PS, 220 Spitze, aber auch 20 Liter Super-Benzin/100 km. Das Gehalt kletterte bis zum Schluss auf 8.500 im Monat X 13. Ich hatte nicht den geringsten Zweifel, dass diese Entwicklung immer so weiter gehen würde. Grenzen des Wachstums, ein Schlagwort der 80er Jahre, hielt ich für Utopie. Heute weiß ich: Keine Utopie sondern Realität.

Natürlich war die Umstellung nicht wirklich zu Ende. So etwas hört nie auf. Es fehlten aussagefähige Statistikprogramme, Umsatzlisten für Kunden und Artikel, Deckungsbeitragsrechnung usw. All diese Programme wurden von mir, teilweise auch in Zusammenarbeit mit Norbert, entwickelt. Wir trafen uns regelmäßig, meist einmal die Woche, auch wenn es gerade kein aktuelles Problem gab. Wir wurden Freunde.

Es muss so um 1980 gewesen sein, als sich mein Chef beim Tennis den rechten Arm brach. Dabei fand einige Tage später eine Geschäftsreise nach Lyon statt. Eine der größten Tapetenfabriken Frankreichs hatte zu einer Firmenbesichtigung eingeladen. Abendessen bei „Paul Bocuse", dem „Erfinder der nouvelle cuisine," der „neuen Küche". Flug ab Köln mit einer Sondermaschine, ca. 100 Kunden. Mit dem gebrochenen Arm wollte mein Chef nicht fliegen, konnte er doch ohne Hilfe nichts essen. So kam ich mit meinem Kollegen vom Vertrieb, Herrn Schäfer, in den Genuss, nach Lyon zu fliegen.

Tapetenfabriken hatte ich schon einige gesehen, aber Paul Bocuse, der absolute Stern am Küchenhimmel, das war einfach grandios. Er galt damals als der größte lebende Koch aller Zeiten und propagierte die absolute Frische der Lebensmittel. Nichts sollte aus Konserven stammen, Küche, den Produkten der Jahreszeit angepasst, Lebensmittel nur aus der Region. Das hinderte ihn aber nicht daran, später auch für Konserven und Tiefkühlkost zu werben.

Die Herstellung von Tapeten ist ähnlich wie Zeitungsdruck. Es gibt eine große Rolle Papier, die wird durch verschiedene Druckwerke gezogen und dort bedruckt. Fertig ist die Tapete. Hier in Lyon stellte man auch Textiltapeten her, so im Stil Ludwig XIV. Ein sehr aufwendiges Verfahren und das Produkt wird dann auch recht teuer.

Abends wurden wir in mehreren Bussen von den einzelnen Hotels abgeholt. Jeder natürlich im feinsten Zwirn. Die Fahrt dauerte ca. 30 Minuten. Paul Bocuse hatte ein Kloster gekauft, aufwendig restauriert und zu einem Gourmettempel (!) umgebaut. Vom Busparkplatz ging man ins Kloster, musste aber vorher durch den Kreuzgang. Hier flackerten in regelmäßigen Abständen zehn Feuer, darüber drehten sich am Spieß dicke, fette Schweineschinken, jeweils von einem Lakaien in Uniform des 17. Jahrhunderts bewacht. Es sah nicht nur erhaben aus, es roch auch so. Thymian, Rosmarin, Knoblauch, Lavendel und andere Gewürze erfüllten den Kreuzgang, verbunden mit dem Geruch von gegrilltem Fleisch. Ich war jetzt schon mehr als begeistert.

Wir landeten in einer großen, halbdunklen Halle, an den Wänden standen etliche Jahrmarktorgeln, die Bocuse mit großer Leidenschaft sammelte. Als alle Gäste stehend versammelt waren, ging urplötzlich das Licht aus, ein fetter Lichtspot richtete sich auf eine Orgel und mit ohrenbetäubendem Lärm begann der Kasten Kirmesmusik zu spielen. Der Spuk sollte sich den ganzen Abend in Abständen wiederholen.

Die „Schinkenwächter" trabten danach mit großen Tabletts durch die Stehenden und man konnte, wenn man schnell genug war, eines der winzigen Häppchen ergattern, die auf den Tabletts lagen. Es waren Toastbrotstücke von der Größe und Form eines Kräckers. Auf denen war dann irgendein Nahrungsmittel „angetackert." Ich konnte ein Häppchen mit Lyoner Wurst ergattern. Enttäuschend klein, fett und salzig. Die Häppchen gab es auch mit Sardellen, Oliven und Möhren. Alles in allem nicht sehr befriedigend, aber es kamen ja noch die Schinken aus dem Kreuzgang. Wieder ging das Licht aus, Spot an und die nächste Orgel orgelte los. Danach kam aber niemand mehr mit Häppchen, sondern der Chef der Tapetenfabrik startete zu einem langatmigen Vortrag. Da ich weder französisch sprach noch verstand, konnte ich damit nichts anfangen. Dafür wurde mein Magenknurren immer lauter und von meinen Nebenleuten wurde ich schräg angesehen. Nach dem Vortrag nochmal Orgel, wieder keine Häppchen. Dann öffnete sich ein an der Stirnseite der Halle befindlicher Vorhang und gab den Blick auf einen imposanten Speisesaal frei. Handgeschmiedete Kerzenleuchter mit flackenden Kerzen hingen von der Decke, ebenfalls entsprechende Kerzenleuchter an der Wand. In der Mitte des Raumes mehrere, endlos lange Tische, die festlich eingedeckt waren. Von den Schinken war noch nichts zu sehen, aber das konnte ja nun nicht mehr lange dauern. Tat es aber doch.

Über 100 Gestalten wuselten umher, suchten nun die Plätze nach ihrem Namensschild ab. Für jeden Gast war ein Namensschild aufgestellt worden, was es nun zu finden galt. Leider fanden nicht alle ihren Namen. Die standen dann hilflos am Rande der Tafel, nicht wissend, was nun passieren sollte. Ein hilfsbereiter „Schinkenwächter" stelle nun fest, dass einige Namen der deutschen Gäste von einer übereifrigen Sekretärin ins Französische übersetzt worden waren. Man musste schon wissen, dass „Schäfer" übersetzt „Berger" heißt. Wer Schäfer hieß und kein Französisch verstand, hatte eben keinen Sitzplatz.

Die, die Berger hießen, hatten mehrere Sitzplätze. Es dauerte eine ganze Weile, bis jeder auf seinem Platz saß. Nun wieder Orgelgetöse aus dem Nebenraum und die Schinkenwächter erschienen endlich mit riesigen, fertigen Tellern. „Mmmhh, sprach mein Magen, das wurde aber auch Zeit!" Fehlinformation. Mein Magen hatte eben keine Augen, denn das was ich sah, konnte meinem Magen nicht gefallen. Es waren winzig kleine Gemüsestücken in Würfelform, die in einer fettigen Lake umhertrieben, wie kleine Schiffchen auf dem Ozean.

Das ganze Ensemble passte auf den Löffel und war auch gleich verschwunden. Nun, ich hungerte weiter. Endlich wurden die Teller abgeräumt, wieder dröhnende Orgelmusik. Nun, dachte ich, kommt mein Schinken. Außer dem Frühstück hatten wir heute noch nichts gegessen. Offensichtlich war mein Zuckerspiegel so weit im Keller, dass ich nicht mehr klar denken konnte. Ich dachte tatsächlich, dass jeder einen Schinken bekommen würde. Endlich mal satt essen. Doch die Realität holte mich schnell ein. Wieder kamen Teller, groß wie Wagenräder. Na klar, dachte ich, so ein Schinken benötigt eben viel Platz. Die Draufsicht auf den servierten Teller war dann doch sehr ernüchternd, eigentlich extrem enttäuschend. Ein Schinkenscheibchen von etwa 30-40 Gramm, umlagert von 2-3 Erbsen, einem Stückchen Kartoffel und viel Petersilie. Das war der Hauptgang. Na, da hätte ich ja auch zu Hause bleiben können. Ich hatte nicht gewusst, dass der Begriff „novelle cuisine" nicht mit „neuer Küche" übersetzt werden musste, sondern mit „winzige Portionen."

Wieder Teller abräumen, wieder Orgelgetöse, wieder ein großer Teller. Darauf war kunstvoll ein Klecks „Mousse au Chocolat" mit einer Himbeere drapiert. Wieder kam mein Löffel zum Einsatz und wieder orgelte es. Mein Tischgenosse, Berger, alias Schäfer, war mit mir einer Meinung, das sei das enttäuschendste Abendessen aller Zeiten gewesen. In Zukunft beachtete ich Paul Bocuse nicht mehr, grüßte ihn auf der Straße nicht, ging ihm aus dem Weg, wollte nichts mehr mit ihm zu tun haben. Übrigens war der auch gar nicht anwesend.

Die Tafel wurde dann auch aufgehoben. Unter ohrenbetäubenden Orgelklängen strebten nun alle zu den Bussen. Wahrscheinlich spielten nun alle Orgeln gemeinsam, jede ein anderes Stück. Es war grauenhaft. Hungrig bin ich immer sehr unleidlich. Im Bus vereinbarten wir, dass wir sofort, wenn wir im Hotel angekommen waren, nach Essbarem Ausschau halten würden. Wir wohnten direkt am Bahnhof, und dort existierte ein großes Restaurant, das noch offen hatte. Es war mittlerweile 23:30 h. Der Kellner brachte die Speisekarte, und nun ging unser Dilemma erst recht los. Zwei Bier waren schnell bestellt, aber die Karte hatte es in sich. Man war in Frankreich schon bedeutend weiter als Deutschland, was die Sprache auf Speisekarten anging. Später setzt sich das auch bei uns durch. Es hieß nicht „gebratene Taube", sondern „verliebtes Täubchen an einer geeisten Creme von jungfräulichen Walnüssen mit Kartöffelchen aus Schwarzwurzel-Consomme über Erbsen, die frisch auf dem Mond gepflückt worden sind." Und das auf Französisch.

Das einzige was mir auf der Speisekarte bekannt vorkam, war das Wort „Boeuf", was Rind bedeutete. Mehr wusste ich nicht. Der Preis erschien mir mit umgerechnet 50 DM angemessen. Das war schon mal keine Vorspeise. Ja, es gab noch keine Euros, man zahlte in französischen Franc. Kollege Schäfer mistraute meinen detaillierten Sprachkenntnissen und entschied sich für ein Gericht, dessen Name so lang war, wie der Name von Hatschi Halef Omar aus der Winnetou-Geschichte. Im Namen tauchte der Begriff „Filet" auf. Mit rund 60 DM noch etwas teurer. Der Kollege sah sich schon als der Gewinner des Ratespiels.

Es war kurz vor 24:00 h, als mein Teller serviert wurde. Schwungvoll nahm der Kellner den Deckel vom Teller, und ich war entzückt. Ein wunderschön gebratenes Steak mit Pommes, Sahnegemüse und gebratenen Zwiebeln. Der Küchengott hatte mich erhört! Ich wollte mit dem Essen warten, bis der Teller vom Kollegen kam, aber der ermunterte mich, schon mal anzufangen. „Wer weiß, wie lange das hier noch dauert, schlagen Sie zu!" Beherzt schnitt ich in das Steak. Es war wundervoll rosa, butterweich und zerging ohne großes Kauen auf der Zunge. Kauen ist eigentlich verkehrt, man konnte es lutschen.

Etwa bei der Hälfte des Steaks kam der Teller des Kollegen. Auch hier wurde der Deckel schwungvoll entfernt, und es offenbarte sich eine weitere Köstlichkeit. Filets von der Seezunge im Kräuterrahm auf Kartoffelschnee mit frischem Spinat.

Mmmhh, dachte ich mir, auch nicht schlecht. Der Kollege sah das ganz anders. Er mochte keinen Fisch, hasste ihn sogar. Ein Tier, das ohne Luft zu holen, sein ganzes Leben im Wasser verbrachte, war ihm nicht geheuer. So was konnte man doch nicht essen. Spinat bekamen kleine Kinder, doch kein erwachsener Mann. Das Kartoffelpüree konnte er auch nicht essen, das war durch den Fisch kontaminiert. Der Kollege verweigerte die Nahrungsaufnahme. Der eilig herbeigerufene Kellner zeigte auf seine Uhr, als die Speisekarte erneut angefordert wurde. Es war etwa 00:30 h und die Küche war geschlossen.

Jetzt wollte ich mit dem Kollegen die Teller tauschen, aber das fand er nun richtig ekelig, wo ich doch schon überall mit der Gabel dran war. Was soll ich dazu sagen? Der Teller stand nun mal da und bezahlen mussten wir ihn auch. Ich leerte meinen Teller, und danach aß ich dann auch noch die Seezunge. Die war einfach köstlich. So bin ich dann trotz oder gerade wegen Paul Bocuse in Lyon richtig satt geworden, und das Abendessen wird mir ewig in Erinnerung bleiben. Am nächsten Tag unternahmen wir mit den Bussen noch eine Stadtrundfahrt durch Lyon und wurden danach zum Flughafen gebracht. Ich wollte immer wieder mal Lyon besuchen. Allein der Marche ist sehenswert, aber es hat nie geklappt.

22. Kapitel

Zu meinen Aufgaben als Prokurist gehörte auch das Eintreiben von Forderungen. Gerade Handwerker lagen mit ihrer Buchhaltung oft um Monate zurück und waren daher „klamm". Frau Weyerbusch gehörte zu den ganz hartnäckigen Fällen, die ich schon des Öfteren am Telefon hatte, um ihr klar zu machen, dass wir als ihr Lieferant auf zügige Zahlung angewiesen seien. Es war mal wieder so weit. Es hatten sich 15.000,00 unbezahlte Rechnungen angesammelt. Nun musste ich in Aktion treten.

„Ja, isch wees dat, un jrad hück hätt ne Kunde vill bezahlt. Isch han dat Jeld un naher schick ich der Opa zur Bank, dat Jeld inzahle."

Sehr schön, das ging flotter als gedacht. Als uns nach 3 Tagen noch keine Zahlung erreicht hatte, rief ich wieder an.

„Ja, dat jlöven se net, der Opa hät ene Unfall gehat. Ich han der doch zur Bank gescheck und da mitten op dr Stroos ist der Opa vom Auto överfare worde. Ich han dat im Lade gehürt und bin direk erus jerannt. Und wat soll ich sache: Das Geld war fot! Irjendwie is das Jeld us de Täsch geflöge. Jetz muss ich wade, bis wieder Jeld kütt"

„Nun, das tut mir ja sehr leid, hoffentlich ist dem Opa nichts passiert. Aber ich muss das Geld haben. Ich komme morgen vorbei, das Geld abholen." „Dat künne se doch net mache, isch han doch nix."

„Das ist nicht schlimm. Ich komme bei Ladenöffnung, warte im Laden bis zum Ladenschluss und nehme die Tageseinnahme mit. Bis morgen!" Ich legte auf und am nächsten Morgen stand ich um kurz nach neun im Laden. „Dat is ever en schöne Üvverraschung!" wurde ich begrüßt. Meine Nachfrage nach dem Gesundheitszustand des Opas wurde geflissentlich überhört. Stattdessen: „Ich han jestere ovend noch ens in die Täsch vom Opa geloort und do war dat Jeld! Äver in en andere Botzetäsch, do kunt ich jo nit mit rechne!!" Ich nahm das Geld, bedankte mich und fuhr davon. In Zukunft musste ich bei Zahlungsverzug nur noch anrufen und nach Opa fragen. 2 Tage später war das Geld da.

Nicht immer lief das so lustig ab. Bei einem Schuldner, der stand mit 25.000,00 DM bei uns in der Kreide, musste ich härtere Bandagen anwenden. Der Schuldner hatte sich bei uns einen größeren Warenkredit erschwindelt, in dem er einen Grundbuchauszug vorlegte, nach dem er Besitzer eines Einfamilienhauses sei. Das war meinem Chef Sicherheit genug. Doch als es ans Bezahlen ging, stellte ich fest, dass er zwischenzeitlich seiner Mutter ein lebenslanges Wohnrecht eingeräumt hatte und das Finanzamt mit einer Zwangssicherungshypothek über 80 TDM an erster Stelle stand. Außerdem hatte er die Eidesstattliche Versicherung (EV) abgelegt, in der er völlige Mittellosigkeit erklärte. Ich beauftragte einen Privatdetektiv mit der Aufgabe herauszufinden, wovon der Schuldner lebte. Schon nach einigen Tagen kam die Nachricht, dass er als Außendienstler bei einer Firma arbeitete. Ich bat den Schuldner zu einem Gespräch in mein Büro und er kam auch recht schnell. Ich wies ihn auf die EV hin und sagte ihm, dass ich seine Einkünfte bei seinem Arbeitgeber pfänden lassen würde, wenn wir hier nicht zu Potte kommen würden. Außerdem müsse ich das Amtsgericht darüber informieren, dass er bei seiner EV massiv gelogen habe. Zuerst jammerte er nur so herum, dass man sich genötigt fühlte, das eigene Portemonnaie zu öffnen, um ihm Geld zu geben. Aber mit mir nicht. Letztendlich unterschrieb er ein Schuldanerkenntnis und verpflichtete sich, die Schulden, mittlerweile über 35.000,00 DM plus Zinsen, monatlich mit 1.000,00 DM abzuzahlen. Bis zu meinem Ausscheiden aus der Firma hat er das auch pünktlich eingehalten.

23. Kapitel

Mit meinem Chef hatte ich mittlerweile ein fast freundschaftliches Verhältnis. In seinem Haus gab es einen Partykeller mit Küche und Sauna. Einmal die Woche trafen wir uns dort, auch mit Bekannten von ihm, zur Sauna. Ein Tennisfreund von ihm massierte uns. Reihum musste jemand entweder im Partykeller frisch kochen oder etwas Leckeres zum Abendessen mitbringen. Arbeitstechnisch lief das alles wunderbar.

Leider kam so ganz langsam ein Problem um die Ecke, das ich zuerst nicht wirklich wahrnahm. Herr Möckner hatte 4 Kinder, sein ältester Sohn hieß Kevin und ging aufs Gymnasium. Er war ein großer, sportlicher Kerl, der, so früh es ging, Mathe in der Schule abgewählt hatte und sein Abi mit der Note 1 in Sport und 1 in Bio machte. Studieren wollte er VWL. Schließlich war er der „Erstgeborene" und hatte seiner Meinung nach, Anspruch auf die Firmennachfolge. Leider ist die Hauptbegabung Sport bei einem VWL-Studium nicht wirklich sinnvoll und nach acht Semestern war er immer noch im vierten. Dazu kam, dass er viel lieber Tennis spielte und das reichlich. Darüber hinaus war er leider für nichts zu gebrauchen. Vielleicht noch fürs Bier trinken. Er war „gelernter Sohn" und in einer Zeit, als sehr viele Väter „Bum Bum Boris Becker" für ein Himmelsgeschenk hielten, hatten Jungs es recht einfach, wenn sie gut Tennis spielen konnten. Schließlich war Boris ja mehrfacher Millionär geworden und dabei sprach er kaum Deutsch.

Kevin wurde nach seinem Rauswurf aus der Uni mir zugeteilt. Er sollte bei mir programmieren lernen. Ich hatte damals eine 6-Tagewoche, einen 12-Stundentag und eigentlich keine Zeit, mich mit dem Früchtchen zu beschäftigen. Glücklicherweise löste Kevin das ganz einfach, indem er nicht zu den festgesetzten Lernstunden erschien. 10:00 h morgens war eindeutig zu früh, denn er konnte ja nicht im Bett liegen und gleichzeitig bei mir lernen. Außerdem war Programmieren für ihn ein Job, den Leute machten, die sonst nichts drauf hatten. Es hatte ja so Recht, denn Tennis spielen konnte und wollte ich nicht.

Als ich in den Anfängen bei NT noch keine Unterschriftsvollmacht hatte, musste ich oft zum Tennisplatz rüberfahren, um mir beim Chef die Unterschrift einfangen. Das hat mich für mein restliches Leben geprägt, denn meist stand er an der Theke, und das gerade gespielte (verlorene) Spiel, wurde mit einer Menge Kölsch nochmal gespielt. „Der Platz war zu nass", „Der Platz war zu trocken", „Der Schläger war falsch bespannt", „Der Ball war zu fest", „Die Sonne stand schief", „Der Wind kam mir entgegen", „Der Wind kam von der falschen Seite", „Plötzlich hatte ich einen Krampf", „Ich hatte die falschen

Schuhe an", usw usw. Der einzige Satz der nie fiel, die Situation jedoch allumfassend erklärt hätte, war: „Ich habe schlecht gespielt und deshalb verloren". Wenn ich im späteren Leben einen Tennisspieler kennen lernte, egal ob männlich oder weiblich, hatte der schon bei mir verloren. Widerliches Pack!

Nachdem Kevin die Programmierausbildung „beendet" hatte, wechselte er in den Vertrieb. Er wurde jeweils einem unserer Vertreter zugeteilt, der ihn auf seine Tagestour mitnehmen musste. Natürlich war Kevin schon am zweiten Tag klar, dass aber auch keiner unserer Vertreter ernsthaft in der Lage war, mit den Kunden richtig umzugehen und deshalb auch keine vernünftigen Umsätze machte. Ja, so ein Studium macht eben schlau. Außerdem fuhren sie ihm viel zu langsam. Schließlich hatte er sein erstes Firmenauto innerhalb kürzester Zeit platt gefahren. Zylinderkopfdichtung durchgebrannt wegen fehlenden Öls. Natürlich bot keiner der Vertreter Kevin entsprechend Paroli. Er war Chefsohn, und man wusste ja nie, wieweit er es noch bringen würde.

Damit Kevin sein Potential voll entfalten könne, musste eine neue Firma her, in der Kevin Geschäftsführer wurde und natürlich einen neuen Wagen bekam. Audi Quattro. Diese neue GmbH war eine Tochter der NT GmbH. Die Tochter trug kein Risiko, denn der einzige Gesellschafter dieser „Tochter" war die NT-GmbH, die aufgrund des Gesellschaftsvertrages für alle Risiken aufkam. Ein fataler Fehler!

24. Kapitel

Kevin hatte einen Riesencoup gelandet, einen Vertrag mit Kaufhof. Allen Möbelabteilungen des Kaufhof sollte eine Tapetenabteilung angegliedert werden. Die Ausstattung der Abteilung wurde von der Neumann Tochter bezahlt und Kevin hatte dann, vorrausschauend wie er war, bei einem Schreiner schon 10 Sets bestellt, Stückpreis ca. 40.000,00 DM. Wir hatten also über Nacht 400.000,00 DM Schulden. Mein Einwand, dass es ja keinen schriftlichen Vertrag mit dem Kaufhof geben würde und wir im „Worst-Case-Fall" auf einer riesigen Menge Spanplatten und Dachlatten sitzen würden, wurde einfach weggewischt. Ich sei eben der typische Buchhalter, dem der unternehmerische Weitblick fehlte. Sein Vater sah das genauso. Endlich kam sein Sohn mal in die Hufe und das mit so einem Riesenprojekt. Seine Nachsichtigkeit mit Kevin zahlte sich nun endlich aus. Was für ein Teufelskerl!

Nun musste ein neuer Transporter gekauft werden, denn Kevins Konzept sah vor, dass der Kaufhof Köln täglich zwei Mal beliefert werden müsse, da die Kaufhofkunden gigantische Mengen Tapeten da rausschleppen würden. Natürlich musste auch ein neuer Fahrer eingestellt werden, denn der Transporter fuhr sich ja nicht von selbst.

Die Frage, wer denn da diese Mengen an Tapeten einräumen und wer überhaupt diese ganzen Regale aufbauen würde, wurde mit einem abfälligen Lächeln beantwortet. Das haben wir schon alles geklärt!

Seine Kompetenz war im Anstellungsvertrag auf ein Entscheidungsvolumen von 1.000,00 DM gedeckelt, aber er bestellte Material in der Höhe unseres Grundkapitals. Darauf angesprochen meinte er süffisant: „Ich bin Geschäftsführer und du nur Prokurist". Ich konnte nicht umhin, das Lied von den Beatles anzustimmen: „He's a real nowhere man, sitting in his nowhere land, making all his nowhere plans for nobody." Das machte uns dann zu echten Freunden.

Die Bombe schlug tief, fest und für alle anderen völlig unerwartet ein. Die Geschäftsführung Kaufhof schrieb, dass wir unerlaubt in Köln eine Tapetenabteilung aufgebaut hätten. Diese sei sofort zu entfernen und man sei auch nicht daran interessiert, eine solche Abteilung zu betreiben. Der Kaufhof sei kein Baumarkt. Der Mitarbeiter im Kaufhof, der das Ganze zu verantworten habe, sei bereits entlassen. Nun stellte sich heraus, dass der „Mitarbeiter", mit dem Kevin alles „klar gemacht hatte", ein Saufkumpel von Kevin war, der ebenfalls nach langen Jahren des Nichtstuns von der Uni relegiert worden war. Er arbeitete als Verkäufer. Es waren also zwei kompetente „Wirtschaftsgrößen" aufeinander gestoßen. Was für ein Glücksfall!

Leider war das noch nicht alles. Herr Möckner hatte einen Marketingexperten aufgetrieben. Sein Markenzeichen war, dass er immer vollständig in schwarz gekleidet war. Hemd, Hose, Schuhe, Socken, Krawatte. Alles schwarz. Für meinen Chef war er ein Guru, der heilsbringende Worte verkündete. Es ist allgemein bekannt, dass „Experten" immer behauptet hatten, die „Titanic" sei unsinkbar. Leider hat sich das Schiff nun überhaupt nicht um die Experten gekümmert und ist schon auf der Jungfernfahrt untergegangen. Daher betrachte ich jeden, der sich als Experte ausgibt, mit allergrößter Vorsicht. *„Vertrau auf Gott, aber misstraue den Experten."* Um das Angebot von NT breiter aufzustellen, wurde mit ihm gemeinsam ein Angebotsprospekt entwickelt, in dem außer Sonderangeboten an Tapeten auch eine Menge „Stehrümchen" angeboten wurden. Kerzenständer mit entsprechenden Deckchen, kleine Porzellanschüsseln für Nüsse, kurzum eine Menge Nippes und Kram, der zwar schön aussah, aber nicht wirklich lebensnotwendig war. Den Kundinnen gefiel das, wir machten eine Menge Umsatz mit den Angeboten, der Prospekt erschien alle zwei Monate.

Herr Möckner, der die Kaufhofaktivitäten seines Sohnes wohlwollend betrachtete, wollte nun auch mal einen richtigen Coup landen. Er beschloss, natürlich gemeinsam und wohl auch auf Veranlassung des „Marketingexperten", eine Art Franchise zu gründen. Zentrale in Bonn. Die besten 10 Kunden aus NRW als Franchisenehmer online auf unseren Rechner geschaltet. Die beiden erarbeiteten ein Marketing-Konzept und beauftragten mich, das EDV-Konzept dazu zu entwickeln. Vorbild war McDonald's. Selbständige Franchisenehmer, Abrechnung und Einkauf über eine gemeinsame Zentrale.

Irgendwann stand das Konzept, und es wurde eine Gründerversammlung mit den neuen, potentiellen Mitgliedern abgehalten. Gleichzeitig wurde ich beauftragt, entsprechende, modemfähige Kassen zu organisieren, damit man schnell starten könne.

Genau das tat ich und legte die Bestellung über die erforderlichen 10 Kassen meinem Chef zur Genehmigung vor. Das Volumen lag über meinem Entscheidungsspielraum. Die Bestellung wurde abgenickt, und wir verabredeten uns für den kommenden Ostersonntag/Ostermontag zu einem Treffen, in seinem Wochenendhaus an der Ahr. Er wollte mich Karfreitag anrufen, wann genau wir uns mit den Familien treffen wollten. Leider kam kein Anruf, dafür jedoch Post von Herrn Möckner. Per Einschreiben wurde mir dann am Karsamstag mitgeteilt, dass ich fristlos entlassen sei. Ich, so der Text, habe meine Aufsichtspflicht grob vernachlässigt. Die Kaufhofregale hätten nie bestellt werden dürfen! Hier hätte ich auf der ganzen Linie versagt. Darüber hinaus hätte ich 10 Kassen geordert und niemand wüsste, was damit geschehen solle. So ging es dann immer weiter.

Entsetzen bei Romika und mir. Anrufen war sinnlos, niemand ging ans Telefon. Osterdienstag war zwar die Zentrale besetzt, aber Herr Möckner sei nicht zu erreichen. Ich ließ mich sicherheitshalber krankschreiben und suchte einen Anwalt für die Arbeitsschutzklage.

25. Kapitel

Gleich am Osterdienstag versammelte sich der halbe Betrieb bei uns zu Hause. Alle wollten wissen, was passiert sei und wie es weitergehen solle. Ich war zu diesem Zeitpunkt für alles verantwortlich, wenn es keine Vertriebsaufgabe war. Personalwesen, Lohnabrechnung, Steuern, Buchhaltung, Lehrlingsausbildung, Gebäudemanagement, Banken, Leasing, Recht, usw. Ich bat alle Mitarbeiter, ihre Arbeit wie bisher zu tun und nicht auf irgendwelche bockige Spielchen zu verfallen, mit denen sie sich selbst nur schaden konnten. Leider musste ein Mitarbeiter dann doch den Helden spielen und Herrn Möckner vor versammelter Mannschaft fragen, warum ich entlassen worden sei. Als Herr Möckner sich verbat, zu Dingen befragt zu werden, die ihn, den Mitarbeiter, nichts angehen würden, wurde der Mitarbeiter leider ein bisschen zu persönlich und auf der Stelle fristlos entlassen.

Bei meinem Gütetermin vor dem Arbeitsgericht erschien dann für NT ein Anwalt, den ich nicht kannte. Unser Firmenanwalt hatte sich geweigert, Herrn Möckner vor Gericht zu vertreten. Die aufgebrachten Vorwürfe könne er nicht mit mir in Verbindung bringen. Auch unser Steuerberater weigerte sich, hier tätig zu werden. Herr Möckner hat dann eine Firma beauftragt, Unregelmäßigkeiten in meinem Arbeitsbereich zu finden. Das war erfolglos, ich erhielt eine gute Bewertung.

Zwischenzeitlich hatte ich auch erfahren, dass die „Gründungsversammlung" des Franchise ein absoluter Reinfall gewesen war. Niemand wollte hier auch nur ansatzweise mitspielen. Als Herr Möckner auf seinen Sohn verwies, der die ganze Idee tatkräftig unterstützen und als Geschäftsführer (!) zur Verfügung stehen würde, war dann wohl nur noch Gelächter zu hören. Das Kaufhofabenteuer hatte sich schon rumgesprochen.

Der Richter, der mich von verschiedenen Arbeitsprozessen her kannte, verkündete sofort einen Verhandlungstermin, eine Schlichtung/gütige Einigung sei nicht zu erwarten. Herr Möckners persönliches Erscheinen wurde angeordnet, und die Sache war vorbei.

Beim Herausgehen sprach ich den gegnerischen Anwalt an und bestellte ihm einen schönen Gruß für Herrn Möckner. Er möge doch bitte zum Verhandlungstermin den Ordner „Rechnungen Wochenendhaus Ahrtal" mitbringen. Außerdem möchte ich 50.000,00 DM Abfindung haben und ein gutes Zeugnis. Den Ordner aber gab es gar nicht. Herr Möckner hatte sein Wochenendhaus für ca. 100.000,00 DM renovieren lassen und die Rechnungen dafür in den Baukosten eines Bürogebäudes „versteckt", das gerade gebaut worden war. Als Buchhalter hatte ich natürlich detaillierte Kenntnisse darüber. Wenige Tage später kam die Abrechnung für die gezahlte Abfindung von 48.000,00 DM. Das Geld wurde überwiesen und das Zeugnis kam auch. Mein Gehalt wurde bis zum 30.9.1985 gezahlt. NT war Geschichte.

Im Juni 1985 erfuhr ich, dass die Krankenkasse die Konten von NT gepfändet hatte und ein außergerichtlicher Vergleich zustande kam, bei dem die Tapetenindustrie mächtig Federn hat lassen müssen. Einige Jahre später wurde die Firma verkauft und verschwand damit vom Markt. Herr Möckner hatte mir irgendwann über einen gemeinsamen Bekannten die Nachricht übermitteln lassen: „... Ich solle ihm auf keinen Fall böse sein, das Ganze sei nicht gegen mich persönlich gewesen, sondern hätte nur dem Schutz seines Sohnes gegolten. Vor mir und meinen Leistungen hätte er allergrößte Hochachtung...!" Na dann ist ja alles wieder gut.

26. Kapitel

Nun musste eine neue Arbeit her. Natürlich hatte Norbert und die ganze IBM Köln die Geschichte mitbekommen. Norbert versprach mir, dass man mich nicht hängen lassen würde. Ich solle nur abwarten. Wenige Tage später rief er mich an: Ich möge mich bitte bei Herrn Heiber, Deutu, Bergheim melden. Er sei der verantwortliche Geschäftsführer und für Buchhaltung/EDV zuständig. Er, Norbert, habe Herrn Heiber mit dem Niederlassungsleiter der IBM Köln, Herrn Zeilenger, besucht und für mich „gutes Wetter" gemacht. Dass Herr Zeilenger mich überhaupt kannte, wunderte mich doch sehr, aber die vielen Berichte in den IBM-Nachrichten über NT und mich hatten ihre Spuren hinterlassen. Außerdem überreichte man Herrn Heiber einen Sonderdruck, eine Zusammenfassung der über mich erschienenen Berichte.

Der Vorstellungstermin war ein Heimspiel. Es ging nur noch um das Gehalt. Man konnte/wollte mir nicht die 8.500,00 DM bezahlen, die ich bei NT verdient hatte. 6.000,00 wären möglich, nicht mehr. Ich machte den Vorschlag, mich als freiberuflichen Mitarbeiter für 7.000,00 DM im Monat, bei 30 Wochenstunden zu engagieren. Der Arbeitgeber sparte dadurch den kompletten Anteil der Sozialabgaben. Dafür dürfe ich dann auch den firmeneigenen Computer und die gesamte Firmenstruktur für eigene Entwicklungen benutzen. Man war einverstanden, und ab sofort war ich selbständig. Die Vertragsschließung fand noch vor dem eigentlichen Verhandlungstermin vor dem AG

Bonn statt. Der wiederum fiel ja aus, da NT alles bezahlt hatte. Romika war begeistert und ich auch. Endlich fiel die zeitraubende Fahrerei nach Bonn weg. Hier konnte ich mit dem Rad hinfahren, (fast) alles wendete sich wieder zum Besten.

Die Firma Deutu hatte etwas über 250 Mitarbeiter und wickelte die kaufmännische Organisation mittels eines Lochkartenrechners ab. Das Modell war sehr alt. Ein gleiches Modell stand im Technischen Museum München. Der damalige EDV-Leiter stand kurz vor der Rente und wollte mit dem ganzen „neuen technischen Kram" überhaupt nichts zu tun haben. Es sabotierte mich zwar nicht direkt, aber er hielt Informationen zurück, die ich benötigte, machte mir also das Leben schwer. Außerdem saß ich mit ihm in seinem Büro, was dadurch für ihn kleiner geworden war. Nun konnte er die endlosen Telefonate mit seiner Frau nicht mehr führen, die in der Stadtverwaltung, 2 km weiter, arbeitete. Damals rauchte ich noch, auch das war für ihn störend. Wir wurden keine guten Freunde, und nach einigen Monaten Nörgelei seinerseits wurde ich aus Gründen des betrieblichen Friedens in den Kopierraum umquartiert. Mir war es recht, hatte ich nun meine Ruhe. Als wenig später der Kopierer auf den Flur gestellt wurde, auch mein eigenes Reich.

Deutu war schon ein anderes Kaliber als NT. Neben dem Inhaber gab es fünf weitere Geschäftsführer und man kann nicht sagen, dass sich diese untereinander grün waren. Die, die sich für die „Hauptgeschäftsführer" hielten, also die, die mit Herrn Recker das Unternehmen in den 1950er Jahren aufgebaut hatten, schauten mit einem nicht zu übersehenden Dünkel auf die herab, die später dazu gestoßen waren. Dazu kam, dass die „Altvorderen" schon alle deutlich über die 60 hinaus waren und neue Entwicklungen regelmäßig ausbremsten. Wie sagt der Rheinländer: „Kenne mer nit, bruche mer nit".

Kleines Beispiel: Als das „electronic Banking" auf den Markt kam, wollte ich sofort da einsteigen. Kein langes Warten auf die Kontoauszüge per Post. Stattdessen: Banküberweisungen online, stark verkürzte Arbeitszeiten durch elektronisches Verbuchen und vieles mehr. Natürlich musste das von der

„obersten Heeresleitung" abgesegnet werden. „Oberste Heeresleitung" deshalb, weil die Herren sich gegenseitig bei jeder sich bietenden Gelegenheit mit ihren herausragenden Leistungen im 2. Weltkrieg brüsteten. Es entspann sich folgendes Gespräch, nachdem ich im Wesentlichen die Vorteile des electronic Banking erklärt hatte: *Woher weiß denn der Automat (der Rechner der Bankseite), dass wir das sind?* Nun, es werden Kennwörter/ Passwörter vereinbart, mit denen man sich gegenseitig identifiziert. Das führte dazu, dass sofort die Schwachstelle des Systems erkannt wurde. *Aber wie bekommen Sie denn die EC-Karte ins Telefon?* Zufrieden lehnten sich alle 5 zurück. Hatte man doch mit nur einem Satz die Unmöglichkeit dieses Systems entlarvt und dem jungen Spund gezeigt, wo der Hammer hängt.

Mein Hinweis darauf, dass es in diesem System keine EC-Karte geben würde, daher der Name „electronic Banking" und das Handling über elektronisch gespeicherte Dateien gesteuert wurde, trieb den Jungs das Entsetzen in die Augen. *Es gibt keine EC-Karten mehr? Wie soll das denn gehen?* Ich beruhigte die Herren, dass es natürlich auch weiterhin EC-Karten geben würde, aber nicht im electronic Banking. Es war sinnlos. Die Sache starb, noch bevor sie richtig begonnen hatte.

27. Kapitel

Bei meinem 40. Geburtstag wurde ich von der Obersten Heeresleitung ins Besprechungszimmer kommandiert. Dort bekam ich die Glückwünsche zum Geburtstag, eine Flasche Sekt, und die Aufforderung, mich gemeinsam mit den Herren zu einem Plausch an den Besprechungstisch zu setzen. Es entspann sich folgendes Gespräch: *„Kannst Du Dich noch an den Champagner erinnern, den wir Herrn Robson geschenkt haben? Ist das nicht der Gleiche, den wir damals beim Einzug in Paris getrunken haben? Die Antworten lauteten: Ja, das ist er. / Nein, auf keinen Fall. / Wir hatten damals keinen Sekt, und ALDI gab es noch gar nicht.*

Die Zeit von 10:00 h bis 12:00 h wurde dann ausgiebig damit gefüllt, dass man sich über Paris im Allgemeinen, den Champagner und die Frauen im Besonderen unterhielt und je später es wurde, wurden die Stories immer abenteuerlicher. Insgesamt wurden dann 3 Flaschen geleert, bis man aufbrach, um mit dem Auto nach Hause zum Mittagessen zu fahren. Mich hatte man völlig vergessen und ich saß noch immer mit meinem halbvollen Glas am Tisch. Ich mag weder Sekt noch Champagner. Am Abend habe ich dann zu Hause nachgeguckt, ob wir wirklich den 2. Weltkrieg verloren hatten. Bei mir waren echte Zweifel geweckt worden.

Insgesamt war Deutu programmiertechnisch ein ganz harter Brocken. 18 verschiedene Rabatte, zeit- und mengenabgängige Sonderpreise, kostenlose Warenlieferungen und einiges mehr waren unter einen Hut zu bringen. Dazu kamen die Sonderwünsche verschiedener Abteilungsleiter. Allein für das Pflichtenheft verbrauchte ich 3 Monate. Schließlich war daraus ein kleiner Neckermannkatalog geworden. Natürlich sollte am 1.1.1986 gestartet werden. Warum auch nicht! War man bisher gewohnt, dass ein Kundenauftrag 3 - 4 Wochen benötigte, bis er organisatorisch fertig bearbeitet war und in den Versand kam, sollte das ab dem 1.1. alles am gleichen Tag geschehen.

Mit Norbert hatte ich wieder eine große Hilfe. Er schaute immer wieder mal rein, prüfte mein Pflichtenheft, später die Programme und gab wertvolle Tipps und Hinweise. Irgendwann waren seine Besuche zur Institution geworden. Er kam, auch wenn nichts Besonderes anlag, immer freitags. Wir gingen zum Chinesen in Bergheim essen und unterhielten uns immer großartig. Norbert war sehr gebildet, wusste von Dingen, die mir völlig unbekannt waren und hatte die Geschichte von den alten Germanen über Christie Geburt bis heute im Kopf. Wir wurden richtig gute Freunde. Seine große Leidenschaft galt dem Fahrrad und viele unserer Gespräche drehten sich darum. Ich hatte leider keins mehr. Als ich zur Bundeswehr ging, hatte Vater mein Rad verschenkt. Auf meine Vorhaltungen hin meinte er: „Du hättest es ja mitnehmen können." Ja, hätte ich! Der Sonderzug, der die frisch einberufenen Soldaten auf die Standorte verteilte, war voll mit Fahrrädern.

Norbert hatte ein Rad „übrig". Zwar nicht das modernste, aber zum Wiedereinstieg war es gut genug. Ich kaufte es ihm ab und da ich nun selbständig war und mir meine Arbeitszeit selbst frei einteilen konnte, brachen wir an manch schönem Tag zu einer Radtour auf. Diese Touren wurden immer von Norbert geplant und waren einzigartig. Erforderliche Bahnfahrten mit den entsprechenden Anschlüssen waren ebenso dokumentiert, wie die Möglichkeiten des Mittagessens. Das war für Norbert immer der zentrale Punkt seiner Planung. 12:00 h wurde Mittag gegessen. Nur einmal in all diesen Jahren wurde es später, da das Lokal geschlossen hatte, der Inhaber war verstorben. Aber da gab es natürlich eine Alternative, die wir dann 12:20 h erreichten. Manchmal waren auch einige von Norberts Kollegen dabei, aber Norbert hatte einen harten Drive und die, die dachten, es wäre eine Männersauftour mit Rad, kamen nicht mehr wieder. Meist waren wir also alleine. Auch in diese Zeit habe ich viel von Norbert gelernt. Im Nachhinein betrachtet war es wohl so, dass er in mir den „Sohn" sah, den er nie hatte und ich sah in ihm den „Vater", den ich nie hatte. Wir hatten nie Streit und es gab auch nie Unstimmigkeiten zwischen uns. Bei meinem Streit mit NT gab er mir 2.500 DM zur Überbrückung, bis mein Gehalt wieder gezahlt wurde. Natürlich bekam er es dann sofort zurück.

Bei Deutu arbeitete ich nun fast Tag und Nacht, um meine Programme fertig zu stellen. Anfang Dezember die ersten Tests mit den Mitarbeitern. Jetzt (!) fiel den Beteiligten auf, dass mein System keine 3 Komastellen kannte. REWE hatte Einkaufspreise wie 0,998 oder 1,499. Alle Programme und Dateibeschreibungen mussten neu angepasst werden. Zu der Zeit gab es noch keine Datenbanken, alles musste hart verdrahtet, also programmiert werden. Als System kam eine /36 zum Einsatz, die war vom Prinzip her eine /34, hatte aber mehr Speicher, größere Platten und einen schnelleren Prozessor. Die Weihnachtstage machte ich frei, ich war kurz vor dem Umfallen. Mitte Januar wurden dann die ersten Aufträge live erfasst und verarbeitet. Alles lief noch ein bisschen holprig. Bedienungs- und Programmfehler hielten sich die Waage. Aber selbst fehlerhaft war das neue System schneller und besser als das

Alte. Anfang März war es soweit: Die Aufträge wurden am gleichen Tag erfasst und versandt. Meine Mission war erfüllt, doch wie immer im Leben: Der Appetit kommt beim Essen. Die einzelnen Fachabteilungen überrannten mich mit Forderungen nach Statistiken aller Art. Erlöse, Umsätze, Kalkulation, Deckungsbeitrag usw. Ich hätte drei Programmierer beschäftigen können, um alle Anforderungen zu berücksichtigen. Aber ich hatte ja nun 9 Monate ca. 60 Stunden/Woche gearbeitet und war nur für 30 Stunden/Woche bezahlt worden. Also mussten alle warten.

28. Kapitel

Norbert brachte mich mit einem Vertriebspartner der IBM zusammen. Das waren Jungs, die mit der IBM einen Vertrag hatten, Computer unter die Leute zu bringen. Das Kernproblem war jedoch nicht, die Maschinen an den Mann zu bringen, sondern die Kunden mit passender Software zu versorgen. Die gab es in den 80er Jahren aber kaum. Programmieren war teuer, PC's gab es noch nicht. Ich tauge nichts für den Vertrieb, ich bin einfach zu ehrlich. Ich weiß, dass es keine „eierlegende Wollmilchsau" gibt und im Gegensatz zu dem IBM'ern verkaufe ich das auch gar nicht. Aber programmieren konnte ich mittlerweile sehr gut und so schrieb ich für den Vertriebspartner Softwareanwendungen, die für den Kunden maßgeschneidert waren.

Es war üblich, Software maßzuschneidern. Den Preis nahmen die Kunden in Kauf, was sollten sie auch machen. Es gab keinen vergleichbaren Computer auf dem Markt. Später, als fertige Software auf den Markt kam, (Software-AG), änderte sich das, aber nicht zum Vorteil des Kunden. Bekam er vorher einen Maßanzug für sein Unternehmen, wurde nun sein Unternehmen an den nicht wesentlich billigeren, fertigen (Software-)Anzug angepasst. Hatte er vorher 18 Rabatte, wurde dem Unternehmer klar gemacht, dass es nun auch mit 2 Rabatten gehen musste. Verstanden die Mitarbeiter die Software nicht, mussten diese so lange ausgewechselt werden, bis man jemanden fand, der das verstand.

Für einen Kunden habe ich mein Auftragserfassungsprogramm in wesentlichen Teilen umstricken müssen, weil die zuständige Mitarbeiterin das Programm (angeblich) nicht verstand. Der Spaß hat die Firma 14.000,00 DM gekostet. Bei SAP hätte man ohne großes Nachdenken direkt den Mitarbeiter getauscht. Wäre hier wohl auch besser gewesen, denn ein halbes Jahr später hat die Mitarbeiterin gekündigt. Die Nachfolgerin verstand nun das umgebaute Programm nicht, und die ursprüngliche Version wurde wieder aktiviert.

Das Geschäft mit dem/den Softwarepartnern lief glänzend. Ich programmierte wie am Fließband, mein Einkommen stieg in Höhen, die ich nie für möglich gehalten hätte.

29. Kapitel

Unsere Ehe funktionierte, aber die Leidenschaft war dahin. Romika verstärkte ihre Gefühle für Rocky immer mehr, er bekam quasi einen Freibrief, konnte tun und lassen, was er wollte. Eines Tages rief der Leiter der Grundschule an, wir, die Eltern, sollten **gemeinsam** in die Schule kommen. Dort angekommen, führte er uns in den Flur und fragte, was wir sehen würden. Ich sah nichts, nur am Ende des Flures hingen einige Jacken am Ständer. Romika erkannte jedoch sofort, dass es alles Jacken von Rocky waren. Erbost fragte sie, wo die her kämen? Rocky habe erklärt, die Jacken seinen so nach und nach immer in der Schule gestohlen worden. Deshalb habe sie immer neue Jacken gekauft. Nun, erklärte der Schulleiter, hier wird gar nichts gestohlen! Morgens, wenn es kalt war, trug Rocky die Jacke am Körper, mittags, wenn die Schule beendet und es draußen warm war, ging er ohne Jacke nach Hause. Ob sie das denn nie bemerkt hätte, fragte der Schulleiter. Romika fühlte sich sofort angegriffen, wurde patzig und angriffslustig. Ich ahnte, dass das nicht gut ausgehen würde, packte die Jacken und verschwand mit Romika, bevor der Krieg ausbrach.

Leider wurde das dann immer schlimmer.

Eines Sonntags fragte ich Rocky, ob er Lust habe, mit mir auf dem Rad nach Siegburg zu fahren. Wir könnten dort bei McDonald's einkehren und auch noch Eis essen gehen. Offensichtlich hatte er Lust dazu, und wir fuhren los. Die Fahrt verlief ohne Zwischenfall und ich freute mich über die erste, gemeinsame Vater/Sohn-Aktion. Aber nicht lange. Am Montag überfiel mich mein Chef Romika: „Das ist eine Unverschämtheit, den kleinen Jungen auf so eine weite Radtour mitzunehmen!!! Da hätte wer weiß was passieren können. Du bist absolut verantwortungslos!!! Wenn Du den Rocky mitnehmen willst, wohin auch immer, muss ich vorher gefragt werden! Merk dir das, sonst ist unsere Ehe zu Ende. Das lasse ich mir nicht noch mal gefallen." Das saß. Irgendwie dachte ich Idiot, dass die einstige Liebe mit ihren wunderschönen Gefühlen mal wieder zurückkommen würde. Einmal Idiot, immer Idiot.
Jeden Samstag ging ich einkaufen, wenn es zeitlich passte und ich nicht bei Kunden unterwegs war. Ich hatte einen Einkaufszettel, der nach den einzelnen Geschäften getrennt aufgeteilt war und zog los. Freitag abends, wenn ich nach Hause kam, kaufte ich immer im gleichen Laden eine Stange „Camel Filter" und hob bei der Bank 300 DM ab. Mein Einkaufsgeld für Samstag. Man bezahlte üblicherweise mit Euroschecks, EC-Karten waren noch nicht so sehr verbreitet.

Nach meinem ersten Einkauf am Samstag griff ich in die Brieftasche und dort ins Leere. Das Geld war weg. Grübel, wo konnte es sein? Ich bezahlte also wieder mit Euroscheck, holte nochmal Geld ab und kaufte weiter ein. Zu Hause erzählte ich Romika, dass über Nacht 300 DM aus meiner Brieftasche verschwunden waren und ich zu gerne wissen möchte, wo das Geld abgeblieben war. Romika hatte sofort eine passende Antwort: Du hast das Geld verbummelt, oder irgendwo liegen lassen oder überhaupt vergessen, es abzuholen. Ihre Erklärungen waren immer von einleuchtender Klarheit. Wie hätte es anders sein können: Ich war schuld. Nun hatte ich damals noch keine Anzeichen von Demenz und sagte, dass Rocky das Geld genommen haben müsse, eine andere Antwort gäbe es nicht. Damit hatte ich ihr den Krieg erklärt, und sofort wurde mit den schärfsten Waffen zurückgeschossen. Irgendwie fühlte ich mich an diesem Tag besonders stark und nahm die Kriegserklärung an. Ich bestand darauf, dass Rocky zu der Sache gehört werden müsse. Er sei am Vorabend mal wieder viel zu spät nach Hause gekommen und der einzige, der an meiner Jacke vorbei musste. Ich lag zu dieser Zeit schon längst im Bett.

Der hinzugerufene Rocky erklärte im Brustton der Überzeugung, dass ich, sein Vater, es auf ihn abgesehen habe, und die Unterstellung sei eine bodenlose Unverschämtheit. Ich solle mich sofort entschuldigen, und mein Kriegsgegner drohte mir gar noch schlimmere Dinge an. Teeren, federn und am Sack aufhängen war noch das Harmloseste. Ich ließ jedoch nicht davon ab, konnte ich doch an Rockys Körpersprache sehen, dass er schamlos log und das Geld hatte. Romika bat ich, mit Rocky nochmals unter 4 Augen, also ohne mich, zu reden, ansonsten würde ich das ganze Haus auf den Kopf stellen und Rockys Zimmer (von mir Müllhalde genannt) genauestens durchsuchen. Eine halbe Stunde später erschien der Kriegsgegner erneut und gestand, dass Rocky das Geld dringend benötigt und deshalb „an sich" genommen habe. Meine Frage, wofür ein 14-jähriger mitten in der Nacht so dringend 300 DM benötige, wurde mit der allumfassenden Erklärung beantwortet: „Das geht Dich gar nichts an!" Romika konnte wirklich sehr charmant sein. Meine Frage: Wann und wie ich das Geld zurückbekommen würde, wurde bis heute nicht beantwortet. Es versteht sich von selbst, dass unter solchen Umständen ein harmonisches Eheleben nicht mehr zu führen war und Reibereien zur Tagesordnung gehörten.

30. Kapitel

Rocky wollte mehr Taschengeld haben. Es war meiner Meinung nach genug, was er bekam. Es waren 5 DM/Woche und die ältere Schwester kam mit dem Betrag blendend aus. Er solle sich etwas nebenbei verdienen, war meine Antwort. Nur mit selbstverdientem Geld lernt man, das Geld auch wertzuschätzen. Romika kümmerte sich schon wieder darum. Statt ihn selbst einmal Erfahrungen sammeln zu lassen, klinkte sie sich sofort ein und „regelte" alles. Rocky sollte nun jeden Samstag so an die 40 Fernsehzeitungen an fest definierte Adressen zustellen (Abonnenten). Das habe ich als Schüler auch gemacht und wusste, wie das ablief. Als er dann nach der ersten Lieferung wieder zu Hause ankam, fragte ich nach den überzähligen Exemplaren. Der Verlag schickte immer einige Freiexemplare mit, damit der Zusteller Interessenten ansprechen konnte, um evtl. ein Abo zu verkaufen, was sich immer lohnte. Außerdem war es so, dass immer einige Adressen nicht stimmten und man deshalb Exemplare übrig hatte.

Eigenartigerweise war die Lieferung komplett aufgegangen. Alle Adressen stimmten, und es waren keine Freiexemplare dabei. Sofort wusste ich, dass hier etwas faul war und sagte das Rocky auf den Kopf zu. Da war aber etwas gebacken. Romika ging sofort auf mich los: Typisch, du traust deinem Sohn überhaupt nichts zu und ergehst dich in wüsten Verdächtigungen. Eine Unverschämtheit ist das, du solltest dich schämen. Auch Rocky schlug in die gleiche Kerbe und am Ende der Diskussion waren die beiden Sieger und ich der missgünstige Vater, der Looser.

Am nächsten Wochenende das Gleiche. Alle Exemplare waren „zugestellt", allerdings riefen einige, reklamierende Zeitungskunden an, sie hätten die Zeitung nicht bekommen. Rocky meinte dazu, er hätte auf jeden Fall ALLES zugestellt und die Leute sollten mal gefälligst im Briefkasten richtig nachschauen. Am nächsten Wochenende stand das Telefon dann nicht mehr still. Von den 40 Abonnenten riefen über 30 an: Keine Zeitung bekommen. Also mal wieder Romikas Sohn zur Rede gestellt. Nun konnte er sich nicht mehr herausreden, und er gab dann nach einigen Umwegen zu, dass er nicht eine Zeitung zugestellt habe. Die Zeitungen seien alle bei einem Freund in der Garage gelandet und in der geplanten Auslieferzeit habe man „ein paar Körbe geworfen".

Natürlich gab es keine Strafe. Rocky war mit 15 Jahren einfach noch zu jung, eine solch schwere und verantwortungsvolle Arbeit zu übernehmen. Diese Arbeit wäre im Übrigen gar nicht erforderlich gewesen, wäre ich mit dem

Taschengeld nicht so knickrig gewesen. So der Originalton Romika. An der ganzen Misere sei ich schuld!

Mal wieder ich! Der Vertrag mit dem Verlag wurde gekündigt und fortan fuhr Romika jeden Samstag mit ihrem schicken Golf-Cabrio durch Bergheim und stellte bis zum Vertragsende die Zeitschriften zu, damit Rocky „ein paar Körbe werfen konnte".

31. Kapitel

Natürlich sollte/wollte Rocky auch im Sport Erfolg haben. Das Radfahren lag ihm offensichtlich nicht, denn er verbummelte die Räder wie andere ihre Tempotücher. Wenn Sperrmüll war, fuhr ich durch die Gegend und sammelte alte Räder ein. Aus denen baute ich dann ein funktionierendes Fahrrad, das aber sehr schnell wieder verschwand. „Aus Versehen irgendwo stehen gelassen", war die Hauptentschuldigung. „Schlüssel zum Abschließen zu Hause vergessen", wurde auch gerne genommen. Irgendwann, Jahre später, kam ich mit Rockys ehemaligen Schulkollegen ins Gespräch. Die erklärten übereinstimmend, dass Rocky die Räder immer verkauft habe, um sein viel zu kleines Taschengeld aufzubessern.

Dem allgemeinen Tenniswahn gehorchend, wollte Rocky Tennis spielen. Natürlich kam ein Schnupperkurs nicht in Frage! Rocky hatte das Blut des geborenen Tennisspielers und für Romika war es eine dankbare Aufgabe, ihn entsprechend einzukleiden. Nicht kleckern, sondern klotzen war die Devise und an Klamotten inklusive Schläger durfte nicht gespart werden. Es war allgemein bekannt, dass der Spieler gewinnt, der die besten Klamotten trug. Das Dumme an der Sache war, dass Rocky für Tennis trainieren musste und das auch noch regelmäßig. Außerdem war der Schläger doch viel schwerer als gedacht. Überhaupt war das Tennisspielen völlig überbewertet, und Rockys Verlangen ging dann schon eher in Richtung Fußball. Das war ein richtiger Sport für Jungen! Im TV sah man jeden Tag Fußballer, die die Volksschule nicht geschafft hatten, aber Ferrari fuhren. Das war genau seins!

Also wurde neues Outfit gekauft sowie ein Fußball mit all dem dazugehörenden Kram. Schuhe, Trikot, Hose etc. Unglücklicherweise bekam Rocky schon in der ersten Stunde Fußball einen Ball ins Gesicht und damit war die Traumkarriere leider auch schon wieder beendet. Das grenzte schon an vorsätzliche Körperverletzung und Mutter und Sohn waren sich einig: So geht das nicht!

Judo hielt er dann doch eine ganze Weile aus, aber auch das wurde irgendwann langweilig. Dafür rückte dann das Skifahren in den Fokus der Beteiligten. Rocky war absolut sicher, dass das Skifahren genau sein Ding war. Nun ist das Rheinland über seine Grenzen hinweg für die traumhaften Skipisten und langen, schneereichen, Winter bekannt. Jedermann fährt hier Ski. Oder war das doch anders? Ja genau, das Rheinland war **nicht** für traumhafte Skipisten bekannt, aber irgendwie hatten Rocky und Romika das nicht richtig mitbekommen. Schließlich ist Aprees Ski das wesentliche an dieser Sportart, nur Verrückte fahren auf dünnen Holzbrettern steile Berge hinab.

Aber auch hier musste natürlich zuerst kräftig eingekauft werden. Skier, Schuhe, Mütze, Klamotten, Unterwäsche usw. Alles wurde angeschafft. Sogar in den Skiclub wurde eingetreten und nun wartete man darauf, dass der Skiclub sonntags, nach 11:00 h, die Ski Hänge bei uns vorbeibrachte, damit Rocky entsprechend die Berghänge runterbrausen könne, während sich Mutter Romika mit den anderen Müttern dem Après-Ski hingab und ihren Sohn als Toni Sailer den 2. rühmen konnte. Da war der Skiclub aber ganz falsch aufgestellt. Man organisierte Busfahrten nach Winterberg/Sauerland! Der Bus fuhr los, noch bevor Rocky aufgestanden war, und so kamen die zwei denn auch nicht zusammen. Außerdem hatte der Skiclub die verrückte Forderung aufgestellt, dass alle die, die mitfahren wollten, mindestens zweimal die Woche zum Konditionstraining kommen mussten. Waren die denn besoffen? Training war doch wohl das Letzte. Rocky wollte Ski fahren. Das war doch kinderleicht, das konnte man doch im TV ganz genau sehen!

Als später unser Haus verkauft wurde, kamen all diese und andere Utensilien zum Vorschein und landeten auf dem Müll. Kaum oder überhaupt nicht benutzt.

Eine Weile hielt er sich dann mit Basketball beschäftigt. Nur Millionäre in den amerikanischen Ligen! Das war's! Er gab zumindest geistig die Schule auf und konzentrierte sich auf seine Profikarriere beim Basketball. Ein paar Bälle werfen und fette Kohle abgreifen, so sah seine großartige Zukunft aus. Mein Einwand, dass man ja nicht wisse, ob er groß und schnell genug dafür werden würde, wurde mit der Gewissheit des Klügeren weggewischt. Natürlich wurde er keine zwei Meter groß, und da hätte eine abgeschlossene Schulbildung im Leben schon sehr geholfen. Irgendwie.

Irgendwann, einige Jahre später, Romika und ich waren da schon getrennt, kam er mit einer Superidee zu mir. Nachdem er mir ja mit 18 erklärt habe, dass ein Abitur nur für Spastiker von Nutzen sei, habe er nun erkannt, dass ein Abitur gar nicht so schlecht wäre. Er würde sich auf einer Ganztagsschule einschreiben, um das Abitur nachzumachen. Ich, sein Vater also, solle das mit 850,00 DM im Monat sponsern und er würde dann abends in Kneipen kellnern(!) gehen und sich sein Taschengeld dazuverdienen. Warum 850,00 DM? Nun, dass sei der Bafög-Satz, der ihm zustehen würde, den er aber nicht bekommen würde, da ich viel zu viel verdienen würde.

Ja, stimmte ich zu, das sei wirklich eine Superidee! Da stehe ich voll dahinter. Ich hätte da nur zwei winzige Korrekturen. Er solle tagsüber arbeiten und abends zur Schule gehen. Er müsse nicht kellnern gehen oder gar bis in die Mitte der Nacht den „Zappes" geben. Ich würde den Satz bezahlen, den das BAföG vorsieht, wenn er mir einen abgelehnten BAföG Bescheid vorlegen würde. Und Taschengeld würde er bestimmt von der Mutter bekommen, die ja zwischenzeitlich einen Bombenjob habe.

Irgendwie konnte ich meinen Vorschlag nicht richtig verkaufen, manchmal fehlen mir einfach die passenden Argumente, und damit blieb die Sache wie sie war.

32. Kapitel

Meine Tätigkeit für die IBM erforderte, dass ich viel unterwegs sein musste. Kunden in Aachen, Krefeld, Düsseldorf etc. mussten live besucht werden. Eine Verbindung über Telefon, wie es heute völlig normal ist, war damals nicht bezahlbar und nur mit teuren Zusatzgeräten möglich. Die Deutsche Bundespost hatte das Monopol und die Beamten sorgten dafür, dass es keine schnellen Entwicklungen gab. Zu einer Zeit, als Amerika alle Netze auf Breitband umstellte, begann die DP zögerlich damit, ISDN einzuführen. Eine schon damals völlig veraltete Technologie. Man stellte quasi vom Ruderboot zum Segler um, während die westliche Welt schon mit Motorschiffen unterwegs war.

Hatte ich um 08:00 h einen Termin in Krefeld, musste ich um 06:30 h losfahren, da ich an Köln und Düsseldorf vorbei musste. 17:00 h Feierabend, bedeutete gegen 19:00 h zu Hause. Sehr viel Familienleben fand da nicht mehr statt. Norbert bemerkte einmal: Bei dir zu Hause ist es wie im Supermarkt. Du räumst die Regale ein und deine Sippe räumt sie aus, ohne dass jemand an der Kasse vorbei kommt.

Natürlich ermöglichte das steigende Einkommen auch Urlaube, die für den Normalverdiener unerschwinglich waren. Die ersten Jahre mit den Kindern waren urlaubsarm. 1976 genehmigte mein Chef mir schweren Herzens 3 Wochen, und wir fuhren mit Emma in den Schwarzwald. Wir wohnten in einer kleinen Pension, die von zwei Schwestern, Witwen, geführt wurde. Sofort gewann Emma ihre Herzen. Wenn wir abends mal allein sein wollten, passten die zwei gerne auf Emma auf und spielten mit ihr. Wir hatten ein gemeinsames Zimmer mit Kinderzustellbett, und so genossen wir auch die Zeit für uns. Wir waren Mai/Juni im Schwarzwald. Einige Male lag am Morgen Schnee und es war bitterkalt. Wir sind sehr viel mit dem Kinderwagen bei Wind und Wetter unterwegs gewesen. Es war eine schöne Zeit.

1978 flogen wir im Februar für 2 Wochen nach Lanzarote. Es war so etwas wie ein Versöhnungsurlaub. Außerdem fiel uns die Decke auf den Kopf, da es mit dem Hausbau aufgrund von Eis und Schnee einfach nicht weiterging. Das Wetter war auf Lanzarote nicht besonders. Es gab immer wieder starken Regen, und es war kalt. Die ganze nördliche Halbkugel litt unter dem strengen Winter. Im Grunde waren wir froh, als wir wieder zu Hause waren. Bei -9° sind wir in Frankfurt gelandet und erst dort merkte ich, dass ich nur Sandalen an den Füßen trug. Also mussten im Flughafen die Koffer geöffnet und nach meinen Schuhen gesucht werden.

Der nächste Urlaub fand dann 1979 statt. Eine Woche am Faaker See / Wörther See in Kärnten. Natürlich viel zu kurz und da wir kurzfristig aufgebrochen waren, mussten wir mehrfach das Quartier wechseln, je nachdem, wo gerade was frei war. Die Kinder hatten jedoch ihren Spaß, konnten im Wasser spielen und schwimmen. Das Wetter spielte voll mit.

33. Kapitel

1981 war das Jahr, in dem Emma eingeschult wurde. Wir wollten nochmal preiswerten Urlaub machen, bevor wir, wie viele andere Eltern auch, in den Sommerferien die teuren Hochsaisonpreise bezahlen mussten. Mallorca war im Mai unschlagbar günstig und wir hatten ein schönes Hotel erwischt, ein bisschen erhöht über dem Strand mit schöner Aussicht auf das Meer. Direkt am ersten Tag wurde uns klar, warum das so preiswert war. Das Essen war eine Katastrophe. Zum Frühstück einen Plastikteller, auf dem zwei kleine Gummibrötchen lagen, ein Stück Butter, ein Plastiktöpfchen mit Marmelade. Das Ganze in Plastikfolie eingeschweißt. Abends immer Nudeln, die in einer fettigen Tomatensauce schwammen. Mal mit Würstchen, mal mit Gehacktesbällchen, mal mit einem undefinierbaren Etwas.

Im Hotel wohnten ausschließlich deutsche Familien mit Kindern, bei denen die Situation ähnlich war wie bei uns. So hatten unsere Kinder jede Menge andere Kinder zum Spielen. Die Männer trafen sich zum Kartenspielen, die Frauen hatten immer viel miteinander zu erzählen. Schnell hatte sich eine Clique gebildet, die aus 4 - 6 Familien bestand. Wir fuhren auch oft mit dem Bus nach Palma Nova. Dort gab es am Meer einen schönen Kinderspielplatz. Allen schmeckte das Essen nicht, nur die Kinder fanden es toll, jeden Tag Nudeln! Wir gingen des Öfteren mit „alle Mann" spazieren und stießen irgendwann auf eine kleine Kneipe, mitten im Wald. Eine Oma versorgte die Kneipe, und man konnte dort ein gutes, kaltes Bier zum kleinen Preis trinken. Irgendwie kamen wir ins „Gespräch" und Oma erklärte uns, dass sie auch Essen anbieten würde. Allerdings nur auf Vorbestellung. Paella wollten alle mal probieren, und wir bestellten für den Abend Paella für „alle Mann", froh, einmal dem Hotelessen zu entrinnen.

Wir waren begeistert. Die Bude hatte das Ambiente eines Campingplatzes, es gab nicht zwei Stühle, die gleich waren, aber das Essen war total überzeugend. Die riesige Platte Paella war leer geleckt, als wir wieder gingen. Auch die Kinder waren begeistert, gab es doch dort auch einen kleinen Sandkasten und allerlei Spielgeräte. Preislich war das Essen kaum der Rede wert, es war wirklich sehr lecker und spottbillig. Für den nächsten Abend bestellten wir Kaninchen, dann Tintenfisch, dann Hühnchen, dann wieder Paella. Das Hotel sah uns zum Essen nicht mehr wieder.

Nach etwa einer Woche wurde Romika ernsthaft krank. Starkes Fieber, Schüttelfrost und Schweißausbrüche. Wir ließen über Neckermann einen Arzt kommen. Der diagnostizierte eine Nierenbeckenentzündung und verbrachte sie sofort in (s)ein Privatkrankenhaus. Laut Neckermann war das staatliche Krankenhaus in Palma nicht auf deutsche Touristen eingerichtet. Da sollte man wirklich nur hingehen bei Sonnenbrand oder in die Füße eingetretenen Seeigeln. Hieß es. Es war seit unserem Kennenlernen die zweite Nierenbeckenentzündung und nicht die letzte.

Nun, für meine Frau war mir nichts zu teuer. Am nächsten Tag besuchte ich sie im Privatkrankenhaus. Es war wunderschön auf einer Bergkuppe gelegen. Es taucht auch immer wieder mal in Filmen/Berichten über Mallorca auf. Das Gebäude sieht mehr wie ein Schloss aus, weniger wie ein Krankenhaus. Allerdings war ich mit dem Bus und zu Fuß gute 1,5 Stunden unterwegs, eine Strecke. Nun war es ein Segen, dass wir mit so vielen Eltern Kontakt geschlossen hatten. Sie kümmerten sich rührend um die Kinder, die ich nie hätte mitnehmen können. Ich musste mir darum keine Sorgen um sie machen.

Romika bekam Antibiotika und langsam ging es ihr besser. Ich fuhr jeden Tag, sie zu besuchen. Nach einer Woche konnte ich sie wieder mitnehmen und am gleichen Abend hatten wir mit „alle Mann" ein großes Fest zu feiern. Natürlich bei Oma.

Der Spaß im Krankenhaus hatte rund 2.500 DM gekostet, und ich war der Meinung, dass die BEK dafür aufkommen würde. Den Auslandskrankenschein der BEK konnte ich im Krankenhaus aber nicht unterbringen und zurück in Deutschland erklärte die BEK, dass eine Nierenbeckenentzündung zu Hause auskuriert werden müsse, ein Krankenhausaufenthalt sei nicht nötig. Egal ob Urlaub oder nicht. Mir wurden daher nur ein paar Mark Arztdiagnose und die Medikamente bezahlt. Knapp 120 DM. Die Restkosten mussten wir dann mit Hilfe eines Kleinkredits finanzieren und abstottern.

Leider sind wir uns auf Mallorca auch nicht näher gekommen. Wir hatten zwei nebeneinander liegende Doppelzimmer, eins für die Kinder, eins für uns. Den Kindern machte es einen Höllenspaß, nächtens das Zimmer zu verlassen, um uns zu besuchen oder im Hausflur einen Höllenlärm zu veranstalten. Ein „Näherkommen" war so nicht möglich. In der Krankenhauswoche ging es natürlich auch nicht und danach war sie noch so geschwächt, da ging es auch nicht. Zurück blieb die Erkenntnis über die Leistungsfähigkeit der BEK und die universelle Einsetzbarkeit eines „Auslandskrankenscheines".

34. Kapitel

Die Folgejahre ließen wegen der vielen Arbeit keine Möglichkeit, an Urlaub zu denken. Erst 1984 brachen wir zum Lago Maggiore auf. Dort hatten wir eine Ferienwohnung gemietet. Mittlerweile fuhr ich einen AUDI A6 Avant, der mit Dachgepäckträger 4 Räder packen konnte. Die Wohnung lag ca. 150 Meter oberhalb des Lago und bot einen wirklich imposanten Blick über den See. Wir waren überwältigt von der Aussicht. Leider hatte das aber auch den Nachteil, dass man mit dem Rad 150 Höhenmeter radeln musste, wenn wir abends wieder zu Hause waren. Die steile Abfahrt am Morgen, wenn wir losfuhren, wollte jedoch niemand missen. Außerdem diente das Sträßchen dem Postbus als Route, um aus dem Tal herauszukommen. Ich hatte einen Fahrplan besorgt, wann der Bus fuhr, damit wir nicht auf der Straße waren, wenn er kam. Die Straße war so eng, dass man auch mit dem Rad nicht an dem Bus vorbei kam. Mit dem Auto musste man entsprechend lange rückwärtsfahren, bis eine Ausweichstelle kam.

Also fuhr die Familie morgens mit dem Rad den Berg hinunter und ich mit dem Auto, das Rad auf dem Dach. Das Auto wurde dann irgendwo geparkt und abends wurden die Räder wieder aufs Auto geladen und wir fuhren gemeinsam den Berg hinauf.

Eigentlich wollten wir nicht kochen, sondern das italienische Essen genießen und es uns gut gehen lassen. Schließlich waren die Italiener in Deutschland ja als gut und preiswert bekannt. Am Lago Maggiore war das „preiswert" jedoch auf der Strecke geblieben. Das Essen war sauteuer. Was mich massiv ärgerte, dass man, ohne dass überhaupt etwas zu Essen auf dem Tisch stand, pro Person 2,00 DM für das Besteck berechnet bekam, also 8,00 DM für rein gar nichts.

Drei hausgemachte Ravioli als Vorspeise je 8,50 DM, Nudelgericht immer so zwischen 15,00 DM und 20,00 DM, Nachtisch 6,50 DM. Zwei Cola 6,00 DM, ein Bier 5,00 DM, ein Glas Wein ebenfalls. Das waren jeden Abend über

120,00 DM. Und mittags hatten ja auch alle Hunger. Wir hauten jeden Tag 300 DM für Essen, Trinken und die Ausflüge auf den Kopf. Die Ferienwohnung war ja schon bezahlt, aber das Budget wurde mehr als deutlich überzogen. Wir stellten auf Selbstversorgung um. Damit sparten wir eine Menge Geld, aber die Kinder fanden das gar nicht gut. Essen gehen gefiel ihnen. Ein Kellner, der alles hin-und herträgt, kein Tischabräumen, nicht beim Spülen helfen. Das war nach ihrem Geschmack.

Obwohl die Italiener eine große Radsportnation sind, gab es kaum Fahrradwege. Wollte man in den nächsten Ort, war die Bundesstraße die einzige Verbindung. Hier fuhr alles, was fahren konnte, auf einer Spur und es war sehr gefährlich. Nach einiger Zeit haben wir das Radeln leider einstellen müssen. Man konnte auch nicht die Räder im Zug mitnehmen, der täglich mehrmals um den Lago herumfuhr. Die Räder mussten am „Frachtbahnhof" aufgegeben werden und wurden dann mit einem der nächsten Züge zum Zielbahnhof mitgenommen. Kamen also in der Regel erst am nächsten Tag dort an. Pro Rad 12,50 DM für 15 km. Mit den Zugtickets waren damit knapp 100 DM für 15 km Zugfahren erforderlich. Da war die Deutsche Bahn schon besser!

Obwohl es schön warm war, konnte man im See nicht schwimmen. Tage vorher hatte es gewaltige Unwetter gegeben und der See führte Hochwasser. Alles, was als Strand getaugt hätte, stand knapp einen halben Meter unter Wasser. Nach einer Woche war das Hochwasser verschwunden, aber auf den Wiesen lag ein dicker, übelriechender Schlamm, der mühsam mit Dampfstrahlern weggespült werden musste. Bötchen fahren war auch nicht möglich, da im See etliche Baumstämme trieben, die bei einem Treffer jedes Bötchen, wie mit einem Torpedo, unmittelbar versenkt hätten. Ich kann mich noch an einen Ausflug an den Luganer See erinnern. Dort angekommen hatten natürlich alle Hunger und wissend, dass die Schweizer Preise genauso hoch sind wie die Berge, sahen wir uns nach einer „preiswerten Mahlzeit" um. In einem Großkaufhaus gab es eine „heiße Ecke". Dort erstand ich 4 X Bockwurst im Brötchen, 20 SFR und 4 X eine Dose Limonade, ebenfalls 20

SFR. In deutschem Geld waren das damals über 50 DM. Es wurde uns klar, in der Schweiz kann man wirklich „günstig" Urlaub machen.

Wir sind dann einige Tage vorher zurückgefahren, wir waren pleite.

35. Kapitel

1984 hatte ich den Plan, mit dem Auto nach Spanien zu fahren. Eine Flugreise war mittlerweile zu teuer, da wir für die Kinder voll bezahlen mussten, aber Auto und Benzin waren frei. (Firmenwagen) Ich fand über die „WELT" eine kleine Villa in Tarragona mit 4 Schlafzimmern und Pool. Es war ausgemacht, das Josie und Herbert plus Kinder in ihrem Auto mitfahren würden. Josie war Romikas zwei Jahre ältere Schwester, Kindergärtnerin, mit der ich mich nicht so gut verstand. Herbert war ihr Ehemann, bei einer Krankenkasse angestellt. Wir waren, so dachte ich damals, Seelenverwandte. Ihre beiden Kinder passten vom Alter her zu den unsrigen und so machten wir uns dann mit zwei Autos auf in den Süden. Obwohl ich einen genauen Streckenplan ausgearbeitet hatte, den Herbert natürlich auch besaß, verloren wir uns auf der Autobahn. In Kehl hatten wir auf dem Marktplatz einen Treffpunkt vereinbart, aber Herbert erschien nicht. Handy/Navi gab es damals noch nicht, also fuhren wir nach einer Stunde Wartezeit weiter. Später erklärte er mir, dass sie nicht über Kehl gefahren seien, er habe eine „bessere" Strecke gefunden. In Wirklichkeit hatte er sich total verfranzt und war froh, überhaupt den Einstieg auf die französische Autobahn gefunden zu haben.

Die Fahrt war recht mühsam. Es waren Sommerferien, „Kreti und Pleti waren on the road" und es war sehr heiß. Das Rhonetal kommt einem endlos vor. Die Straße immer geradeaus und nichts fürs Auge zu sehen in der näheren Umgebung. Endlich erreichten wir Montelimar, unsere Übernachtungsstation. Ein Bekannter von mir hatte mir diesen Ort empfohlen, man müsse jedoch das Hotel XXXX meiden, da direkt dahinter der TGV langdonnert. Der TGV war der erste richtige Schnellzug, mit fast 300km/h der schnellste Zug Europas. Unser gebuchtes Hotel war geschlossen, und ein Schild im Eingang verwies auf ein anderes Hotel, in dem unsere Zimmer reserviert seien. Das war, man kann es sich denken, genau das Hotel, vor dem wir gewarnt worden waren.

Josie und Herbert trudelten irgendwann auch ein. Wir beschlossen, erst Mal gut zu essen und noch „guter" zu trinken. Leider sprach nur Herbert ein paar Brocken Französisch, der Rest überhaupt nicht. Es war ein langer Kampf, bis die Bestellung unter Dach und Fach war. Als erstes wurde ein Salat serviert, und nach wenigen Augenblicken schrie Josie auf, als würde sie vergewaltigt. In ihrem Salat befanden sich ekelhafte, kleine Schnecken. Die herbeistürzende Bedienung erklärte dann, dass diese Schnecken dahineingehörten und keinesfalls eine Verunreinigung darstellten. Auf der Karte stand auch etwas mit „Escargots", aber wer wusste schon, was das genau bedeutete. Angeekelt schob Josie ihren Salatteller in die Mitte des Tisches und die Kinder machten es ihr nach. So kamen Herbert und ich in den Genuss von reichlich Salat. Natürlich wurden wir in der Nacht von den extremen Pfeifgeräuschen des TGV wach, aber wir waren alle so müde, dass wir direkt wieder einnickten.

Der nächste Morgen dann ein neuer Schock. Frühstück! Das bestand aus einem Pott Kaffee und einem Croissant. Ich dachte, dass wäre die Vorspeise, aber es kam nichts nach. Also wurden, gegen Bezahlung, weitere Croissants geordert und es gab dann auch Marmelade, auch gegen Bezahlung.

Irgendwann wurde aufgesattelt, mit Herbert wurden die Treffs noch mal durchgegangen und auf ging es, der Sonne entgegen. Schon nach wenigen Kilometern war von Herbert nix mehr zu sehen. Ich hielt mich peinlich genau an die Geschwindigkeitsbeschränkungen, trotzdem war er weg. Am frühen Nachmittag trafen wir in Tarragona ein. Leider war meine Routenbeschreibung in Deutsch, während die Beschilderung spanisch war. Das passte leider nicht immer übereinander, und es dauerte eine ganze Weile, bis wir das Objekt der Begierde fanden.

Wir wurden nicht enttäuscht. Die Villa machte einen guten Eindruck, stand am Ende einer Sackgasse, mitten zwischen Feldern und Bäumen. Es gab also kaum Verkehr. Das Auto wurde ausgeladen und dann traf auch Herbert ein. Die Frauen und Kinder wurden mit der Aufgabe betraut, alles Gepäck nebst Küchenutensilien zu verstauen, während wir uns auf den Weg zum Supermarkt machten, Proviant zu bunkern. Der Markt lag auf einem Campingplatz, ca. 2 km entfernt. Natürlich musste erst Mal ein Bier getrunken werden. Die Einkäufe wurden zurückgebracht, eingelagert und dann ging es in den Pool, in dem schon die Kinder herumtollten.

Niemand hatte Lust, jetzt auch noch zu kochen, und so machten wir uns gegen Abend auf den Weg, ein schönes Lokal zu finden. Die Lokale öffneten aber erst um 20:00 h und es war gerade mal 18:00 h. Ich erinnerte mich einer Art Fernfahrerkneipe, an der wir auf dem Hinweg vorbei gekommen waren. Die fanden wir schnell wieder. Im Freien stand ein großer Tisch und den besetzten wir. Die spanische Speisekarte hätte auch in Afrikaans geschrieben sein können. Wir verstanden aber auch gar nichts. Man sah von außen einen großen Grill, auf dem sich etliche Flattermänner drehten. Herbert und ich entschieden sich für ein halbes Hähnchen mit Fritten und Bier. Und das in Sekundenschnelle. Nun ging der Ärger los. Die Damen wollten auf keinen Fall Hähnchen essen, sondern etwas Landestypisches (Wir fahren doch nicht tausende von Kilometern, um dann ein Grillhähnchen zu essen!) Wobei allerdings keine von beiden wusste, was das landestypische eigentlich ganz genau sein sollte, und die Bedienung war keine wirkliche Hilfe. Es begann eine Rätselstunde, in der sich aber auch niemand mit Niemandem verständigen konnte. Letztendlich, wir waren dem Hungertod schon recht nah gekommen, entschieden die Damen sich auch für Hähnchen. Natürlich nur unter Protest. Die Kinder hatten sich alle auf Fritten verständigt. Interessanterweise ließen auch die Damen die Hähnchenknochen sauber abgenagt zurück. Es gab keine Reste.

Danach sprangen die Kinder wieder in den Pool, und wir machten es uns mit spanischem Rotwein gemütlich. Es wurde ein Plan ausgearbeitet, in dem die

Hausarbeit gleichmäßig auf die Parteien verteilt wurde. Außerdem ein Speiseplan, denn wir wollten vorwiegend selber kochen. Ich koche sehr gerne und hatte mich angeboten, jeden Tag zu kochen. Das rief Josie auf den Plan. Sie wollte auch kochen, und genau das hatte ich befürchtet. Romika konnte überhaupt nicht kochen und ihre Schwester, das hatte ich schon oft erfahren müssen, leider auch nicht. Es war nicht so, dass sie nichts auf die Reihe bekamen, aber es schmeckte einfach nicht. Alles schmeckte irgendwie nach Krankenhauskost für Gallenkranke. Keine Gewürze, kein Pfeffer, kein Salz, keine Kräuter. Alles viel zu weich gekocht, ein Braten lag zerfleddert und völlig verkocht in einer Brühe, die den Namen Sauce nicht verdiente. Gemüse wurde totgekocht. Es kamen schwere Zeiten auf mich zu.

Es dauerte auch nicht lange, bis es zum Knall kam. Josie hatte entschieden, dass es Reis mit Goulasch geben würde. Dafür brauchte es zwei Töpfe. Einen für den Reis, einen fürs Goulasch. Eine überschaubare Aufgabe, wie ich meinte. Das meinte aber auch nur ich. Wie in Spanien üblich, kochte man mit Gas und verwendete Töpfe aus Aluminium, die sehr schnell heiß wurden. Ich war mit Gas als Kochquelle groß geworden und hatte dadurch keine Probleme. Josie war Elektroherd gewohnt und kochte nur mit Töpfen, die einen Sandwichboden hatten. Ich versuchte, sie auf diese fundamentalen Unterschiede hinzuweisen, aber ich wurde aus der Küche vertrieben. Was könne ein Mann schon vom Kochen verstehen?

Es passierte genau das, was ich vorhergesehen hatte. Der Reis kochte sofort über, und ehe Josie auch nur eingreifen konnte, hatten sich die Reste untrennbar mit dem Topfboden zu einer schwarzen Masse verbunden. Während dessen kochte das Goulasch wie eine Suppe im Topf. Es war weder angebraten worden, noch gab es Zwiebeln, Tomaten oder ähnliches. Es war gekochtes Fleisch ohne Saft und Kraft.

Josie war auch direkt klar, warum das in die Hose gegangen war: Ich war schuld. Ich hatte diesen „Scheißbungalow" ausgesucht und damit auch die Gaskochstelle. Das hätte ich anders lösen müssen. Mein Einwand, dass in

Spanien nur mit Gas gekocht wurde, ließ sie nicht gelten. Das hätte ich mir alles nur ausgedacht. Aber es gab weitere Probleme. Romika und ich hatten ab und an Sex, das blieb nicht verborgen, während sich Herbert vornehm zurück hielt. Josie fühlte sich auch hier vom Schicksal verfolgt und schimpfte laufend mit uns, ob wir denn nichts anders zu tun hätten. Das sei einfach widerlich. Auch, dass wir nackt im Pool schwammen, regte sie fürchterlich auf. Es war zwar zu Hause schon vereinbart worden, dass jeder so schwimmen konnte, wie er wollte, aber das ließ sie nun nicht mehr gelten. Ohne diese Zusage hätte ich gar nicht zugestimmt, sie mitzunehmen. Langsam kam sie in Fahrt und spielte sich auf wie die Gruppenleiterin im Kindergarten, was sie ja auch war. Herbert, der Eheschluffen, hielt sich aus allem raus und saß meistens im Schatten, ein Fläschchen Bier in Reichweite.

Natürlich wollte ich keinen Streit, ging mit Josie gemeinsam einkaufen, um die schlimmsten Fehler zu verhüten oder beim Metzger die richtigen Fleischstücke auszusuchen. Aber es hörte nicht auf. Immer, wenn ihr was daneben ging, waren die Anderen Schuld. Im Grunde war sie wie Romika, nur eben älter. Auch einige Badeausflüge an den Strand oder Schiffsausflüge ließen sie nicht zur Ruhe kommen. Es wurde gemeckert, was das Zeug hielt. Eines Morgens waren sie weg. Herbert hatte mir einen Zettel auf den Küchentisch gelegt. Er entschuldigte sich für den Ärger, den Josie gemacht habe. Man sei eine Woche früher zurückgefahren, damit wir wenigstens die letzte Woche in Ruhe verbringen konnten.

Leider war die Urlaubsstimmung auch für uns vorbei. Ein paar Tage später packten wir unseren Kram zusammen und fuhren abends zurück nach Deutschland. Am frühen Morgen kamen wir in Mühlheim/Schwarzwald an und suchten ein Hotel. Wir brachten die Kinder ins Bett, denn sie hatten im Auto kaum geschlafen. Romika und ich frühstückten und legten uns dann auch hin. Ich war fix und fertig. Gegen Mittag wurden alle wach und wir verbrachten noch einen Tag und die Nacht in Mülheim. Am nächsten Tag war ich wieder fit und wir legten die restlichen 500 km bis nach Hause zurück.

Wieder in Deutschland erfuhr ich, dass sich Herbert von Josie getrennt hatte. Schon vor dem Urlaub besaß er eine Freundin. Er wollte den Urlaub noch mit Josie und den Kindern gemeinsam verbringen, um zu prüfen, ob die Ehe reparabel war. War sie nicht. Das war auch meine Meinung. Leider habe ich Herbert nach diesem Urlaub nie mehr wieder gesehen. Es gelang mir nicht, herauszufinden, wo er wohnte. Mit Josie verkehrte er wohl nur über den Anwalt. Sie wusste auch nicht, wo er wohnte. Ich war damals sehr traurig, konnte mir nicht erklären, warum er mich so bestrafte. Wir waren also doch keine Seelenverwandten. Er war nur mein Schwager, der es mit seiner Frau nicht mehr aushielt. Letztendlich war er eine große Enttäuschung, hatte ich ihm doch bei seinem Hausbau immer wieder geholfen und ihn unterstützt, wo immer es mir möglich war.

36. Kapitel

1986 ging es dann mit Freunden an den Wagginger See in Bayern. Hilde und Axel waren Freunde von uns und hatten zwei Mädchen, jeweils ein Jahr jünger als unsere Kinder. Wir hatten direkt am See eine große Ferienwohnung auf einem Bauernhof gemietet, Axel und Hilde ebenfalls. Man muss dazu sagen, dass Hilde Romikas Busenfreundin war. Dazu später mehr.

Die Zeit verlief recht harmonisch. Ich konnte einige Radtouren unternehmen, die Kinder spielten viel zusammen, und wir machten etliche Ausflüge ins Umland. Chiemsee, München, Berchtesgaden, Salzbergwerk, Salzburg, Bad Tölz. Wir passten gegenseitig auf die Kinder auf, wenn ein Pärchen mal etwas ohne Kinder vorhatte. Romika und Hilde mussten, natürlich alleine und ohne die Kinder, zum Shoppen nach Salzburg fahren. Bei uns in der Nähe gab es den „Michelwirt". Dort gingen wir fast jeden Abend preiswert essen. Das Essen war gut bayerisch-bürgerlich, preiswert mit riesigen Portionen. Rocky war der einzige von den Kindern, der eine Erwachsenenportion bekam, alle andern bekamen Kinderteller. Was auf den Tellern liegenblieb, wurde dann auch noch von Rocky gegessen. Es war eine schöne Zeit, es gab keine Reibereien, denn Romika hatte offensichtlich keinen Bock auf Krieg, so lange Hilde und Axel in der Nähe waren.

Im nächsten Jahr war es denn nicht mehr so schön. Die ganze Truppe fuhr nach Ledenitzen am Faaker See. Wir fuhren mit dem Autoreisezug, die Räder hatten wir vorab per Spedition gesandt. Der Autoreisezug war sehr teuer, ca. 1.800 DM für hin- und zurück, aber leider überhaupt nicht komfortabel. Wir hatten ein Abteil für vier Personen, die Betten standen zu je zwei übereinander. Das Abendessen wurde von einem Kellner serviert. Im Prospekt der Deutschen Bahn las sich das alles ganz wunderbar, „ein kulinarischer Hochgenuss, Küche vom allerfeinsten." Die Realität war leider völlig anders. Die „Vorsuppe" war kalt, das Hauptgericht noch kälter. Geschmacklich auch ein Reinfall. Zum Glück hatten wir reichlich Butterbrote dabei, die eigentlich für das Frühstück gedacht waren, aber nun jetzt schon ihr Leben verwirkt hatten.

Die Kinder schliefen unten, wir oben. Wer nun glaubt, dass ein solcher Zug fast schwerelos durch die Nacht gleitet, weil es ab Frankfurt keine Haltestellen mehr gab, der glaubt auch, dass die Heilsarmee bewaffnet ist. Der Zug hatte die Priorität 0 und musste alle halbe Stunde irgendwo anhalten, um einen Zug mit höherer Priorität vorbei zu lassen. Mal standen wir eine halbe Stunde auf einem Abstellgleis, mal fuhren wir unter großem Bremsenquietschen rückwärts, um dann von großem Gepolter begleitet wieder vorwärts zu fahren. Alles bei ohrenbetäubendem Lärm und der permanenten Angst, aus dem „Kuschelbett" zu fallen. Es war der reine Horror und am nächsten Morgen in Villach waren wir wie gerädert. Ungeduscht/ungewaschen fuhren wir zu unserem Quartier am Faaker See. Am Faaker See war ich ja mit Hans schon 1969 gewesen. Er wiederum hatte über Jahre hinweg mit seinen Eltern in den Sommerferien dort Urlaub gemacht. Es war geplant, dass er später mit seiner Familie ebenfalls an den Faaker See kam.

1969 gab es den Dorfgasthof, in dem der Wirt auch gleich als Bürgermeister residierte. Um den Gasthof herum gab es große Wiesen, auf denen Kühe grasten. Es war ruhig und total idyllisch. Irgendwann danach hatte man auf den Wiesen in Hanglage kleine Ferienbungalows errichtet. Es waren gemütliche, kleine Holzhäuser mit einer großen Wohnküche, zwei Schlafzimmern und einem Bad/Toilette sowie einer Terrasse. Ideal für Selbstversorger. Auf dem Gelände lag ein kleiner Teich mit Fröschen, die Kinder konnten jederzeit in den Ställen und den anderen Gebäuden spielen. Attraktion war das Melken der Kühe. Jeder, der wollte, bekam einen Becher frische Milch, direkt von der Kuh. Darüber hinaus existierten hier ein Restaurant und ein kleiner Dorfladen. In dem bekam man täglich frische Brötchen und Dinge des täglichen Bedarfs, Cola, Limo, Wasser und Bier.

Wir wurden herzlich begrüßt und bekamen unsere Bungalows zugewiesen, direkt nebeneinander. Alle waren übermüdet und irgendwie schlecht gelaunt. Hildes Familie war das Selbstversorgen nicht gewöhnt, und man kam nicht so recht damit klar, dass man sich um alles selbst kümmern musste. Brötchen holen, Frühstück machen, aufräumen, Betten machen, Mittagessen kochen usw. Dabei war es wirklich schön. Eine herrliche Aussicht auf den Mittagskogel, den Hausberg. Der See, der wärmste See in Kärnten, war nur knapp 3 Kilometer entfernt und mit dem Rad schnell erreichbar. Der Radweg führte durch einen kleinen Wald, war also auch für Kinder gefahrlos nutzbar. Leider hatte Hildes Familie keine Räder mitgenommen. Axel fuhr immer BMW-Cabrio, konnte also keinen Dachgepäckträger benutzen. Auch das Vorhandensein von Kindern konnte ihn nicht vom Cabrio abhalten. Wir hatten fast nur schönes Wetter und deshalb fuhr Axel immer mit dem offenen Cabrio. Um seine Mädels nicht dem ständigen Durchzug auf der Rücksitzbank auszusetzen, fuhren diese also immer bei uns im Auto mit. Ich fuhr einen Audi Avant. Nicht sehr sportlich, aber eine richtige Familienkutsche.

Emma war mittlerweile in der Mitte der Pubertät angelangt, bei Rocky ging es gerade erst los. 24 Stunden am Tag zankten sich die beiden wie die Kesselflicker. Der / die stinkt, der / die schnarcht, der / die hat das Klo blockiert, der / die hat mein XXXX weggenommen / weggegessen / weggeschmissen / kaputt gemacht. Es ging endlos und war, um es vorsichtig auszudrücken, der pure Stress. Ich war seinerzeit bei einem Arbeitspensum von 70 Wochenstunden angelangt und glaubte, mir etwas Ruhe verdient zu haben. Der Rest der Familie war da ganz anderer Meinung. Romika sah sich nicht in der Lage, die Situation zu beruhigen. Im Gegenteil. Wann immer etwas schief ging, war ich verantwortlich. Schon bei meinem Vater war ich immer schuld, egal ob es ungeplant regnete oder schneite oder der Stiel vom Hammer abbrach. Romika ritt auf der gleichen Masche. Natürlich musste sie mit Hilde von Ledenitzen aus mit dem Bus nach Venedig fahren. „Wir Frauen müssen ja auch mal was erleben". Die Mutterliebe reichte jedoch nicht aus, um auch die lieben Kinderchen mitzunehmen. Wie sagt schon der große Dieter Nuhr: *„Etwas zu ficken findest Du überall, da musst Du nicht groß suchen. Aber „SCHULD SEIN", das geht nur in einer Beziehung".*

Axel blätterte jeden Tag in der Bedienungsanleitung für seinen BMW, als ob es ein spannender Reißer wäre. Mit seinen Kindern war er noch mehr überfordert als ich mit den meinigen, und so nahm ich die ganze Bande schon am Vormittag mit nach Villach, ins Warmbad. Das war ein sogenanntes Erlebnisbad mit vielen Rutschen und anderen Spielmöglichkeiten. Alle Kinder konnten gut schwimmen, ich musste also nicht so genau hinsehen und gönnte mir ein paar entspannende Stunden in der Sauna. Herrlich! Essen war kein Problem. Es gab „kindgerechtes Essen". Fritten, Hähnchennuggets, Eis und Cola hielten die Bande bei Laune. Rocky war bei drei Mädchen eindeutig in der Unterzahl und machte keine Probleme. Am späten Nachmittag brachen wir wieder auf, und die Kinder schliefen zu Hause auch direkt ein. Da gab es weder Proteste noch sonstige Befindlichkeiten.

Dennoch: Probleme gab es reichlich. Am Faaker See konnte man surfen lernen. Der See ist eigentlich nur ein großer Badeteich. Landschaftlich sehr schön, mit einer kleinen Insel in der Mitte, aber so richtig surfen konnte man nicht. Es gab nämlich kaum Wind. Rocky hatte sich in den Kopf gesetzt, hier und jetzt surfen zu lernen. Eine Sportart, die man unbedingt beherrschen muss, wenn man am Rhein wohnt und nur schlappe 400 km bis zum Meer fahren muss. Natürlich war Romika Feuer und Flamme, sah ihren Rocky schon „Baywatchmäßig" über die Wellen gleiten. Zum einen war das Ganze kein billiger Spaß, zum anderen fand die Action nicht auf unserer Wiese, sondern auf dem See statt. Romika war nun fest davon überzeugt, dass ihr kleiner

Junge, 12, unmöglich die 3 KM durch den Wald zur Surfschule fahren konnte. Er musste mit dem Auto hingebracht und nach einer guten Stunde wieder abgeholt werden. Nun, wer sollte das machen? Natürlich ich! Während Romika, Hilde und die anderen Kinder freizeitmäßig unterwegs waren, konnte ich ja nirgend wo hin, da die Surfschule erst um 15:00 h begann. Ich hätte bis dahin gerne einige kleine Fahrradausflüge mit Rocky unternommen, aber der hatte keinen Bock. Dafür gab es stundenlange Diskussionen, warum die Surfschule nicht vormittags öffnete.

Emma hingegen wollte unbedingt in die Disco. In Drobollach gab es eine Disco, die rund um den See überall ihre Werbeplakate aufgestellt hatte. Emma war 14 und unserer Meinung nach noch nicht alt genug. Reif genug zum Pflücken war sie schon, aber nicht alt genug. Das wurde dann zu einem Dauerthema. Das Angebot, dass einer von uns mitgehen würde, führte nur zu weiterem Streit.

Mit Romika machte ich einen einzigen Fahrradausflug, das Rosen Tal hinunter, einmal rund um den Wörther See und wieder zurück, die Drau entlang. Das schönste Urlaubserlebnis für mich. Der Rückweg erforderte den Aufstieg von der Drau, hinauf zum Faaker See, auf einer kleinen, aber steilen Straße, rund 200 Höhenmeter und forderte die letzten Reserven. Schiebend und keuchend kamen wir oben an. Romika war stinksauer über diese Anforderung. Unser ohnehin leicht angespanntes Verhältnis wurde dadurch nicht besser.

Nach 14 Tagen kam Hans mit seiner Familie. Ein Lichtblick! Er kannte die Gegend wie kein anderer, und wir machten eine Menge Ausflüge mit dem Auto. Axel und Hildes Kinder natürlich immer bei uns im Wagen. An Strandtagen fuhren alle mit dem Auto zum Strand und ich drehte erst Mal eine Runde mit dem Rad, meist einmal rund um den See und stieß dann später zur Strandgemeinde. Abends gingen wir oft Essen. Hilde hatte keine Lust zu kochen, und wenn wir mal selber kochten, kam sie unaufgefordert mit ihrer Sippe zum Essen dazu. Aber das war wohl mit Romika abgesprochen.

Irgendwann mussten die Räder wieder bei der Bahn aufgegeben werden, und wir fuhren nun tagsüber mit dem Autoreisezug nach Köln zurück. Wieder zu Hause erklärte ich Romika, dass ich einen solchen Urlaub kein zweites Mal machen würde. Die Kinder seien alt genug, mit den Pfadfindern, dem Roten Kreuz oder mit wem auch immer alleine zu fahren. Sie müssen unter gleichaltrige Kinder und sich dort behaupten und nicht den Eltern mit ihrer Streiterei und Nörgelei den Tag versauen.

Interessanterweise sah sie das genauso, was mich doch wunderte. Es war extrem selten, dass ich einmal Recht bekam.

38. Kapitel

Einige Zeit später meinte sie: „Jetzt, wo unsere Kinder erwachsen werden, wäre es doch zu schön, wenn wir zwei weitere Kinder hätten. Mit den Kindern hat man doch die größte Freude, wenn sie noch klein sind und die Eltern brauchen." Das sah ich ganz anders: „Die Schwierigkeiten mit der Pubertät fangen ja gerade erst an, wer weiß, wieviel Kraft uns das Ganze noch kosten wird. Sich dann noch zusätzlich um zwei Winzlinge zu kümmern? Das wird zu viel!" Da Romika in Sachen Verhütung nicht gerade die Zuverlässigste war, nahm ich das zum Anlass, mich sterilisieren zu lassen. Ich bin sicher, sie hätte mich voll auflaufen lassen. Der Bereich Verhütung war ein ganz beliebtes Spiel bei ihr. Die Pille war ihr verhasst, da sie als starke Raucherin Thrombosen befürchtete, die Spirale mochte sie nicht, da ihr der Arzt beim Einsetzen derselben „zu nahe" kam, das „Abspringen" war ein Tanz am Rande der Vulkanspalte und die Temperaturmessung ließ sich nicht einsetzen, da sie nie regelmäßig die Temperatur maß. Daher setzten wir regelmäßig auf Kondome. Damit war jetzt Schluss!

Im nächsten Jahr fuhr Rocky mit den Pfadfindern nach Schweden. Dort machten die Jungs eine Kanutour mit Zelten und Lagerfeuer. Echt abenteuermäßig! Fand ich super! Zu diesem Zweck kaufte Romika einen Seesack, in dem der ganze Rocky plus Wäsche Platz gehabt hätte. Dann wurde der Sack sorgfältig beladen und mit Kleidung vollgestopft, die für eine Reise zum Nordpol passend gewesen wäre. Romikas Freude über Rockys Rückkehr wich blankem Entsetzen, als sie feststellen musste, dass nur die ersten 5 cm des riesigen Seesacks benutzt worden waren. Ich glaube, er trug noch die gleiche Unterwäsche wie bei der Abfahrt.

Emma hingegen war mit dem Roten Kreuz in Italien und hat sich prächtig amüsiert. Die Restfamilie flog nach Gran Canaria / Maspalomas in die Bungalowanlage „KIWI". Zum ersten Mal seit langen Jahren waren wir wieder alleine im Urlaub.

39. Kapitel

Schon damals war Gran Canaria von Engländern überlaufen, die nicht wegen Sonne, Sand und Meer gekommen waren, sondern wegen des unheimlich billigen Alkohols. An jeder Straßenecke torkelten die volltrunkenen Boys herum, pöbelten Touristen an, urinierten auf dem Bürgersteig und benahmen sich wie „offene Hose". Man konnte es eigentlich nur am Strand aushalten. Da gab es nichts zu saufen und daher auch keine Engländer. Glücklicherweise hatte Maspalomas einen gepflegten FKK-Strand und dort herrschte entspannende Ruhe. Es fuhr auch regelmäßig eine Motorradstreife durch die Dünen, um nach dem Rechten zu sehen. Nackt sein war erlaubt, aber keinesfalls mehr. Abends gingen wir immer essen, mal mehr, mal weniger gut. Überall standen „Aufreißer", die mit Visitenkarten auf ihre Lokale aufmerksam machten und die tollsten kulinarischen Genüsse für kleines Geld versprachen. Eigentlich immer Nepp. Das „gegrillte halbe Hähnchen" entpuppte sich als mickriger Hähnchenflügel, die Pommes waren lauwarm und labberig, der Salat alt und traurig. Das Menü für 3,50 DM! Dafür kostete das Bier dann 4,00 DM statt der üblichen 2,00 DM. Es hat ein paar Tage gedauert, bis wir abseits der „Meile" ein gutes Restaurant gefunden hatten.

Mit unserer Anlage hatten wir leider kein Glück. Im Prospekt sah man einen riesigen, kreisrunden Pool, um den sich kreisförmig angeordnete Bungalows mit direktem Zugang zum Pool gruppierten. Alles von hohen Palmen umgeben und einer kleinen Bar für coole Drinks. Zum ersten Mal in meinem jungen Leben lernte ich die Leistungsfähigkeit von „Photoshop" kennen. Der Pool war „live" zwar immer noch kreisrund, aber nicht mehr riesig, sondern hatte Badewannenformat. Hinter den Bungalows, die in erster Reihe um den Pool standen, gab es weitere Reihen, auf dem Prospekt nicht zu sehen, die Terrasse immer zum Schlafzimmer des davorliegenden Bungalows ausgerichtet.

Kamen nachts oder morgens die „echten Touris" vom Saufen zurück, flogen erst mal alle Liegestühle in den Pool, zum Trocknen aufgehängte Handtücher flogen hinterher und dann machte man es sich auf den Terrassen gemütlich, um den mitgebrachten Alkohol lautstark grölend zu vernichten, bis dann gegen Morgen alle wie tot in den Seilen hingen. Selbstverständlich musste jedermann zwischendurch in den Pool pinkeln. Der Hausmeister sah sich außerstande, hier einzuschreiten, hatte Angst, dass er Prügel beziehen würde. Der Reiseveranstalter konnte / wollte ebenfalls nicht helfen, da die Anlage eben nur zur einen Hälfte von Neckermann und zur anderen Hälfte (die hinteren Bungalows) von einem englischen Unternehmen gebucht worden war. Daraus habe ich immerhin gelernt, dass man dringend darauf achten muss, welches Umfeld man mit bucht. Dafür war der FKK-Strand super in Schuss und man konnte die durchwachte Nacht bei einem entspannenden Schläfchen vergessen.

Bis auf die saufenden Engländer gefiel es uns eigentlich ganz gut, und wir suchten bereits nach einer Anlage für das kommende Jahr, aber nur mit deutschen Touristen.

40. Kapitel

Im Folgejahr flogen wir dann mit Emma nach Gran Canaria, diesmal nach „Sandy Beach". Rocky war anderweitig untergebracht. Von Norbert hatte ich gehört, dass man dort sehr gut mit dem Rad aufgestellt war und Romikas und mein Rad kamen mit. Das Ganze war dann doch nicht so prickelnd wie erhofft. Ewig liefen einem bellende Hunde hinterher, die das Fahrradfahren nicht kannten und meinten, da sei ein Konkurrent unterwegs. Immer die Luftpumpe in der einen Hand, um die Köter abzuwehren. Radwege gab es überhaupt keine. Es gab zwar die Möglichkeit, sich mit dem Auto nach Fataga fahren zu lassen und von dort die Abfahrt zum Meer zu genießen, aber es ging unverschämt steil bergab, so dass mir die Bremsklötze wegschmolzen.

Das Problem mit den Engländern nahm jedoch überhand und wir entschlossen uns, Gran Canaria für immer den Rücken zu kehren. Außerdem wurden die Touristen mittlerweile so ausgenommen, dass es wirklich nicht mehr schön war und auch nicht mit Sprachschwierigkeiten entschuldigt werden konnte. Schuhe aus Kunststoff wurden als echte Lederschuhe verkauft, Kameras wurden ohne Innenleben verkauft, Taxifahrer versuchten einen Fahrpreis zu nehmen, der den Wert des Wagens erreichen konnte, „spanischer Rotwein" kam aus dem Tetra-Pack unterm Tresen, usw.

Meine Frauen wollten unbedingt mit dem Cabrio fahren. Nach längerem Vergleich der einzelnen Anbieter entschied ich mich nicht für den Billigsten, sondern für einen mit ADAC-Siegel. Wagen vollgetankt! Kurz nach dem Verlassen des Vermieters blieb der Wagen, Golf-Cabrio, stehen. Tankanzeige voll! Ich lief also zurück um die Sache zu reklamieren, aber „Chef nix da", „nix verstehen", „Auto nix kaputt". Das mehrfache Erwähnen des Wortes „Policia" führte zu einem Einlenken, und man gab mir einen 5-Liter Kanister Benzin mit. Die Tankanzeige war getürkt und zeigte immer „voll" an. Nach dem Umfüllen des Kanisters konnten wir zur Tankstelle fahren und dort noch 40 Liter in den „vollen Tank" nachtanken. Als ich den Wagen nach einigen Tagen zurück brachte, wollte man tatsächlich, dass ich den Kanister voll betankt wieder zurückgab. Auch hier leistete das Wort „Policia" wertvolle Dienste. Sehr ärgerlich wurde es, als es einmal anfing zu regnen. Bei dem Klappverdeck (Cabrio) war das Gestänge eingerostet und der Wagen ließ sich nicht schließen. So fuhren wir dann im strömenden Regen, ein lustiges Lied auf den Lippen.

41. Kapitel

Was tat sich zwischenzeitlich beruflich? Ich hatte immer 2 - 3 Installationen mit dem Modell /36 in Arbeit und DEUTU ja ohnehin, war also mehr als gut beschäftigt. Dann brachte die IBM 1988 ein Nachfolgemodell zur /36 heraus: AS/400. Dieses System hatte sagenhafte Preise. Eine 800 MB-Magnetplatte kostete 64.000,00 DM und brauchte einen Starkstromanschluss von 360 Volt. Hauptspeicher gab es in 4-MB-Blöcken. Jeder Block zu 16.000,00 DM. 4 Blöcke waren die Mindestanforderung und wir benötigten 5 Magnetplatten.

Dies sollte das erfolgreichste und meistverkaufte Modell der IBM „ever" werden. Im Herbst 1988 wurde das Modell auf der Hannover-Messe erstmals vorgestellt und alle IBM-er wurden mit dem Bus dorthin gekarrt. Die **angekündigten** Leistungen waren sensationell und zukunftsweisend. Ich war jedoch sehr skeptisch, wurde doch hier dem interessierten Publikum die „eierlegende Wollmilchsau" versprochen.

Meinem Chef, Herrn Heiber, berichtete ich von dem Hannover-Ausflug und stellte klar, dass die AS/400 frühestens 1989 in Angriff genommen werden sollte. Das System stecke noch in den Kinderschuhen, und ich fühlte mich nicht berufen, dem System da herauszuhelfen. Prinzip der IBM: Endmontage / Fehlerbeseitigung durch den Kunden. Offensichtlich sahen das andere EDV-Profis genauso, denn die Verkaufszahlen blieben weit hinter den Erwartungen zurück. Die IBM verfiel auf eine List. Kurzerhand wurden alle Entscheidungsträger mit ihren Ehefrauen ins ferne Sri Lanka zu einem „Workshop" eingeladen. Entscheidungsträger waren die Chefs. Also die, die das Sagen, dafür aber keine Ahnung hatten. Die EDV-Profis kamen hier nicht zum Zuge.

Überglücklich teilte mir Herr Heiber nach seiner Rückkehr mit, dass die IBM alle von mir und anderen geäußerten Vorbehalte nun so etwas von zerstreut hatte, dass er nun im fernen Sri Lanka eine AS/400 bestellt habe. Er habe nun die **Gewissheit,** dass alle meine Vorbehalte in Wirklichkeit nur Vorurteile waren und ich ganz entspannt in die Zukunft schauen könnte. Das würde er, Herr Heiber, noch bitter, mit Tränen in den Augen, bereuen!

Glücklicherweise wurde Norbert wieder der betreuende SE. (SoftwareEngeneer) Wir trafen uns von nun an regelmäßig, um den Drachen zu zähmen. Es war nicht viel Zeit, hatte die IBM die Auslieferung des Systems auf den 30.12.1988 terminiert, so lief der von Herrn Heiber ohne mein Wissen gekündigte Vertrag für die bestehende /36 am 30.03.1989 aus. Wir schrieben Oktober 1988. Es gab keine Seminare / Lehrgänge für die AS/400 und wir (Hennes und ich) mussten eine Woche lang Seminare für die /38, ein ähnliches Modell, besuchen. Das fand von 09:00 h – 16:00 h in der Nähe von Bergheim statt. Abends musste ich dann meine reguläre Arbeit verrichten. Es ging also mit massivem Stress los.

Zwischenzeitlich war in Bonn, die IBM war inzwischen von Köln umgezogen, eine /400 aufgebaut worden. Hier installierten wir also unsere /36 Software, die angeblich mit nur einem Befehl, vollelektrisch und komplett, ohne jeden Fehler, auf /400 umgestellt werden konnte. Natürlich war das ein Märchen aus „TausendundeineNacht". Nix lief vollautomatisch. Der Umwandlungsprozess lief mühsam und war voller Fehler. Schlimmer jedoch war, dass die für Deutu vorgesehene Maschinenkonfiguration bedeutend langsamer lief als auf der /36. Der Fakturierlauf, vorher 30 - 50 Minuten, lief zwischen 3 und 5 Stunden. Alle anderen Programme brauchten sogar die bis zu 7-fache Zeit. Leider musste ich Herrn Heiber davon unterrichten, dass seine Sri Lanka-Erkenntnisse nun überhaupt nicht mit der Realität in Einklang zu bringen waren. Vielmehr sei es so, dass alle /36 Programme neu konzipiert und an die Rechenlogik der /400 angepasst werden müssten. Das sei von mir alleine nun überhaupt nicht zu bewerkstelligen und wir müssten mindestens einen externen Programmierer mit dazu nehmen.

Natürlich nahm Herr Heiber, mit Tränen in den Augen, nun mit seinen „Sri Lanka Betreuern" Kontakt auf, um sich zu beschweren. Doch die ließen ihn kalt auflaufen. Er habe nie gesagt, dass bei Deutu alles auf /36 abgebildet sei. Da hätte er unbedingt drüber sprechen müssen, und da hätte man ihn natürlich gewarnt, aber er habe nix gesagt. Er könne aber jederzeit auf die nächsthöhere, bedeutend schnellere Konfiguration umsteigen, ohne Vertragsstrafe. Dieses Modell würde dann statt der für uns vorgesehenen Konfiguration von 560 TDM nur 780 TDM kosten. Das war aber nicht bezahlbar. Um den Ball flach zu halten, wurde nun so getan, als sei das alles Teil eines großen Plans und die IBM sagte zu, dass für den Einsatz von Norbert keine Rechnungen gestellt würden. Das sei Kulanz. Der externe Programmierer hat dann rund 80 TDM gekostet. Hätte man ein Jahr zugewartet, wären die Kinderkrankheiten beseitigt gewesen, und wir hätten 80 TDM gespart. Allerdings wäre Herr Heiber dann auch nie nach Sri Lanka gekommen.

42. Kapitel

An dieser Stelle wird es Zeit, meinen Schwager Hennes in die Geschichte einzuführen. Es war einer der jüngeren Brüder von Romika, hatte so um 1982 die Fachhochschulreife erlangt, studierte in Köln an der FH und wollte Betriebswirt oder Steuerberater werden. Mit seiner Schwester Romika gemeinsam besaß er die unglaubliche Fähigkeit, sich allumfassend und erschöpfend zu Dingen zu äußern, von denen er überhaupt keine Ahnung hatte. Mit dieser Fähigkeit hatte er sich unter seinen Dozenten und Professoren viele Freunde gemacht, und als die Freude dann in pure Begeisterung umschlug, relegierte man ihn von der FH.

Nun war guter Rat teuer. Der Familienrat, angeführt von meiner Ehefrau, entschied, dass Hennes bei mir in der Bonner Firma eine Lehrstelle als Großhandelskaufmann antreten müsse. Ich war Prokurist, stellvertretender Geschäftsführer und Lehrlingsausbilder. Drei Merkmale, die mich dazu qualifizierten, den Jungen einzustellen. Hennes Qualifikation spielte da gar keine Rolle. Anfangs wehrte ich mich, erlag dann aber dem Druck der Sippe. In der

Firma wurde er pfleglich als mein Schwager behandelt, hatte also einige Narrenfreiheiten und wurde in Ruhe gelassen. Er schaffte sogar die Ausbildung, konnte aber danach keine Arbeitsstelle finden. Also kam der Familienrat wieder zu mir und machte mir klar, dass ich Hennes eine Arbeit, als was auch immer, anzubieten habe. Nachdem ich ja schon die Lehrstelle besorgt habe, wäre es doch wohl ein Klacks, dem Jungen Arbeit zu verschaffen. Ich sei ihm jetzt verpflichtet. Was für eine Logik.

Nachdem die /36 bei Deutu richtig in Fahrt gekommen war und ich auf mehreren Hochzeiten tanzte, gab es Probleme mit der Datensicherung. Die /36 hatte damals leider noch keinen Anschluss für eine Bandsicherung. Es musste auf Disketten (12 Zoll!) gesichert werden. Die standen nun zu jeweils 10 Stück in einem Magazin aus Kunststoff. Insgesamt gab es 4 Magazine für jede Datensicherung. Also es gab 2 Sätze mit je 4 Magazinen. Wurde nun die Datensicherung aufgerufen, stellte man ein Magazin in die Sicherungseinheit. Diese zog dann die Disketten nacheinander einzeln in eine Schreib-Lesevorrichtung und löschte die Diskette, damit sie neu beschrieben werden konnte. Das dauerte je Diskette ca. 30 Sekunden, bei 10 Disketten also mit Handling, Magazinwechsel etc. ca. 5 - 8 Minuten! Danach kam das nächste Magazin dran und der Vorgang wiederholte sich. Erst danach setzte erst die Datensicherung ein, die je Diskette 3 - 5 Minuten lief, also knappe 3 Stunden.

Diese Arbeit war extrem beliebt, da sie nur nach Feierabend durchgeführt werden konnte. Mitarbeiter aus verschiedenen Abteilungen wurden reihum damit betraut, jeder kam einmal die Woche dran, und jeder versuchte sich mit allerlei mehr oder weniger fadenscheinigen Gründen davor zu drücken.

Hier setzte ich an und erklärte Herrn Heiber, dass mein Schwager unter ganz unglücklichen Umständen seine Arbeit verloren habe und nun nach einem neuen Job suchte. Man könne ihn sehr gut für die Datensicherung einsetzen und ihm auch das Operating unseres System/36 und später AS/400 übertragen. Als Herr Heiber dann hörte, dass Hennes Langzeitarbeitsloser war und das Arbeitsamt die Einstellung massiv bezuschussen würde, entdeckte er sofort seine soziale Ader und stellte Hennes ein.

Leider machte er auch hier von seinen unglaublichen Fähigkeiten Gebrauch und zerschoss durch eine Reihe von Bedienungsfehlern schon nach kurzer Zeit die Datensicherung. Um den Schaden „wiedergutzumachen", lud er dann von den „zerschossenen Disketten" die Buchhaltung auf die /36 zurück, und wir hatten nun keine Buchhaltung mehr, sondern eine schlechtsortierte Datensammlung, ähnlich wie „Rudis Resterampe". Über vier Wochen hat es mich gekostet, aus dem Datenmüll wieder eine Buchhaltung zu programmieren. Herr Heiber wollte ihn sofort entlassen, hat es aber dann nicht getan. Keine Ahnung warum. Ich hätte es unterstützt. Mit Hennes besuchte ich nun die AS/400 Seminare in der Hoffnung, dass ich Arbeit auf ihn abladen könnte. Hat leider nie so richtig geklappt.

43. Kapitel

Die Umstellung war Kärrnerarbeit. Der laufende Betrieb hatte natürlich Vorrang. Die umgestellten / neuprogrammierten Programme mussten auch getestet werden. Wir hatten hier einen wirklich guten Mann engagiert, der gab alles. Die Endabnahme war jedoch mein Job und Korrekturen / Änderungen mussten besprochen werden. Ich näherte mich der 90-Stundenwoche und wundere mich noch heute, dass alles funktioniert hatte. Ach ja: Auch die Buchhaltung musste umgestellt werden und da hatte ich in Norbert einen verlässlichen Freund. Außerdem kannte er jede Menge IBMer. Die Systemsoftware hatte Fehler ohne Ende. Norbert aktivierte seine Kontakte und regelmäßig erschienen IBMer, die sich der Fehler annahmen und berichtigten. Alles auf dem kleinen Dienstweg, ohne offiziell zu werden. Hätte sich Norbert nicht so ins Zeug geworfen, wäre die ganze Operation gescheitert.

Ende März konnte die /36 abgeholt werden, alles lief nun in vertretbaren Zeiten auf /400. Herr Heiber spendierte eine Prämie von 5.000 DM und zahlte eine Woche Osterurlaub für die ganze Familie auf Gran Canaria. Nun, die

Woche Gran Canaria war natürlich gut gemeint, aber ich konnte schlecht schlafen, war müde, gereizt und überhaupt nicht in Urlaubsstimmung. Außerdem regnete es fast jeden Tag, und obwohl die Sonne nicht schien, hatten wir alle ganz fiesen Sonnenbrand. Schöner Urlaub geht irgendwie anders.

Die Arbeit ruft. Natürlich wartete bei Deutu noch jede Menge Arbeit auf mich, und auch die anderen Kunden schrien nach Lösungen. Im Herbst fuhren wir jedoch noch nach Volkach am Main, Frankenweingebiet. Wir hatten die Räder dabei, eine FeWo gemietet und wollten nun den Main erkunden. Leider war uns das Wetter gar nicht hold. Die meisten Ausflüge fanden dann doch mit dem Auto statt. Als es zwei Tage in Strömen regnete, brachen wir ab und fuhren nach Hause.

Die Überraschung war gelungen. Rocky, der eigentlich in der Schule sein sollte, lag in meinem Bett, um sich herum jede Menge leere Bierflaschen. Natürlich wurde das nicht sanktioniert. Romika bat ihn, in sein Zimmer zu gehen, räumte die leeren Flaschen weg und bezog mein Bett neu. „Der Junge habe eben auch mal Urlaub machen wollen, der kommt ja ohnehin immer viel zu kurz." Soweit die heiligen Worte.

44. Kapitel

1990 wollten wir wieder in den Süden fliegen, aber nicht auf die Kanaren. Ich hatte auf Kreta ein hübsches, freistehendes Haus gefunden. Das hatte ich angemietet. Leider ging dann im Frühjahr der Golfkrieg los und in der abendlichen „Liveübertragung", sah man gewaltige Raketen mit ungeheurer Sprengkraft. Da die Amerikaner den Krieg angezettelt hatten und für ihre hohe „Trefferquote" bekannt waren (friendly fire), erschien mir Kreta als Urlaubsziel ungeeignet und ich suchte nach Ersatz. Mir fiel ein, dass wir auf dem Flug zu den Kanaren schon einige Male auf Fuerteventura zwischengelandet waren. Von der Insel wusste ich rein gar nichts und auch meine Bekannten hatten keine Ahnung, was damit sei. Ich machte mich schlau und fand eine kleine Bungalowanlage in Süden, nahe bei Morro Jable. Die Anlage (El Jardin) mit 15 freistehenden Bungalows stand unter deutscher Leitung und lag nicht weit vom Meer entfernt in einer Nebenstraße. Hier buchte ich drei Wochen, die Woche für 900 DM. Der Flug kam extra dazu. Damals noch mit LTU, hin- und zurück 800 DM / Person. Es war also nicht billig. 3 Wochen Mallorca mit HP bekam man schon für 500 DM.

Die Anlage war berauschend. Überall Palmen, tropische Pflanzen, Bougainville, Hibiskus, ein kleiner Pool und eine deutsche Rezeptionistin. Wir lebten uns sehr schnell ein. Morgens gingen wir im Pool schwimmen, dann holte ich im nahegelegenen Supermarkt die Frühstücksutensilien und wir frühstückten auf der Terrasse. Überall am Strand war damals FKK möglich. Wir machten Ausflüge, gingen schwimmen, spazierten am Strand. Der Urlaub war so schnell vorbei, dass wir beschlossen, im Herbst wiederzukommen. Insgesamt bin ich dann 13 Mal auf Fuerteventura gewesen. Manchmal zweimal im Jahr, manchmal nur einmal. Später auch alleine.

Auf Fue, ganz in der Nähe unserer Bungalowanlage, stand das Hotel „Stella Canaris". Ein Riesenkomplex mit ca. 2.000 Betten. Dort gab es dann jeden Abend „Programm" für die Hotelgäste, und das war auch für Nichthotelgäste offen. Hier wurde dann abwechselnd Flamenco, Zauberer, Tanz-und / oder Gesangsgruppen und vieles mehr gezeigt. Romika wurde das auch zu langweilig, und sie wollte unbedingt in die Disco. Ein Ort, an dem ich mich ungern aufhalte. Aber sie wollte unbedingt. Als wir dann gegen 22:00 h dort auflaufen: Alles geschlossen, der Laden öffnete um 23:00 h, meine Schlafenszeit. Also warten und um 23:00 h rein. Gähnende Leere! Der Kellner verriet uns, dass vor 0:00 h nicht viel passieren würde, ich könne mir aber beim DJ Musik wünschen, die dann für mich gespielt würde. Das hörte sich gut an, und ich fragte nach Musik von Cliff Richard. „Never heard of Cliff Richard" war die enttäuschende Antwort und ein Blick in seine Listen, mit der zur Verfügung stehenden Musik zeigte mir, dass da überhaupt nichts vorhanden war, mit denen ich meinen Ohren eine Freude hätte machen können. Also lärmte der Typ weiter mit Geräuschen, die ich nirgendwo zuordnen konnte. Romika war sichtlich enttäuscht und gerade, als wir gehen wollten, wurde auf der Bühne das Licht eingeschaltet. Ein aufgedrehter, junger Mann palaverte ohrenbetäubend drauf los. Irgendwie ging es um einen „Miss Beach Contest", und das wollten wir denn nun beide sehen.

Auf der Bühne erschienen nun fünf junge Mädchen mit Bikinihöschen und einem weißen T-Shirt bekleidet. Unter weiterhin ohrenbetäubendem Lärm des DJ und dem Gegröle von ca. 50 Gästen, die mittlerweile anwesend waren, „tanzten" die Mädels auf der Bühne hin und her und versuchten damit irgendwie, ihre Reize zu zeigen. Wer das Ballett der „Plattenküche" aus den 80er Jahren mal gesehen hat, weiß, was ich meine. Plötzlich war die Musik aus, und ein weiterer junger Mann, Typ Surflehrer, erschien auf der Bühne, in jeder Hand einen großen Eimer mit Wasser. Nun wurden die Mädels mit einem Spot einzeln angestrahlt und während das Publikum außer Rand und Band geriet, goss der Surflehrer den Mädels jeweils einige Liter Wasser über die weißen T-Shirts, so dass sich die Brustwarzen darunter deutlich abzeichneten. Das war wohl der gewünschte Effekt, denn die Meute schrie vor Begeisterung und einige Ordner (Security) mussten die Jungs davon abhalten, auf die Bühne zu stürmen, um dort was auch immer zu machen. Keines der Mädel hatte mehr als Körbchengröße „A" und deshalb war es wohl auch völlig egal, wer da gewonnen hatte. Ich fand es irgendwie nicht lustig, mehr so die Richtung Kindergartengeburtstag. Außerdem war Fue zu der Zeit das FKK-Eldorado und man musste nicht bis morgens um 02:00 h aufbleiben, um nackte oder halbnackte Frauen zu sehen. Wir gingen nach Hause und das Wort „Disco" wurde nie mehr erwähnt.

45. Kapitel

Mit den Jahren wurde es Romika auf Fue zu langweilig, und wir flogen einmal nach Agadir / Marokko. Länder, in denen die Moslems das Sagen haben, sind für mich als Urlaubsländer ungeeignet. Würden die Moslems die Toleranz, die sie für sich einfordern, auch gegenüber anderen selbst leben, hätte ich keine Probleme damit. Auch hier machten wir verschiedene Ausflüge. Ein Ausflug ging in die Wüste. (little Sahara) Es war wie in einer Kiesgrube, nur eben platt, alles voll Sand, ganz viel Sand und noch mehr Sand. Schön, das mal gesehen zu haben, aber was hatte ich erwartet?

Es war ein Grundproblem bei Romika. Sie konnte sich ewig etwas wünschen und diesen Wunsch zur allein selig machenden Sache erklären, aber sowie der Wunsch erfüllt war, wurde es sofort wieder langweilig und etwas Neues musste her. *„Der größte Feind des Menschen sind seine erfüllten Wünsche."*

Der Ausflug nach Marrakesch hingegen war nach meinem Geschmack. Der Platz der Gaukler, der Souk, (größter Basar in Afrika) orientalische Paläste und, und, und. Das war „Tausendundeine Nacht" Live. Natürlich fuhr der Bus diverse „günstige Einkaufsmöglichkeiten" an. Hier konnten dann die Touris, sozusagen als Geheimtipp, extrem günstige, „handgefertigte und heimische Waren" kaufen. In einem Teppichbasar geschah es. Die Verkäufer legten gelangweilt einen Teppich nach dem anderen vor, und plötzlich sah ich ihn. Einen handgewebten Teppich aus Schafswolle mit Patchworkmuster in verschiedenen Blautönen. Bei NT in Bonn hatten wir auch Teppiche verkauft. Durch meinen damaligen Chef hatte ich eine Menge darüber gelernt. Ich zeigte mich jedoch unbeteiligt und als die Show vorüber war, ließ ich mir den blauen Teppich noch mal zeigen und fragte nach dem Preis. 4.500 DM.

Puhh, das war mir zu viel und gelangweilt winkte ich ab. Der Verkäufer verschwand, kam kurze Zeit später mit einem Kollegen zurück. Weil heute ein ganz besonderer Feiertag sei (?), könne er mir, nach Rücksprache mit dem Kollegen, das gute Stück für 3.900 DM überlassen. Ich bemerkte, dass der Teppich viel zu groß sei und Romika nickte bestätigend. Das gute Stück wurde vermessen und man bestätigte, dass der Preis für die Größe ja zu hoch sei und ging auf 3.500 zurück. Das nenne ich Logik. Meine Frau nickte immer noch ab: Es sei zu viel Blau im Teppich.

Ja, bestätigten die Verkäufer: Blau sei nicht jedermanns Sache. Zwischenzeitlich hatte der Busfahrer zum Abflug gemahnt, und alle Busreisenden standen wartend um uns und die Verkäufer herum. Die Verkäufer zogen sich erneut zurück und nannten dann 3.000 DM für den Teppich. Die umstehenden Busreisenden schrien dann auch: „Nun kauf endlich dat Ding, wir müssen weiter." Tatsächlich tranken wir die zehnte Tasse Pfefferminztee aus und standen auf. Die beiden Jungs verschwanden und tauchten nach wenigen Sekunden mit einem dritten Verkäufer auf. Dem „Chef". Der erklärte uns nun langatmig die Vorteile dieses Teppichs, die harten Lebensbedingungen der Teppichweberinnen, die Größe und Güte Allahs, und während die anderen Reisenden schon mit den Hufen scharrten, verkündete er zum Schluss seines Vortrages 2.500 DM, als den wirklich allerletzten Preis, bei dem man schon selber 500 DM drauflegen würde. Für 2.000 DM habe ich ihn dann gekauft. Marrakesch hat mir gefallen, und den Teppich habe ich noch heute im Wohnzimmer liegen.

Danach gab es noch Ledershops, Klamotten, Geschäfte mit „echtem Gold" zum Preis von ausgewalztem Büchsenblech usw. Nichts von Interesse.

Wir wohnten in einem 4 - 5 Sterne Hotel und konnten uns über nichts beklagen. Am Strand jedoch wurde man von allen möglichen Typen verfolgt. Spitzendeckchen, Kameldecken, Ritt auf Kamel, Mandarinen, Dosencola, Gebäck und vieles mehr wurde uns angeboten, und die Verkäufer zeigten sich dann auch recht aggressiv, wenn man nichts kaufte. Es blieb also nichts übrig, als auf dem abgetrennten und von Security bewachtem, hoteleigenen Strand zu bleiben.

46. Kapitel

Eines Abends fielen mir 3 Männer auf, die im Flugzeug genau hinter uns gesessen hatten. So Mitte / Ende dreißig. Sie saßen in einem Straßencafé mit drei Jungs zusammen, so etwa 14 - 15. Die Art und Weise, wie die sechs da miteinander verkehrten, war eindeutig. Die Älteren waren offensichtlich Homosexuelle aus Köln, die sich in Agadir einige Spielgesellen gesucht hatten. Unser Reiseführer, danach befragt, erklärte mir, dass es im Islam keine Homosexualität gäbe und darüber hinaus auch streng verboten sei. Da die Mädels jedoch bis zur Hochzeit „offiziell" unter Verschluss gehalten würden, entwickeln sich sogenannte „Männerfreundschaften." Unter „Freunden" sei es ja wohl erlaubt, sich gegenseitig „zu erleichtern". Außerdem kämen auch viele Frauen, gerade aus Deutschland, die sich für 14 Urlaubstage einen standfesten Kerl suchen würden, den sie auch entsprechend bezahlen. Diese „Jungs" seien oft verheiratet und gehen dieser, wohl extrem unangenehmen Beschäftigung nach, da sie keine andere Arbeit finden würden.

Wohlhabende Marokkaner suchten sich, je nach persönlicher Vorliebe, bei den armen Bergvölkern regelmäßig 5 - 7 Jahre alte Jungen oder Mädels aus, die sie dann für ihren Bedarf so lange hielten, bis sie in die Pubertät kamen. Dafür erhielten die Kinder dann Schulausbildung. Soweit der Plan. Meist wurden sie einfach verstoßen, lebten dann auf der Straße und boten sich Touristen an. Natürlich geschah das alles unter den strengen Augen der moslemischen Moschee, die Hüterin der Moral.

Wir sind dann auch zweimal auf Formentera gewesen. Eine wunderschöne, kleine Insel mit herrlichen Sandstränden. Gerade in der Vor- und Nachsaison ein echtes Kleinod. Leider mittlerweile von Italienern überlaufen. Vespas knattern überall um die Ecken, dass man glaubt, in Palermo zu sein. Mit dem Rad hat man es in der Hauptsaison schon schwerer.

Der italienische Hype um Formentera ist übrigens auf die katholische Kirche Italiens zurückzuführen. Dort ist es noch immer verboten, dass die Frauen „oben ohne" in der Sonne liegen. Die italienischen Männer, nicht nur die, sehen das aber besonders gerne. Da man in Formentera auf derlei Animositäten keine Rücksicht nimmt, haben die Italiener, wann immer es ihnen möglich war, Formentera als Urlaubsziel gebucht. Wenn denn auch die Italienerinnen oben herum etwas zurückhaltend am Strand erschienen, der Rest der Welt läuft hier mindestens oben ohne herum, und es gibt auch einige FKK-Strände, so dass die Jungs immer reichlich zu gucken hatten. Leider haben sie auch die gesamte Infrastruktur aus Italien mitgebracht und ich habe gehört, es gibt kaum noch einheimische Fischlokale, sondern mehr Pizzerien. Ich war lange nicht mehr da und kann das nicht exakt beurteilen.

Hier wollte ich ein kleines Haus für den Ruhestand kaufen. Man benötigte kein Auto, alles war mit dem Rad möglich, schwere Sachen (Wasserkisten) konnte man sich bringen lassen. Ibiza mit der Fähre in 30 Minuten erreichbar. Flugzeit nach Deutschland knappe 2 Stunden. Romika war strikt dagegen. „Hier fehlen mir meine sozialen Kontakte". Erst viel später bin ich dahinter gekommen, was sie genau darunter verstand.

47. Kapitel

1992 starb meine Mutter an Krebs. Es war der bis dahin schmerzvollste Prozess in meinem Leben. Ich konnte nicht verstehen, warum mein Vater, das Scheusal, lebte, während meine Mutter, ein herzensguter Mensch, sterben musste. Ich hatte nie ein gutes Verhältnis zu meinem Vater. Er neigte dazu, zu viel zu trinken und wurde dann bösartig. Regelmäßig wurden meine Mutter und ich verprügelt, ohne dass es einen speziellen Grund gegeben hätte. Als Grund reichte schon unsere Anwesenheit. Einmal bekam ich so viel Prügel, dass ich drei Wochen nicht zur Schule gehen durfte. Ich war voller blauer Flecken, und an einigen Stellen war die Haut aufgeplatzt. Es kam ein Lehrer klingeln, wollte wissen, warum ich nicht zur Schule kommen würde. Mein Vater schaute im ersten Stock aus dem Fenster, erkannte den Lehrer und schüttete einen großen Topf heißes Wasser von oben über ihn!

Man musste immer höllisch aufpassen, wenn er in der Nähe war. Genau hinsehen, wo er stand oder saß. Tat man das nicht, so schlich er sich von hinten an, und es setzte Faustschläge in den Nacken. „Für das, wovon ich nichts weiß", hieß es dann.

Schlimm war das Fotografieren. Das war damals eine recht teure Angelegenheit und ein Bildabzug von der Größe 5 x 7 cm kostete etwa 20 – 25 Pfennig. Bei einem Stundenlohn von 1,05 DM, war das nicht sehr preiswert. Man musste die Bilder in der Drogerie entwickeln lassen, konnte sich aber später nicht die Bilder aussuchen, die „gut" geworden waren. Man musste alle kaufen, auch die Nieten. Es war also zwingend notwendig, dass jeder Schuss ein Treffer war. Ich empfand das „knipsen" als reine Zeitverschwendung und wollte nicht. Da erfand er einen „Spruch", der mich mein ganzen Leben begleitet hat und der mir sofort in den Sinn kommt, wenn sich mir jemand mit einem „Fotografiergerät" nähert, egal welcher Bauart. „Jetzt lach endlich, sonst bekommst du solange in die Fresse, bis du lachst!" Das war wörtlich zu nehmen und wenn es mir dann nicht gelang, in Sekundenschnelle ein Lächeln ins Gesicht zu zaubern, hagelte es extensiv Ohrfeigen. Es gibt also höchstens zwei bis drei Fotos von mir, auf denen ich lächle. Auf allen anderen Fotos sehe ich so aus, als würde ich jeden Moment eine Tracht Prügel erwarten. Und genau so war es denn auch.

Während meiner Realschulzeit stöberte er mal auf meinem Tisch herum, an dem ich die Schularbeiten erledigte. Wir hatten eine neue Deutschlehrerin, die alles anders machte, als das, was ich kannte. Unter anderem lernten wir Gottfried Benn kennen. Der war eigentlich Chirurg. In einem seiner Gedichte ging es um Leichen, tote Menschen und dass er gerne mit seinen Händen die inneren Organe und Därme liebkosen wollte. Das war eindeutig zu viel für meinen Vater, der sich hartnäckig weigerte, neben der „BILD-Zeitung" etwas anderes zu lesen. Zuerst wurde ich verprügelt! Was sei ich doch nur für ein Schwein, solchen Müll zu lesen. Mir gefiel Benn auch nicht, ich las lieber Karl May, aber mit Hilfe meiner Mutter konnte ich klar machen, dass dieser Müll Unterrichtsstoff sei. Das war ein Fehler und kostete mich meine Versetzung. Mit dem konfiszierten Buch fuhr er am nächsten Morgen auf dem Motorrad zur Schule, um dem verantwortlichem Lehrer zu zeigen, wo der Hammer hängt. Um es konkret zu sagen: Er wollte den Lehrer ordentlich verprügeln. Die Tatsache, dass es eine Lehrerin war, juckte ihn nicht, er verprügelte ja auch seine eigene Frau. Einigen beherzten Lehrern gelang es dann mit massiver Gewalt, ihn aus der Schule zu werfen, aber irgendwie hatte die Deutschlehrerin etwas abbekommen. Ich blieb sitzen.

48. Kapitel

In den Folgejahren passierte eigentlich nicht viel. Romika und ich entfremdeten uns immer mehr. Meine Familie bestand aus Mutter und Sohn mit mir als Sponsor. Die Tochter lief irgendwie mit. Ich zählte nur als Geldlieferant. Mit Emma gab es nie Probleme. Vielleicht war auch der Ärger mit Rocky dermaßen stark, dass er eventuellen Ärger mit ihr überlagerte.

Eines Abends kam ich nach Hause und berichtete voller Stolz, dass es mir gelungen sei, die Turnschuhe „Adidas Marathon" im Angebot zum Preis von 99 DM, statt 139 DM zu erwerben. Rocky schaute mich mitleidig von oben herab an: „Schau Dir mal meine „Turnschuhe" an. Die kosten 239 DM und sind von „Converse." „Woher hast Du denn das Geld dafür?" „Die hat Mama gekauft und ich habe zwei Paar davon." Da war ich platt. Auf meine Nachfrage hin erklärte mir Mama: „Das ist völlig normal. Der Junge braucht eben vernünftige Schuhe. Wenn Du Dir mit so einem Billigkram die Füße kaputt machen willst, Dein Problem." Erst später habe ich erkannt, dass ihr der Preis völlig egal war, sie hätte auch über 300 DM bezahlt. Entscheidend war der Markenname „Converse". Die wurden in den 80ern wohl noch direkt in den USA bestellt. Marke, Marke über alles. Ungelabelte Kleidungsstücke (no brands) gingen bei uns gar nicht!

Romika zeigte mir eines Abends einen neuen Badeanzug, den sie für den bevorstehenden Urlaub erworben hatte. Am gleichen Tag hatte ich bei C&A ein Doppelpack Badehosen erstanden. Zwei Stück für 19,99 DM. Ohne Label! Ich fand mich Super! Der Badeanzug war nicht schlecht, ein Badeanzug eben. Aber er war von „Barbara" ein damals aufstrebendes Wäschelabel. „580 DM hat das Teil gekostet, ein echtes Schnäppchen!" Nun das sah ich, als stolzer Besitzer von zwei neuen Badehosen, ganz anders, aber eine Diskussion wurde nicht zugelassen. „Du hast eben keine Ahnung!", damit war die Debatte auch schon beendet. Am nächsten Tag wurde ein zweiter 580 DM-Badeanzug vorgestellt. „Die sind so günstig, da musste ich noch einen kaufen. Du hast ja auch zwei Badehosen gekauft, warum soll ich zurückstehen?" Weibliche Logik folgt eigenen Gesetzen.

49. Kapitel

1995 wurde Till geboren, das erste Kind von Emma, unser erstes Enkelkind. Wir waren Oma und Opa geworden. Natürlich musste die Tochter eine vernünftige Wohnung haben. Wir hatten ein zweites Mehrfamilienhaus gekauft, um die Steuer zu mindern. Hier, so beschloss der Familienrat, wird eine Wohnung geräumt und für Emma modernisiert. Es handelte sich um die oberste Wohnung, direkt unterm Dach.

Wir hatten diverse Handwerker mit den Arbeiten betraut. Ich konnte das nicht auch noch leisten. Eines Tages rief mich der Elektriker an, ich möge doch bitte einmal in der Wohnung vorbeischauen. Dort angekommen, entfernte er alle Sicherungen aus dem Sicherungskasten der Wohnung. Er drückte auf den Lichtschalter und „Oh Wunder", die Flurlampe leuchtete auf. Wie ging das? Ganz einfach. Der Vormieter hatte die Treppenhausbeleuchtung angezapft, und seine komplette Wohnung lief, was Stromverbrauch betraf, über den Zähler der Treppenhausbeleuchtung (Allgemeinstrom, der auf die Mieter umgelegt wurde). Dafür lief die Treppenhausbeleuchtung bei ihm auf. Die Wohnung hatte keine 3-adrige Sicherheitsverkabelung, sondern nur 2-adriges Kabel, das nicht mehr zulässig war. Die Wohnung musste komplett neu verkabelt werden.

Kurz später meldete sich der Installateur zu Wort. Die Wasserleitung sei aus Blei, das sei nicht zulässig. Die Steigleitung einschließlich der Leitungen in der Wohnung müssen erneuert werden. Zu guter Letzt meldete sich der Maler, der die Wohnung neu tapezieren sollte. Man sei den diversen Schichten Tapete mit Tapetenlöser beigekommen. Nun stellte sich heraus, dass teilweise die alte Tapete mit dem Putz herunterkam und das blanke Mauerwerk zum Vorschein kam. Das müsse neu aufgeputzt werden. Alles in allem kostete die Renovierung rund 100 TDM. Und da waren noch die durchgelaufenen Bodendielen. Auch die mussten teilweise erneuert werden.

In 1995 hatte ich 350 TDM eingenommen, 95 TDM an Steuern bezahlt. Das entsprach ca. 14 bezahlte Arbeitsstunden / Tag. Eigentlich ein Grund zur Freude, aber mir ging es immer schlechter. Anfangs merkte ich das gar nicht. Ich hatte wiederkehrende Albträume, immer einen Block mit Stift auf dem Nachttisch, damit ich aufschreiben konnte, wenn mir nachts etwas zur Programmierung einfiel, ich rauchte immer mehr, war bei über 50 Kippen am Tag. Auch über die Woche trank ich abends Bier.

Mittlerweile war die Technik so weit gekommen, dass man Computer untereinander vernetzen konnte. Ich musste also nicht mehr so viel und so weit fahren. Aber Stress war es immer noch.

50. Kapitel

1996 flogen wir wieder nach Fue und am ersten Tag, auf dem Weg zu unserem Lieblingsstrand, kippte ich um. Einfach so, mit dem Gesicht im Sand. Keine Ahnung, wie lange ich dort gelegen habe, aber als ich wieder zu mir kam, meinte Romika, wir sollten mal einen Arzt aufsuchen. Einen deutschen Arzt gab es zum Glück, und der wurde konsultiert. Nach eingehender Untersuchung meinte er, ich solle sofort nach Deutschland zurückfliegen und keinesfalls drei Wochen auf Fue bleiben. Laboruntersuchungen würden bei ihm 10 - 14 Tage dauern und wer weiß, was dabei alles herauskommen würde. Bereits am nächsten Tag konnten wir zurückfliegen und einen Neurologen aufsuchen. Auch er untersuchte mich eingehend, und als das große Blutbild vorlag, meinte er: „Wenn Sie 50 Jahre alt werden wollen", ich war damals 46, „muss sich in Ihrem Leben gewaltig etwas ändern, sonst schaffen Sie das nicht. Bei Ihnen stimmt einfach nichts mehr". Ich wäre overstressed, was dem heutigen "Burnout" entspricht. Als erstes verbot er mir, länger als 10 Stunden am Tag zu arbeiten! Fünf Tage lang, keine sieben! Alkohol wurde gestrichen. Ich solle auf gesunde Ernährung achten, mehr Sport machen und, und, und. Meinen Enkel wollte ich unbedingt aufwachsen sehen, ich musste mich also beugen.

Gleichzeitig empfahl er mir eine Therapie, denn so wie ich arbeiten würde, sei das nicht normal, das sei krankhaft.

Die Therapie läutete dann das Ende meiner Ehe ein. Bereits am 2. Tag erklärte mir die Therapeutin: „Wenn Sie wieder gesund werden wollen, müssen Sie sich von Ihrer Frau trennen!" Das erschien mir als der falsche Weg, doch Sie meinte: „Bringen Sie bitte zum nächsten Termin Ihre Frau mit, dann verstehen Sie, was ich meine". Romika war außer sich, als ich sie bat, mitzukommen. „Ich bin doch nicht krank, sondern DU! Was hab ich mit Deiner Therapeutin zu tun? Sieh zu, dass Du Deine Krankheit selbst in den Griff bekommst, aber lass mich damit in Ruhe". Davon berichtete ich der Therapeutin und mir wurde entgegnet: „Da sehen Sie, Ihre Frau interessiert sich nicht mehr für Sie. Im Unterbewusstsein haben Sie das schon bemerkt, aber Sie wollten das nicht wahrhaben." Als ich mit Romika darüber sprach, dass mir die Trennung von Ihr empfohlen worden sein, geriet sie in Panik und erklärte ihr Mitkommen zum nächsten Termin.

Dieser Termin war kein Heimspiel für sie. Sie war fest davon überzeugt, dass sie die „dumme Pute" in ihre Schranken verweisen würde und mich als geheilt mitnehmen könne. Die Therapeutin fragte: „Warum darf Ihr Mann Sie seit über 10 Jahren nicht mehr küssen?" Romikas Konzept war im Eimer. „Ja, das sei wohl so, ... nun, ...weil, ...also, ...ich, ... im Übrigen geht Sie das gar nichts an." Nächste Frage: „Woher kommt es, dass Sie die Wohnung verlassen, ohne Ihrem Mann zu sagen, wohin Sie gehen. Wieso fahren Sie alleine in Urlaub, aber Ihr Mann darf das nicht?"

In dem Thema kannte Romika sich aus: „Ich darf alleine machen, was ich will, denn ich gehe verantwortungsvoll mit meiner Freizeit um. Ich bin eine moderne Frau, mir steht das zu. Meinem Mann steht das nicht zu, der denkt doch nur an andere Weiber!" „Haben Sie denn schon mal versucht, Ihren Mann alleine gehen zu lassen?" „Natürlich nicht, wo kommen wir denn da hin!". Die Therapeutin erklärte ihr, dass eine Beziehung gleiche Rechte für jeden Partner vorsieht. Da könne man nicht sich selbst Rechte zuweisen, die der Andere nicht bekommt. Da sei so, als ob man seinen Ehemann (Tanzbären) überall mit hinnähme, aber dann am Laternenmast festbindet, wenn man ihn nicht dabeihaben wolle. So geht Partnerschaft nicht! Romika war stinksauer und verließ die Besprechung. Zu Hause erklärte sie mir: „Die Alte will doch nur mit Dir in die Kiste, deshalb will sie mich runterputzen." Ich hingegen ging weiter zu meiner Therapie und engagierte gleichzeitig einen renommierten Paartherapeuten aus Bonn. Der erklärte Romika so ziemlich das gleiche, aber Romika wollte nicht mehr mitgehen: „Männer halten doch immer zusammen, da habe ich keine Chance. Keiner kann mir vorschreiben, wie ich mit Dir umgehen soll!"

51. Kapitel

Mit Rocky wurde es immer schlimmer. Als er 18 wurde, entschied er für sich, nicht mehr in die Schule zu gehen. Damit es keinen Ärger gab, wurde das nicht kommuniziert. Er trug die Last des Schulschwänzers gerne alleine. Er schrieb sich selber krank, und irgendwann kam die Schule auf uns zu, ob er denn überhaupt noch mal in die Schule kommen würde. Wir, die Eltern, sollten uns kurzfristig mit dem Direktor in Verbindung setzen. Das war Romikas Abteilung. Es stellte sich heraus, dass Rocky, von sich selbst krankgeschrieben, zum Sommerfest des Gymnasiums erschienen war und dort allen eine „lange Nase" gemacht hatte. Nach dem Motto: So geht Schule heute. Damit war die Schulleitung nicht einverstanden. Was Wunder! Es gab zwei Lösungen: Sofortiger, freiwilliger Abgang mit einem „guten Mittlere Reife Zeugnis". Damit hätte er zu einem anderen Gymnasium gehen können. Oder sofortiger Rausschmiss mit Relegation. Ende der Schullaufbahn. Romika entschied sich für die erste Lösung und meldete Rocky auf dem Friedrich-Ebert-Gymnasium in Bonn an. Dort ist er aber anscheinend nie angekommen, denn eines Tages lagen die Anmeldeformulare wieder in unserem Briefkasten.

Nun wurde ein Internat in Rheinbach zum Rockys neuer Heimat. Der Spaß kostete über 1.200 DM im Monat plus Fahrtkosten am Wochenende plus Taschengeld. Der Vorteil war der, dass er kaum zu Hause war. Der Nachteil, dass niemand mehr Kontrolle über ihn hatte. Er lebte sich schnell ein, wusste sofort, wie man im Internat an Bier kam und wie man sich nach der morgendlichen Anwesenheitskontrolle davonschlich, um sich einen schönen Tag zu machen. Nach einem Jahr war das Gastspiel bei den Padres vorbei. Ich war über 15 TDM ärmer, Rocky war wieder zu Hause und tat nichts. Er lebte als Vampir. Nachts unterwegs, tagsüber in seinem Zimmer, fest verbarrikadiert, um zu schlafen und Fernsehen zu gucken. Tagsüber, wenn wir beide arbeiten waren, verließ er seine Behausung, „kochte" in der Küche etwas zu essen, ließ alles genau so stehen und verschwand wieder in seinem Loch. Meist gab er sich der aufwendigen und komplizierten Tätigkeit hin, Ravioli warm zu machen, die seine Mutter in großen Mengen einkaufte.

Als wir dann mal wieder in Urlaub fuhren, bat ich meinen Schwiegersohn, in dieser Zeit bei uns zu übernachten, um ein Auge auf Rockys Aktivitäten zu haben. Das war auch richtig so, denn eines Morgens rief Georg an und sagte, mein Auto sei aus der Garage heraus gestohlen worden. Er solle sofort bei der Polizei anrufen und den Diebstahl melden, war meine Antwort. Ja, das habe er bereits getan, und das Auto sei sichergestellt worden. Auf meine Fragen erfuhr ich dann so nach und nach, dass Rocky am Vorabend in seiner Höhle Besuch von anderen Saufkumpanen hatte. Gegen Mitternacht hatten sich die Jungs entschlossen, meinen Autoschlüssel aus Georgs Hose zu stehlen, um mit meinem Wagen zum Winzerfest nach Königswinter zu fahren. Man hatte zu Hause alles weggesoffen, und hier versprach man sich reichlich Nachschub. Rocky hatte seinen Führerschein erst wenige Wochen, und als er mit dem unbeleuchteten Wagen aus unserer Anliegerstraße in die Hauptstraße einbiegen wollte, stoppte ihn die Polizei und nahm ihm den Führerschein ab. Wenn ich mich recht erinnere so um die 1,2 Promille.

Nachdem wir aus dem Urlaub zurück waren, bat ich Rocky, aus seinem Loch heraus zu kommen, wir müssen reden! Keine Reaktion und Romika mal wieder mit ihrem: Nun lass ihn doch, er ist ja noch ein Kind. Nein war er nicht! Als er hörte, dass ich mit der Schleifhexe die Türe aufschneiden wollte, zeigte er sich. Das Geschirr von zwei Wochen Ravioli stand überall auf dem Fußboden, dreckige Wäsche, leere Flaschen, schmutzige Gläser. Müll, soweit das Auge sehen konnte und ein fürchterlicher Gestank.

Ich stellte den beiden ein Ultimatum. Entweder Rocky zog in eine eigene Behausung oder ich würde ausziehen, und das Pärchen konnte sich dann ohne mich vergnügen. In diesem Fall würde ich nicht mehr die Abtragungen für das Haus, sondern nur den gesetzlichen Mindestunterhalt bezahlen. Nach drei Tagen Bedenkzeit entschied Romika, dass Rocky ausziehen würde, sie hatte ihm bereits ganz in der Nähe eine Wohnung besorgt, die ich natürlich bezahlen musste. Schließlich war ich ja Schuld.

Mit viel List und gutem Zureden gelang es dann mit vereinten Kräften, Rocky als Auszubildenden bei Hildes Ehemann Axel unterzubringen. Er kannte Rocky ja von klein auf und ahnte, dass es kein Vergnügen werden würde. War es auch nicht. Er kam ewig zu spät, hatte schon am frühen Morgen eine Fahne und war undiszipliniert.

52. Kapitel

Eines Morgens, so gegen 10:00 h, rief Axel mich an und schimpfte, dass es heute viel Arbeit gäbe und Rocky sich nicht meldete. Er brauche ihn unbedingt. Romika war nirgends zu erreichen. Also fuhr ich nach Hause, holte den bei uns deponierten Reserveschlüssel von Rockys Wohnung und fuhr los, um nach dem Rechten zu sehen. Auf mein Klingeln hin öffnete niemand, und so schloss ich die Tür auf. Es war noch schlimmer, als vor einigen Wochen im Keller. Alles war mit gelben Müllsäcken vollgestellt, nur ein kleiner Gang war offen geblieben, der zum Klo und zum Kühlschrank führte. Es stank wie auf einer Deponie. Rocky lag splitternackt im Vollrausch auf seinem Bett, sein Saufkumpan lag in seinem Erbrochenen auf dem Fußboden. Im Bad organsierte ich einen leeren Eimer, füllte ihn randvoll mit kaltem Wasser und verteilte das Ganze auf die beiden. Das WC war saudreckig und auch mit viel Chlor wohl nicht mehr zu reinigen.

Zwischenzeitlich war Romika auch wieder zu erreichen. Ich schilderte ihr den Sachverhalt und machte mich vom Acker. Der Vermieter hatte das bei einem Routinebesuch ebenfalls erkannt und schickte mir die Rechnung für eine neue WC-Schüssel.

Wir waren auf dem Rückflug von Fue, da sprach Romika mich an: „Fährst Du mich morgen zum Bahnhof?" „Welcher Bahnhof?" „Na, der in Bergheim!" „Was willste denn da?" „Na, wir fahren doch morgen weg!" „Wer ist wir?" „Na, halt die Frauen und ich!" „Und wohin?" „Wir machen gemeinsam eine Tour, das habe ich Dir doch schon hundertmal erzählt!!" „Nein, davon weiß ich nichts." „Das genau ist das Problem mit Dir, nie hörst Du mir zu!"

Ich wusste genau, dass darüber noch nie gesprochen worden war. Aushäusige Aktivitäten meiner besseren Hälfte beobachtete ich immer mit Argusaugen. Während ich so darüber nachdachte, wo die Hühner wohl hinfahren würden, das hatte sie mir noch immer nicht gesagt, fiel mir wieder ein, dass wir dieses Mal nur zwei Wochen Urlaub gemacht hatten. Der Grund dafür: Romika hatte mir erklärt, dass wir nur Geld für 14 Tage Urlaub hätten, da jede Menge an Steuern zu bezahlen sei. Das konnte eigentlich nicht sein, aber nun wurde die Sache rund. Da ich den Anfangstermin für den Urlaub festgelegt hatte, konnten wir keine drei Wochen bleiben, da in der dritten Woche der Weiberausflug stattfand. Darauf angesprochen erhielt ich nur eine ausweichende Antwort: „Was Du auch immer denkst. Alles Blödsinn!" Nach langer Diskussion, sie konnte ja nicht im Flugzeug aufstehen und die Türe hinter sich knallend abhauen, erfuhr ich dann, dass es zu einem Seminar für Batiken in der Lüneburger Heide ging. Da hätte man mir auch erzählen können, der Teufel geht zur Kommunion.

Am nächsten Tag erklärte ich ihr dann, dass ich einen Bekannten gebeten habe, auf meine Kosten die gleiche Tour zu machen, wie die Mädels. Er würde dann alles fotografieren, am nächsten Tag mit dem Zug zurückkommen und allen beteiligten Männern entsprechende Fotos vom Batiken in den Briefkasten werfen. Da sei bestimmt die Freude groß!!! Das saß! Es folgte einer ihrer größeren Wutausbrüche, aber das störte mich nicht. Wie sie nun vor ihren Freundinnen dastehen würde? Was soll denn dabei sein, Frauen kurz vorm Beginn der Wechseljahre, beim Batiken zu fotografieren? Die Türe hinter sich zuknallend verschwand sie und tauchte erst gegen Abend wieder auf. Sie habe mit den Freundinnen gesprochen. Wenn sie beobachtet werden würden, müssten sie die Reise absagen und mir die Kosten in Rechnung stellen! Das nenne ich Logik! Zwischenzeitlich hatten mich zwei der betroffenen Männer angerufen und mich gebeten, diesen „Mitreisenden" auf keinen Fall loszuschicken. Man habe eigene, entsprechende Arrangements für das Wochenende getroffen, und wenn die Weiber nicht fahren würden, müssten sie zu Hause bleiben und die Arrangements wären hinfällig. So böse könne ich doch wohl nicht sein! Nein, ich bin nicht böse und erklärte Romika, daß mein Bekannter leider andere Verpflichtungen habe und dummerweise nicht mitfahren könne. So macht Eheleben richtig Spaß!

53. Kapitel

Irgendwann, ich bekomme das zeitlich nicht mehr einsortiert, aber auf jeden Fall gegen Ende der Ehe, flogen wir nach Ägypten, Hurghada am Roten Meer. Wir wohnten in einem 4-Sterne-Ressort. Das sind Hotels mit Pool, einem großen Garten, Zugang zum Meer, aber komplett eingezäunt und mit einem bewachten Eingangsbereich. Lange Strandspaziergänge sind nicht möglich, da die Einzäunung bis weit ins Wasser hineinreicht. Man kann also nur zwischen den Zäunen umherwandern. Konnte ich auf Fue 15 km am Meer lang laufen, so war ich hier auf vielleicht 300 Meter beschränkt. Mir fiel auf, dass auf vielen Liegen, häufig paarweise, leicht bekleidete, junge Mädchen lagen, die einen verträumt anschauten, wenn man an ihnen vorbei ging. Für ägyptische Verhältnisse sehr ungewöhnlich, da die Frauen hier nur vollbekleidet ins Wasser gingen und nie in der Sonne lagen. An der Beachbar erzählte mir dann ein Deutscher, dass das alles russische Prostituierte waren, die hier im Hotel ihren Standort hatten und für kleines Geld eine schnelle Nummer anboten. Sie würden von russischen Zuhältern mit einem Touristenvisum eingeflogen und nach 3 Wochen gegen eine neue Mannschaft getauscht. Tatsächlich sah ich dann auf dem Rückflug eine ganze Horde junger Mädels an der Flugabfertigung. Ob das aber alles so stimmte, habe ich nicht ausprobiert.

Hurghada selbst ist unheimlich dreckig. Unrat und Müll türmt sich an allen Ecken, und wer mal eine „Schlachterei" gesehen hat, wird schnell zum Vegetarier. Aber es gab einen Basar und den wollten wir unbedingt sehen.

Ich liebe es, zwischen den Ständen umherzustreifen und alles in Augenschein zu nehmen. An einem Gewürzstand sprach mich ein Ägypter an: „Du Deutsch?" „Ja, ich Deutsch." „Ich FORD-Werke Köln!" „Ich komme auch aus Köln!". „Du herkomme, mache gute Preis für deutsche Freund". Ich trat also näher an den Gewürzstand heran und erspähte einen aufgeschütteten Kegel mit rotem Pfeffer. Daran war ich schon länger interessiert, hatte aber noch nie welchen gesehen. Er bemerkte sofort mein Interesse, und er wollte umgerechnet 20 DM für eine Tüte haben, etwa 50 Gramm. Es entspann sich ein längerer Dialog, in dem Allah oft zu Rate gezogen wurde, die deutsche Freundschaft eine wichtige Rolle spielte. Natürlich auch die unheimliche Sympathie, die mein neuer „ägyptische Freund" mir gegenüber aufbrachte. Es wurde auch nicht vergessen, darauf hinzuweisen, dass der „Freund" mit seinem kleinen Laden unzählige Kinder und mehrere habgierige Frauen ernähren müsse, so dass er preislich keine Zugeständnisse machen könne. Es handle sich schließlich um erstklassige Ware, wie ich sie in ganz Ägypten kein zweites Mal kaufen könne. Für 5 DM bekam ich dann die Tüte und war mächtig stolz darauf, ein so seltenes Gewürz so günstig erstanden zu haben.

Romika hatte es nicht so gut gefallen. In Ägypten haben die Moslems das Sagen und im Hotel gab es keinen Alkohol. Zwar konnte man in so einer Art „Duty-Free-Shop" deutschen Weißwein zu einem sehr hohen Preis kaufen, aber den konnte man ja nirgends kühlen. Allerdings bekam sie als Entschädigung für eine alkoholfreie Woche ein ziemlich teures Armband aus massivem Gold. Wenn ich mich recht erinnere, war es teurer als die ganze Reise.

Zurück in Deutschland lud ich einige Freunde zum Essen ein. Es gab Schweinefilet, selbstverständlich mit Rotem Pfeffer. Als ich die Sauce anrührte und vorsichtig den Roten Pfeffer hineingleiten ließ, geschah Wunderbares: Die Sauce wurde rot und der Pfeffer wurde schwarz. Mein neuer ägyptischer Freund hatte mich beschi...en. Es war einfacher, schwarzer Pfeffer mit Lebensmittelfarbe gefärbt. Der wurde natürlich in der Sauce auch nicht weich und ich musste alles durch ein Sieb geben, um den schwarzen Pfeffer los zu werden. Später habe ich dann erfahren, dass es roten Pfeffer eigentlich nicht gibt. Das was man als roten Pfeffer bezeichnet sind Beeren. Früchte des brasilianischen Pfefferbaums.

54. Kapitel

Meine Reduzierung der Arbeitszeit zeigte recht schnell Folgen. Es ging mir besser, ich fuhr wieder Rad. Es kam weniger Geld in die Kasse, ich war viel früher zu Hause. Beides schmeckte Romika überhaupt nicht. Kam ich, im Gegensatz zu früher, statt gegen 21:30 h jetzt bereits um 18:00 h nach Hause, so stellte ich fest, dass Romika nicht präsent war. Sie kam erst gegen 21:00 h. Fragen nach dem Verbleib wurden mit der ihr eigenen Höflichkeit beantwortet: „Das geht Dich gar nichts an", oder „Kümmere Dich um Deinen eigenen Sch..ß"

Richtig spannend wurde es dann durch Hilde, ihre Busenfreundin. Ihr Ehemann war Inhaber einer Großhandlung, und eines Tages stand ein Vertreter in seinem Büro. Mit Blick auf das auf dem Schreibtisch stehende Foto meinte er: „Ihre Frau?" „Ja" entgegnete der Ehemann. Nun, meinte der Vertreter: „Dann war Ihre Frau also gestern Abend nicht mit Ihnen an der Bar im Maritim"? „Nein! Ich war nicht im Maritim!" „Ihre Frau aber schon!"

Dieser Satz musste erst Mal verdaut werden. So nach und nach kam dann die düstere Wahrheit ans Licht. Dazu muss ich ein bisschen ausholen.

Romika hatte mit ca. 5 – 7 Frauen (Freundinnen!) einen „Kölner Treff". Man fuhr, unter anderem Freitagabend, gemeinsam mit dem Zug nach Köln in die Altstadt, damit man sich mal so richtig unter Frauen aussprechen konnte. Natürlich hätte man das auch in Bergheim machen können, dachte ich. Aber das war zu kurz gedacht. Es ging überhaupt nicht um Frauengespräche. Man besuchte „einschlägige Lokale", um dort Kontakte mit Männern zu schließen. Je nach Lust und Laune, wurde dann der Interessent direkt konsumiert, was bei den vielen Hotels in der Altstadt kein Problem war. Frühmorgens traf man sich wieder am Bahnhof und fuhr gemeinsam mit dem ersten Zug nach Bergheim zurück. Feine Sache, so ein Frauengespräch.

Hilde hatte nun keine Lust, immer auf den kommenden Freitag zu warten, bestellte sich also die Interessenten direkt ins Maritim nach Königswinter. Dort war dann der Vertreter auf sie gestoßen.

Diese Geschichte verbreitete sich wie ein Lauffeuer, und auch andere Männer begannen, diese Treffen zu überdenken. Einem fiel auf, dass die Telefonrechnung immer höher wurde und er ließ sich einen Einzelnachweis kommen. Darauf fand er jede Menge Telefonnummern, die er nicht kannte. Er rief einige an und stellte dann fest, dass es alles Kontakte seiner Ehefrau waren. Sogenannte „Kölner Treff"-Dates.

Wir hatten zwei Telefonnummern, eine für mich, meine Arbeit, die andere für Romika, ihren ganzen privaten Kram. Dazu gehörte jeweils ein AB. Beide hatten eine Fernabfrage. Ich hörte also einige Male das Gerät ab und stellte fest, dass auch da „Kölner Treff"-Dates anriefen.

Natürlich erklärten die Frauen, dies sei alles ganz anders gewesen, aber es blieb ein bitterer Nachgeschmack, zumal niemand erklären konnte „wie anders" das denn genau gewesen sei. Irgendwann danach rief mich Hildes Ehemann an und fragte, ob er mal kurz mit Hilde sprechen könne. Nein, entgegnete ich, die ist nicht hier. Ob er denn mal kurz mit Romika sprechen könne? Nein, die ist bei Hilde. Hier bin ich alleine.

Nach der Rückkehr der beiden Damen wurde dann von ihnen erklärt, dass man uns, den Männern, alles haarklein erzählt habe, wohin man an diesem Abend gehen wolle. Aber, typisch Mann, keiner hätte richtig zugehört! Wie immer! Männer seien eben das Letzte! Mich interessierte das alles schon nicht mehr. Wo sie allerdings genau gewesen waren, erfuhr der interessierte Ehemann nicht.

55. Kapitel

1998 war dann das Jahr der Entscheidung. Im Januar ging der Arbeitgeber von Romika, der Notar, in den Ruhestand, und es kam seine Nachfolgerin. Damit ging dann der Ärger los. Das Notariat besaß nur Schreibmaschinen. Für die Verträge gab es eine riesige Regalwand mit hunderten von Fächern, in der die einzelnen Vertragstypen bereits fotokopiert lagerten. Je nach Vertrag nahm man nun die Vorlage heraus, setzte per Hand oder mit Schreibmaschine die fehlenden Informationen ein und fertig war der Vertrag. Was nicht hineingehörte, wurde durchgestrichen. Der Notarin war das ein Dorn im Auge. Kurzerhand ließ sie die Schrankwand mit den Vorlagen entfernen und stellte jedem einen PC auf den Schreibtisch. Das Murren war groß, und als erstes konnte der Büroleiter seine Koffer packen. Das Murren wurde nicht weniger, und auch der Stellvertreter musste seine Segel streichen.

Kleines Problem: Jeder hatte wohl schon mal etwas von einem PC gehört, wusste aber nichts über die Bedienung desselben. Die Notarin „spendierte" einen abendlichen Einführungskurs und war sicher, die Ausbildung sei damit komplett. War sie aber nicht, und man geriet in einen hoffnungslosen Arbeitsstau.

Die Notarin nahm abends Unterlagen zur Vorbereitung mit nach Hause. Dort blieben sie am nächsten Tag aber liegen. Es war ein unvorstellbares Durcheinander, und es hagelte Dienstaufsichtsbeschwerden.

Nun war es so, dass Romika ja genau wusste, wie ein Notariat zu führen sei, die Notarin selbst wusste es allem Anschein nach nicht. Die Beiden gerieten sich also bei jeder sich bietenden Gelegenheit in die Wolle, keiner wollte klein beigeben. Die Notarin nicht, weil sie die Notarin war und Romika nicht, weil sie Romika war. Sie war seit über 20 Jahre im Notariat, kannte alle Makler, Banker und Geschäftsleute. Die riefen sie persönlich an, ob man da nix machen könne, was die Termine anging. Nein, konnte sie nicht und das trieb ihr den Schaum vor die Lippen.

Romika wurde krank, die linke Gesichtshälfte „fror ein", sie bekam eine halbseitige Gesichtslähmung. Sie wurde krankgeschrieben, war also erst Mal aus der Schusslinie. Nach meiner Meinung brauchte sie auch nicht arbeiten gehen, mein Einkommen reichte locker für uns beide. Aber Romika hatte andere Pläne, die ich damals aber noch nicht kannte.

Im Sommer waren wir mit Hilde und Ehemann in Bonn, Museumsmeile. Dort fanden damals in der Sommerzeit viele Konzerte statt. An diesem Abend „Art Garfunkel", die Hälfte von „Simon and Garfunkel."

Das Konzert war genau nach meinem Geschmack, aber im Verlauf des Abends bekam ich Bauchschmerzen, die ich auf die verzehrte Bratwurst zurückführte. Nach dem Konzert ging man noch was trinken, ich aber fuhr nach Hause und legte mich ins Bett. Gegen 02:00 h wurden die Schmerzen so stark, dass ich mich anzog und ins Krankenhaus fuhr. Man behielt mich dort, und ich bekam eine schmerzstillende Infusion. Verdacht auf Blinddarmentzündung. Am Folgetag wurden dann diverse Untersuchungen durchgeführt und am Abend lag ich dann unterm Messer. Blinddarmoperation.

Nach ein paar Tagen, es war ein Samstag, fuhr ich am späten Vormittag mit dem Auto, das stand ja noch vorm Krankenhaus, nach Hause, den Drainagebeutel mit Tesafilm am Bauch festgeklebt. Keiner zu Hause. Ich mähte den Rasen und fuhr wieder ins KH, dort wurde ich dann montags entlassen. Romika hat mich zweimal besucht, konnte sie doch jetzt die Zeit für ihre Aktivitäten nutzen, es fragte ja niemand nach.

56. Kapitel

Ich spürte, dass unsere Ehe den „Rhein runterging" und wieder zu Hause wurde das nicht besser. Einmal fragte ich mutig, wie es denn mit gemeinsamem Sex wäre, schließlich seien wir ja verheiratet. „Du fettes Schwein kannst doch froh sein, dass Du hier untergekommen bist, Dich will doch niemand haben." Ich wog damals um die 90 kg. Das war ernüchternd und ich begann, diese Aussage auf ihren Wahrheitsgehalt zu überprüfen. Schon seit einiger Zeit besuchte ich gelegentlich einen „Saunaclub für Männer". Dort waren ausnehmend hübsche, junge Mädels, die ganz genau wussten, was Männer brauchten. Allerdings wurde die „Zuneigung" nur gegen den Einwurf größerer Geldscheine erteilt. Für meinen Test also ungeeignet.

Einen PC besaß ich und von „Kontaktbörsen" hatte ich auch schon gehört. Es ging also eigentlich nur darum, die passende Börse zu finden. Nach etlichen Versuchen fand ich dann eine Frau, die willens war, sich für gemeinsamen Sex, mit „dem fetten Schwein" zu treffen. Den Ausdruck über den Termin ließ ich auf meinem Schreibtisch liegen, wohlwissend, dass Romika ihn finden würde. Sie gehörte zu den Frauen, die täglich Hosen, Sakkos, Schreibtische etc. nach verräterischem Material absuchten. Ich hoffte damals, dass sie einlenken würde, wenn sie sah, dass ich jemanden gefunden hatte. Nein, das war nicht der Fall. Dafür wurde überall von ihr herumgetratscht, dass das „dicke Schwein" fremdgehen würde.

Wir, die neue Bekannte und ich, trafen uns gemeinsam in einem Swinger Club, mein Debüt. Die Clubs waren Ende der 90er groß im Kommen und ich hatte Romika auch schon mal darum gebeten, einen solchen Club mit ihr zu besuchen. Da hätte ich besser Salzsäure getrunken.

Ich hatte mir das alles mit knisternder Erotik und total geilen Typen vorgestellt. Die Realität war dann doch anders. Eher die Atmosphäre eines Campinglatzes, nur waren die Menschen etwas leichter bekleidet, aber nicht nackt. Es waren Menschen, wie du und ich, keine „supergeilen Modells" Es gab eine Bar, ein Restaurant, diverse Spielflächen und Räume sowie einen „Folterkeller". Letzterer war mit Gegenständen ausgerüstet, deren Nutzen ich zum Teil nicht kannte.

Auf „Spielwiesen" herrschte ein buntes Durcheinander von Männlein und Weiblein. Jeder mit jedem und jede vorhandene Köperöffnung wurde bespielt, Gruppensex eben. Erregend fand ich das leider nicht, eher sehr unhygienisch. In einem Raum stand ein großer Tisch. Die Männer mussten sich nackt an den Tisch setzen. Die dazugehörenden Frauen mussten, ebenfalls nackt, unter dem Tisch mit verbundenen Augen herausfinden, welcher ihr eigener Mann war. Wie sie das herausfanden, war ganz ihnen überlassen. Auch hier kam mir die Hygiene etwas zu kurz, denn… Naja, meine „Neuerwerbung" und ich trafen uns, hatten schönen, befriedigenden Sex zu zweit und gingen wieder auseinander.

57. Kapitel

Im Spätsommer entschied sich Romika, sie war arbeitslos, bei Schreckhammer anzufangen. Ein Unternehmen von zweifelhaftem Ruf, das sich mit Finanzierung, EDV und Betrug aller Art beschäftigte. Der Inhaber wurde dann auch wenig später wegen Betrug zu 1 Mio. Geldstrafe verurteilt. Natürlich hatte ich Einwände gegen die Firma, aber um mich ging es schon gar nicht mehr.

Einige Jahre vorher hatte mich Schreckhammer, den kannte ich von diversen IBM-Veranstaltungen, angerufen und mir ein „Geschäft" vorgeschlagen. Er habe von der IBM ein großes Kontingent an EDV-Bildschirmen gekauft, und wenn ich ihm davon 100 Stück abkaufen würde, bekäme ich 20 % Rabatt auf den offiziellen IBM-Listenpreis. Es ging um rund 600 TDM für das ganze Paket, also könne ich „auf einen Schlag" 120 TDM abgreifen. Mehr Geld könne man in so kurzer Zeit nicht verdienen. Er würde mir auch Adressen von potentiellen Käufern geben. Er habe nicht genug Manpower, um das alles selber zu machen. Das Ganze war mir viel zu heiß, und ich lehnte dankend ab. Schon 14 Tage später brachte die IBM einen neuen Bildschirm auf den Markt, der erheblich mehr konnte als das „Sonderangebot" und auch noch 2.000 DM billiger war. Wirklich, ein redlicher, ehrlicher Geschäftsmann.

58. Kapitel

Seit langem plagte mich meine Raucherei. Etliche Versuche aufzuhören, schlugen fehl. Romika war ebenfalls starker Raucher und wenn wir mal zusammen saßen, ich Nichtraucher, sie Raucher, qualmte sie mir unaufhörlich einen vor. So konnte ich nicht aufhören. Im Sommer war ich nach einer Besprechung in Bonn (Nichtraucher) zum HIT gefahren. Dort sollte ich Gehacktes kaufen. Die Fahrt lief zügig, gerade zwei Zigaretten lang und mein Nikotinspiegel war im Keller. Ich war also auf ungewolltem Entzug. An der Fleischtheke dann nur eine Bedienung und eine alte Frau vor mir, die sich in epischer Breite darüber informierte, was von der Auslage zum Kochen oder zum Braten geeignet war. Noch nie war ich einem Mord so nahe! Aber irgendwann bekam ich mein Gehacktes, packte die Tüte unter den Arm, ab durch die Kasse und dann raus.

Mittlerweile hatte sich ein mittelschweres Gewitter gebildet und der Eingang stand dichtgedrängt, voll mit Menschen, die nicht nass werden wollten. Notgedrungen fummelte ich mir eine Zigarette heraus und beim Versuch, diese anzuzünden, fiel mir das Gehackte auf den Boden. Sofort trat ein neben mir stehender, unabsichtlich, mit festem Fuß so in das Paket, dass der Inhalt rechts und links unterm Schuh hervorquoll. Das war nicht mehr benutzbar und ich kam mir vor, wie der letzte Junkie, der nicht in der Lage war, mal mit dem Rauchen aufzuhören. Ich beschloss, das Rauchen aufzugeben, sowie Romika ihre eigene Wohnung hatte. Am 30.9. zog sie aus und seitdem habe ich nie wieder eine Zigarette angepackt.

59. Kapitel

Enes samstags fuhr ich freizeitmäßig mit dem Rad nach Köln, Romika war mit Hilde „unterwegs", als mich an der Ampel in Mondorf eine Frau ansprach, ob es zum Rhein geradeaus oder nach links gehen würde. Ich empfahl ihr, mir hinterher zu fahren, ich würde direkt an den Rhein fahren. Dort machten wir eine kleine Pause und sprachen miteinander. Als wir herausfanden, dass wir beide nach Köln wollten, fuhren wir zusammen und bei kleinen Pausen zwischendurch kamen wir näher ins Gespräch. Sie war nicht mein Typ, aber sehr freundlich und hatte ein hübsches Gesicht. In Köln angekommen verabredeten wir ein Treffen, dann noch ein Treffen und dann lagen wir gemeinsam im Bett. Romika hatte zwischenzeitlich entschieden, zum 1.10.1998 auszuziehen. Mit der neuen Stelle verdiente sie so viel Geld, da wurde ich nicht mehr benötigt. Erinnert mich an einen alten „Witz". Der Sohn sprach zu seiner Mutter: *„Liebe Mama, dein ganzes Leben hast Du Dich um mich gekümmert, hast hart gearbeitet, um mir alle meine Wünsche zu erfüllen und dabei Deine Gesundheit ruiniert. Nun bist du alt und verbraucht, kannst nicht mehr für mich sorgen. Von jetzt ab musst Du für Dich selber sorgen."*

Am 1.10.1998 rief mich Norbert im Büro an. Die erste Frage lautete: „Hast du das Rauchen aufgehört?" „Ja, habe ich, wie kommst Du darauf?" „Nun, ich kenne Dich seit über 20 Jahren und wenn ich Dich bisher anrief, kam immer erst das Klicken deines Feuerzeuges, bevor Du Dich gemeldet hast". Ich berichtete ihm von der neuen Entwicklung mit Romika und er gratulierte mit zu diesem Entschluss. „Du hast Dein ganzes Leben immer nur für Deine Sippe gearbeitet. Wird endlich mal Zeit, dass Du Dich nur um Dich selber kümmerst."

Einige Zeit später, wir lebten schon getrennt, besuchte ich Romika sonntags ohne Voranmeldung wegen einiger Formalitäten. Auf ihrem Küchentisch standen etliche Laptops, alle aufgeklappt und angeschlossen. „Handelst Du jetzt damit?", war meine Frage. „Nein, das geht Dich nichts an!". Wie immer bekam man von Romika liebevoll eine ausführliche Erklärung. Das ließ ich aber nicht gelten, denn ihre ganze Haltung verriet mir, dass hier eine richtig linke Nummer lief. Nach mehrmaligem Drängen erklärte sie mir, dass ihr Chef, Schreckhammer, einen „Tipp" bekommen habe. Die Staatsanwaltschaft wollte seine Firma „hopp nehmen" und eine Durchsuchung starten. Romika hatte nun die ehrenvolle Aufgabe, alle Laptops daraufhin zu untersuchen, ob etwas Illegales auf den Dingern gespeichert war. All das sollte sie löschen. Natürlich erstellte sie von all den gelöschten Daten vorher eine Sicherungskopie für ihre eigene Sicherheit. Das erklärte denn auch, warum sie angetrunken zur Arbeit erscheinen konnte, ohne dass das sanktioniert wurde.

60. Kapitel

Beruflich immer das Gleiche, neue Kunden, neue Probleme. Aber ich hatte damit zu tun, mein Privatleben neu zu organisieren. Die Kölner Bekanntschaft entpuppte sich so nach und nach als geschiedene Frau, die einen halbwüchsigen Sohn aus einer Beziehung hatte. Um uns besser kennen zu lernen, flogen wir für eine Woche in den Süden. Es stellte sich heraus: Für diesen Sohn suchte sie einen „Erzieher", da sie mit dem Schätzchen nicht fertig wurde. Ich habe ihn einmal kennen gelernt und da war mir direkt klar, dass er der Bruder von Rocky hätte sein können. Frech, vorlaut, Besserwisser, keine Disziplin, Schulbesuche nur bei Regenwetter und ab und an ein bisschen Dope. Ich machte ihr unmissverständlich klar, dass ich daran nicht interessiert sei, und die Sache war beendet.

Nun, wie sollte es weiter gehen? Eine Frau wollte ich schon wieder haben. Ich war es gewohnt, mit mir alleine konnte ich außer arbeiten nicht viel anfangen. Kontaktbörsen wurden vorübergehend zur zweiten Heimat. Wenn Mann fast 30 Jahre lang mit einer Frau zusammen war, verkümmern die „Anmachinstinkte". Man wird schwerfällig. Es dauerte also geraume Zeit, mir über meine Wunschfrau klar zu werden. Raucher kam nicht in Frage, starker Alkoholgenuss auch nicht. Vegetarier ohnehin nicht, leidenschaftliche Fußgänger auch nicht, denn ich fuhr ja gerne Rad. Ich stellte fest, dass Einzelkinderfrauen, die nie Kinder gehabt haben, ebenfalls nicht tauglich waren und Frauen mit exotischen Interessen, Buddhismus oder „das Leben und Sterben der

Andenameise", wurden aussortiert. Ich suchte eine liebevolle Frau, geschieden, mit erwachsenen Kindern und genügend Griffffläche. Hungerhaken ohne Busen und Po waren mir ein Gräuel.

Um zu diesen Erkenntnissen zu kommen, waren eine Menge Treffen erforderlich, so an die 50 – 70 werden es wohl gewesen sein. Verständlicherweise kann ich hier nicht jedes Treffen erwähnen, das wäre ein komplett neues Buch. Aber einige Highlights möchte ich doch erwähnen.

61. Kapitel

Eine Dame erschien zumindest vom Foto her als geeignet, und wir trafen uns im Maredo. Dort kann man direkt die Essgewohnheiten kennen lernen, und die Bestellung: „ein halber Salat ohne Dressing", war schon mal das Aus. Auch Bemerkungen wie: „Musst Du unbedingt Fleisch essen?" bedeuteten das Ende. Aber hier hielt die Dame kräftig mit, erzählte mir dann von ihrem zukünftigen Exfreund. (?) Noch war er der Freund, aber wenn sie etwas Besseres gefunden habe, dann wäre er der Exfreund. Sie erklärte weiter, dass ich die ideale Ablösung wäre, und wir könnten eigentlich gleich nach dem Essen gemeinsam ins Bett gehen, um Spaß zu haben. Meinen Einwand, dass ja noch ein Freund vorhanden sei, wischte sie mit der Bemerkung weg: „Dem schick ich jetzt eine SMS, dass ab sofort Schluss ist." Da wurde mir klar, dass ich dann der nächste wäre, der per SMS abgesetzt werden würde und ich verabschiedete mich.

Ein echtes „Leckerschen", mit ganz heißen Fotos, schrieb mir, dass sie mich gerne bei mir zu Hause kennen lernen möchte, ihre Wohnung sei nach dem Umzug noch nicht so richtig fertig eingerichtet. Na gut, ich gab ihr die Adresse und kurze Zeit später stand sie vor der Tür. Mit zwei großen Koffern. Wir hatten zwar über den Einsatz von Spielsachen gesprochen, aber es ging ja heute nur ums kennen lernen. Nein, das seien keine Spielsachen, dass sei die Garderobe für die nächsten Tage. „Willst Du denn hier einziehen?" „Ja, gerne, mit meiner Wohnung bin ich noch nicht fertig." Es stellte sich dann so nach und nach heraus, dass sie bei ihrem Freund wegen Fremdbumserei rausgeflogen war und nun eine neue Unterkunft brauchte. Das war also auch nix für mich.

Ein ganz spezieller Fall war eine Dame, ca. 10 Jahre jünger als ich, die sehr gepflegt und gebildet daher kam. Ein bisschen overdressed, mit einem echten Hermelinmantel und einem teuren Abendkleid. Und das für ein erstes Date zum kennen lernen. Ich holte sie am Bahnhof ab, dann gingen wir lange spazieren, und irgendwie landeten wir dann in meiner Wohnung. Ganz unvermittelt zog sie sich nackt aus, legte sich auf das Sofa und sagte zu mir: „Nun mach schon, was Du machen möchtest. Ich weiß ja, was alle Männer wollen, aber ich hab daran überhaupt keinen Spaß. Tob Dich nur aus, dann habe ich es hinter mir." In Ländern mit Frauenmangel soll es vorkommen, dass die Männer ein Brett mit ins Bett nehmen, in das ein für sie passendes Loch gebohrt wurde. Ich weiß nicht warum, aber irgendwie fiel mir in diesem Moment diese Geschichte wieder ein. Ich bat die Dame, sich wieder anzuziehen und brachte sie zum Bahnhof.

62. Kapitel

Von 1998 auf 1999 hatte ich eine Umstellung bei einem Kunden und es zeichnete sich ab, dass einige Kunden sich von der IBM trennen und auf PC umstellen wollten. Ich sollte ja weniger arbeiten, das war mir erstmal Recht. Mit Romika hatte ich gelegentliche Kontakte wegen der Kinder. Im Februar wollte sie sich mir treffen. Ihr ging es nicht gut, dass Alleinsein sei öde, Männer immer nur in Kneipen abzugreifen, war ihr auf einmal zuwider. Wir trafen uns. Sie wollte wieder zurück zu mir. Sie habe erkannt, dass es wirklich nur mich geben würde, und die Fremdgeherei sei eine Kurzschlusspanik wegen der Wechseljahre und so. Sie wolle auch die Sauferei dran geben und ebenfalls das Rauchen. Romika wusste natürlich zu genau, wie man mich um den Finger wickeln konnte. Mein alter Turnlehrer auf der Realschule sagte immer: *„Passt bloß auf Jungs, wenn die Pfeife steht, ist der Verstand im Arsch."* Recht hatte er.

Sie zog also wieder ein. Später wurde mir klar, dass **ich** für diesen Einzug völlig unwichtig war. Das Haus lief aus Haftungsgründen meiner Firma gegenüber auf sie. Ihr Gedanke war also: Warum soll ich Miete für eine Wohnung bezahlen, wenn mir ein ganzes Haus gehört. Mich los zu werden, erschien ihr als das geringste Problem. Hat ja auch anstandslos geklappt.

Breits am ersten Freitagabend, als wir gemeinsam TV guckten, sprudelte es aus ihr heraus. Nun hänge ich hier fest, könnte ich doch in Köln bei meinen Freundinnen sein. Und zu trinken gibt es hier auch nichts! Nun, war meine Antwort: „Du wolltest doch zurück, und die Konditionen waren Dir bekannt!" Wutschnaubend ging sie in den Keller, eine Flasche Sekt holen, um ihren Schmerz zu ertränken. Als die Flasche fast leer war, kam sie auf mich zu und griff nach mir. Sie wollte mich schlagen. „Du bist an allem Schuld, Du Schwein. Wegen Dir bin ich zurückgekommen, aber hier ist es doch stinklangweilig!" Dabei schlug sie mit aller Kraft nach mir. Ich konnte mich in Emmas ehemaliges Kinderzimmer flüchten und abschließen. Sie klopfte und trat massiv gegen die Tür, wollte dass ich öffnete, aber ich hatte keinen Bock auf Prügel. Die Tür blieb zu.

Die nächsten Tage wartete ich vergebens auf eine Entschuldigung. So sollte also das „neue Leben" mit Romika aussehen? Nein, Danke! Nun suchte ich mir eine Wohnung und zog dann aus. Endgültig!

63. Kapitel

Beruflich gab es erst Mal wieder noch mehr Arbeit. Die Umstellung auf das Jahr 2000 stand bevor und 2001 die Ablösung der DM durch den Euro.

Alle EDV-Programme hatten für das Datum immer nur 6 Stellen vorgesehen. Zur Lochkartenzeit, auf einer Lochkarte befanden sich immer 80 Speicherstellen, hatte man das Jahrhundert gespart, da man diese zwei Speicherstellen gut für etwas anderes gebrauchen konnte. Beispiel: Der 31.12.99 springt beim Jahreswechsel auf 01.01.00 um. Schön, aber in allen Programmen war das Jahrzehnt 00 nicht zulässig. Die Eingabe dieses Datums hätte also einen Eingabefehler angezeigt und das Programm wäre stehen geblieben. Außerdem kann man mit 00 nicht rechnen. Wollte man wissen, wie lange ein Mitarbeiter im Betrieb war, so zog man das Eintrittsdatum vom Tagesdatum ab. Von 00 kann man aber nicht abziehen, die Rechenoperation führte zu einem falschen Ergebnis, egal wie die Anforderung war. Also mussten alle Programme mit den entsprechenden Feldern und Rechenoperationen angepasst werden.

Da kam nun Hennes große Stunde, dachte ich. Von jedem Programmtyp fertigte ich ein lauffähiges Muster und Hennes sollte alle Programme, die zu diesem Typ gehörten, entsprechend anpassen. Als nach Wochen (!) das erste Programm fertig war, zumindest seiner Meinung nach, stellte ich fest, dass alles falsch war. Da er besonders gründlich gearbeitet hatte, war mein Musterprogramm ebenfalls falsch umgearbeitet worden. Erst, als ich die gesicherte Kopie des Musterprogramms ausdruckte und mit ihm gemeinsam das von ihm überarbeitete Programm Zeile für Zeile verglich, konnte er nicht umhin, zuzugeben, dass das alles irgendwie nicht ganz richtig war. Aber Hennes wäre nicht Hennes, wenn er keine vernünftige Erklärung dafür gehabt hätte: Das System würde seine Programmbefehle nicht verstehen! Da meine Befehle ja verstanden wurden und seine eben nicht, sei das Ganze eine Antipathie des Systems gegen ihn. Dafür könne er nun wirklich nichts.

Am nächsten Tag meldete er sich krank und wurde in 1999 nicht mehr gesehen. Danach ging er in Kur und kam erst spät im Folgejahr wieder. Also blieb wieder alles an mir kleben.

64. Kapitel

Ich hatte eine 3-Zimmerwohnung mit Loggia mit Blickrichtung Süden. Möbel hatte ich mir neu gekauft, und so langsam lebte ich mich ein. Romika hatte ich klar gemacht, dass ich noch 3 Monate lang die Tilgung für das Einfamilienhaus bezahlen würde, danach müsse sie selber sehen. Das Haus wurde also verkauft, ebenso unser Mietshaus.

Die Umstellung auf das Jahr 2000 hatte ich alleine hinbekommen, alles lief gut, da passierte schon wieder etwas. Herr Heiber, einer der Geschäftsführer von Deutu, war 1996 verstorben. Zeitgleich trat dann der Sohn des Firmengründers, Recker Junior (Elias), in die Geschäftsleitung ein, von seinem Onkel, der mittlerweile so um die 80 war, streng beaufsichtigt. Recker Junior war Adoptivsohn und ein wirklich netter Kerl, der aber vom kaufmännischen überhaupt Ahnung hatte. Er hatte bei der Bundeswehr BWL studiert und auch noch seinen Doktor gemacht. Solche Menschen lernen auf der Uni für die Uni, sollten also nie mit den Problemen des täglichen Lebens zusammenkommen. Da ich von allen Abteilungsleitern der jüngste war und dann auch noch EDV, zog er mich des Öfteren ins Vertrauen. Froh darüber war ich nicht.

Er war der geborene Theoretiker. Als Nachfolger für den verstorbenen Herrn Heiber, Leiter des Rechnungswesens, hatte er dann seinen Studienkollegen installiert, Herrn Großkotz, ein geborener Dummschwätzer. Auch er hatte im Leben noch kein Hemd nassgeschwitzt, wusste gar nicht, was Arbeit eigentlich bedeutet. Die zwei Gespenster schickten sich nun an, das Schiff Deutu zu leiten und mit rasender Geschwindigkeit zu versenken. Gründlicher, schneller und nachhaltiger hätte das wohl niemand zustande gebracht.

Beispiel: Ich gehe morgens zum Faxgerät, direkt neben dem Empfang. Dort steht ein älterer Herr und radebrecht mit der Zentralistin, offensichtlich ein Franzose. Ob ich helfen könne, fragte ich. Gerne, sagte die Zentralistin. Der Herr hat offenbar einen Termin mit Recker Junior, aber so richtig werde ich nicht schlau. Ich wusste, wer bei Deutu französisch sprach und bat die entsprechende Dame in die Zentrale. Der Herr war der Generalimporteur für alle Deutu-Artikel in Frankreich, ein wichtiger Mann. Er sei aus Paris gekommen, mit dem Flieger in Köln gelandet, mit dem Taxi zur Deutu gefahren und habe um 10:00 h einen Termin mit Herrn Recker jun.

Die Zentralistin rief Herrn Recker jun. bei sich zu Hause an und informierte über die Sachlage. Nun, erklärte seine Frau, ihrem Mann ging es nicht so gut und der Franzose solle doch bitte wieder nach Hause fahren. Gerne könne er ein andermal wiederkommen. Immerhin wurde für ihn noch ein Taxi bestellt, und der Gute wurde abgeschoben. Eine Woche später wurde der Generalvertrag für Frankreich von eben diesem Franzosen gekündigt. Er übernahm andere Produkte von anderen Firmen und verstopfte damit die Absatzkanäle für Deutuprodukte. Herr Recker jun.: „Dann mach ich Frankreich eben alleine." Der Satz war unvollständig und hätte lauten müssen: „Dann mach ich Frankreich eben alleine kaputt." Was auch vollständig gelang.

Herr Recker jun. neuer Buchhaltungsleiter war noch besser drauf. Er besaß einen Firmenwagen, ihm entstanden für das Auto keinerlei Kosten. Auch privat nicht. Die Firma zahlte alles. Er kam auf den glorreichen Gedanken, sich für gefahrene Kilometer Kilometergeld auszuzahlen. Schließlich sei es ja seine Zeit, die er in dem Firmenwagen verbringen würde, und das müsse ja auch vergütet werden. Der Einwand, dass er seine Arbeitszeit bezahlt bekäme, wenn er für die Firma im Auto unterwegs war, zählte ebenso wenig wie der Einwand, wenn er privat unterwegs wäre, so sei das Freizeit und Freizeit würde nicht bezahlt.

65. Kapitel

1988 hatte ich die Firma Chupa Chups (Lutscher) als Kunden gewinnen können. Sie war die deutsche Tochter des gleichnamigen, spanischen Konzerns, die in Deutschland den Vertrieb an den Handel (REWE, EDEKA etc.) unternahm. Vor allem das Marketing lag in deutscher Hand, insbesondere die Gestaltung der TV-Werbespots im Kinderkanal und ähnlichen Kanälen, die hauptsächlich von Kindern geguckt wurden. Mit Herrn Virnich, einem der Geschäftsführer, hatte ich über die Jahre ein vertrauensvolles Verhältnis aufgebaut. Da Herr Elias Ende der 90er eine TV-Offensive für Deutu-Produkte starten wollte, bat ich Herrn Virnich, seinen Marketingchef mit Herrn Kevin jun. zusammenzubringen, so eine Art Know-How-Transfer. Bevor Millionen versenkt würden, solle man doch bitte Herrn Elias erklären, auf was er sich da einließ. Das gelang auch, und ich weiß noch heute, was Herrn Elias als die drei goldenen Regeln des TV-Marketings mit auf den Weg gegeben wurde.

Das Storyboard NIE selbst schreiben! Immer einen Profi beauftragen, der in dieser Branche schon Erfahrung hat. NIE einen Firmenmitarbeiter in den TV-Spot stellen, sondern immer eine Profikraft. Der hässlichste Profi ist immer noch besser als die hübscheste Angestellte. Die Ausstrahlung NIE auf billige Plätze buchen, sondern zu Zeiten, wo nach Erhebungen der TV-Sender die meisten Zuschauer der Zielgruppe zuschauen, egal wie teuer das ist. Schlusstipp: Nur Profis können letztendlich erfolgreich TV-Werbung machen. Er, Herr Elias, hätte Null Chance da mitzumischen. Chupa Chups hatte für jede Produktgruppe sogar eine andere Agentur.

Was nun passierte, ist beispielhaft für das Management Deutu. Herr Elias konnte es natürlich nicht lassen, sein Storyboard selbst zu schreiben. Er sei der Inhaber des Unternehmens und wer wollte die Produktvorteile besser beschreiben können als er selbst? Dann nahm er eine gut aussehende Sekretärin aus der Firma, die nach der Wende aus Thüringen zu uns gekommen war und stark „sächselte". Letztendlich buchte er dann 7-Sekundenspots, die komplett außerhalb der Zielgruppe gezeigt wurden, aber billig waren. Die Sekretärin schaute dermaßen bescheuert in die Kamera, dass man das Gefühl bekam, sie sei eine sprechende Puppe aus Sachsen. Der von Herrn Elias erwartete Umsatzaufschwung stelle sich nicht ein. Das beworbene Produkt lag wie Blei in den Regalen, und es waren 3 oder 4 Mio. für TV-Werbung versenkt worden.

Eines Morgens sprach er mich im Flur an, wann die Leute im Haus eigentlich mit der Arbeit anfangen würden. Er käme ja jeden Tag um 09:00 h, und da wären schon immer alle Mitarbeiter anwesend. Ich erklärte ihm, dass sein Vater zu Lebzeiten jeden Morgen um kurz vor 07:00 h am Eingang stand und das Kommen kontrollierte. Die Mitarbeiter kämen also jeweils gegen 07:00 h. Oh, entgegnete ein staunender Herr Elias, das könnte ich nicht, denn dann schlafe ich ja noch.

Ein anderes Mal fragte er mich, ob er mir seine Doktorarbeit einmal mitgeben dürfe. Ich sei ja EDV-Profi, und mein Urteil interessierte ihn ungemein. Titel: Einsatz von Kybernetik für die Lagerwirtschaft in einem mittleren Fertigungsbetrieb. Der Titel war so oder so ähnlich. Über Weihnachten vertiefte ich mich in das Werk. Irgendwann im Januar befragte er mich nach meinem Urteil. Nun, Herr Elias, wenn ich nach diesem Skript Programme schreiben sollte und die kämen auch noch zum Einsatz, wären wir auf schnellstem Weg beim Insolvenzverwalter. Die Programme wurden glücklicherweise nie geschrieben, aber der Irrsinn hatte Methode und 2000 war Deutu pleite. Insolvenz.

66. Kapitel

Als Recker jun. (Elias) antrat, die Welt zu retten, waren noch ca. 7 Mio. im Säckel. Ein paar Jahre später war das Säckel leer. Es gibt einen passenden Spruch dazu: *Die Großväter gründen, die Väter bauen auf, die Enkel machen alles platt.* Hier klappte es schon im Verhältnis Vater-Sohn.

Es gelang dem Insolvenzverwalter, einen englischen Investor für Deutu zu gewinnen, der dann auch recht zügig seine englische Führungsmannschaft installierte. Ein unglaublich borniertes Haufen. Der Oberhäuptling kam mit seiner englischen Geliebten angereist, ein Mädel aus dem Schreibbüro. Die sollte nun die EDV übernehmen. Ungefähr so, wie ein Blinder, der eine Farbmischanlage bedienen soll. Einen Drucker hatte sie noch nie gesehen und dass man EDV auch mit Bildschirmen machen konnte, war ihr völlig neu. Die Jungs fielen aus allen Wolken, als man ihnen erklärte, dass ein Unternehmen in Deutschland in DM abrechnen musste und nicht in englischen Pfund, auch wenn der Inhaber ein englisches Unternehmen war. Die bevorstehende Umstellung DM/Euro interessierte die Protagonisten nicht die Bohne. Man hoffte auf eine Sondergenehmigung, das englische Pfund einzuführen. Natürlich war es für die Stammbelegschaft gut, dass die Arbeitsplätze erst einmal gesichert waren, aber die Engländer sahen in Deutu nur die Möglichkeit, ihre Produkte über die Deutu-Vertriebskanäle im deutschen Markt unterzubringen. An einer

Weiterführung der Produktion war man nicht sonderlich interessiert, und so kam es in Folge zu größeren Entlassungen.

Ich konnte dann mit dem Insolvenzverwalter meine Beschäftigung bis Ende 2000 sichern, aber dann war Schluss mit Deutu.

67. Kapitel

Es standen mir zwei Optionen zur Verfügung: EDV-Leiter bei einer Firma südlich von Koblenz. Das Angebot war finanziell sehr interessant. Ich bin die Strecke dann zur Rush Hour einmal Probe gefahren. Der Zeitaufwand lag bei täglich 2,5 – 3 Stunden Autofahrt. Das war mir zu viel und umziehen wollte ich nicht.

Das zweite Angebot kam von einer Softwarefirma in der Nähe. Die Firma hatte einen großen Auftrag an Land gezogen. Ein Verlag in Berlin wollte eine Internetplattform errichten und dort unter anderem einen Online-Shop installieren. Das ganze Projekt wurde zu 100 % vom Berliner Senat finanziert und war auf 3 - 5 Jahre geplant. Generalunternehmer: Mein Arbeitgeber. Volumen: ca. 1 Mio. DM. Ich hätte das Objekt betreuen sollen. Leider wurde die Hausbank des Berliner Senats insolvent und das Objekt starb, noch bevor es richtig begonnen hatte. Da ich als letzter in die Firma eingetreten war, konnte ich nun als erster wieder gehen.

Die Geschichte mit Romika lief jedoch weiter. Am 1. Mai 1999 bezog ich meine Wohnung im Bergheimer Süden. Von hier aus war ich mit dem Rad in 5 Minuten im Büro. Mit den Kindern und besonders mit meinem Enkelkind hatte ich weiterhin Kontakt. Es ließ sich nicht verhindern, dass ich hin und wieder auch Romika begegnete.

Im Juli 1999 rief sie mich an, wir müssten uns unbedingt treffen, der Kinder wegen. Nun war das Kinderthema schnell abgehandelt, eigentlich wollte sie etwas anderes. Sie habe ein Sonderangebot erhalten: Eine Woche Insel Lesbos, incl. Flug für 300 DM. Das sei die Chance, uns nochmal in Ruhe über alles zu unterhalten. Der Verkauf unseres Einfamilienhauses stand bevor, und es wäre unklug, die Sache übers Knie zu brechen, meinte sie. Den Rat meines Turnlehrers missachtend sagte ich zu. Schon ein paar Tage später waren wir mit dem Sonderangebot unterwegs.

Es ging von Köln nach Hamburg und von dort nach Lesbos. Knapp sieben Stunden für einen Flug, der normalerweise drei dauert. Es war dunkel, als wir landeten und hatten noch eine fast 3-stündige Busfahrt vor uns, Berg rauf, Berg runter, schier endlos. Als wir gegen Mitternacht am Ziel ankamen, waren alle Lokale geschlossen: Wir wurden vor einem völlig abgewirtschaftetem Zwei-Familienhaus abgeladen. Ein altes Mütterchen öffnete und wies uns den Weg zum Appartement im Erdgeschoss. Ausstattung: Typ Jugendherberge, vier Einzelbetten, winzige Kochecke, Dusche/WC, aber es waren zwei Flaschen mit Wasser vorhanden, die wir sofort leerten. Dann schliefen wir aber auch direkt ein.

Am nächsten Morgen wurde ich gegen 06:30 h wach und lag in meinem eigenen Schweiß, wie frisch gebadet. Die Türe weit geöffnet, um frische Luft einzulassen, aber wo sollte die herkommen? An der Wand neben dem Eingang hing ein kleines Thermometer: 29,5 Grad um 06:30 h. Draußen absolute Windstille und eine gefühlte Luftfeuchtigkeit von 99 %. Ich zog mir was über und ging los, nach einem Laden fürs Frühstück zu suchen. Auf der Straße etwas ganz Merkwürdiges: Ganz offensichtlich gingen alle Touristen mit Schwimmreifen, Luftmatratze und anderen Badeutensilien bewaffnet in die gleiche Richtung. Sch...e dachte ich mir, nun muss man mit dem Bus kilometerweit zum Stand fahren. Fehler meinerseits, die Touris gingen zum Strand, und als die Prozession gegen 07:00 h dort ankam, lagen schon -zig Menschen auf ihren Tüchern und Decken am Wasser. Ich fand auch einen kleinen Laden, in dem ich die Frühstücksutensilien erstehen konnte. Unter anderem ein 6-er Pack mit 1-Liter Wasserflaschen. Als ich nach 10 Minuten in unserer Behausung zurück war, hatte ich schon eine Flasche leer getrunken. Es war ca. 07:30 h und das Thermometer zeigte 33,5 Grad! Irgendwann waren wir mit

Frühstück, duschen und einräumen fertig. So gegen 11:00 h ging es los an den Strand. 35,2 Grad.

Die Touris, die ich gegen 07:00 h an den Stand laufen sah, kamen uns nun entgegen. Was für ein verrückter Urlaub, dachte ich. Am Strand angekommen, war da niemand zu sehen. Menschenleer! Wir dackelten also eine ganze Weile am Strand entlang und hinter einem Felsvorsprung erkannten wir, dass wir am FKK-Strand angekommen waren. 2 Pärchen lagen dort, offensichtlich Deutsche. Kurzerhand kamen wir ins Gespräch und man erklärte uns, dass es um die Mittagszeit unerträglich heiß wurde. Deshalb gingen die Leute wieder nach Hause und kamen gegen 16:00 h zurück. Die FKKler kamen mit dem Auto von einem anderen Punkt der Insel und verbrachten die Mittagszeit bis zum Hals im Wasser sitzend. Das Meer war sehr warm, mindestens 30°, aber wir ließen uns trotzdem darauf ein. Die Lokale hatten alle geschlossen, nirgends bekam man was zu Essen oder zu trinken. Erst um 16:00 h ging es wieder los, erklärte man uns. Wir dackelten also wieder zur Behausung, auf dem Thermometer waren es nun 41,5 Grad. In unserer „Hütte" herrschte Saunatemperatur, das Wasser lief uns aus den Poren, als wären die Ventile kaputt. Um 16:00 h wieder an den Strand, wir hatten die 6 Liter Wasser verdampft, es waren nun 43,5 Grad, die Tageshöchsttemperatur. Wir brauchten unbedingt Wasser und etwas zu essen. Das Essen war lecker, wie beim Griechen zu Hause. Wir schleppten 4 Pakete a 6 Flaschen Wasser in die Hütte. Dort legten wir uns in die zwei noch trockenen Betten und schliefen ein.

Stunden später wurden wir wach und lagen wieder schweißnass in der Koje. Also duschen, Wasser tanken und an den Strand, Abendessen. Die Sonne war nie zu sehen. Durch die große Hitze verdampfte so viel Meerwasser, dass immer so eine Art nebliger Schleier in der Luft hing, Wasserdunst eben. Extreme Luftfeuchtigkeit war die Folge. Mittwochs kam die Betreuerin von Neckermann, dem Verursacher unseres Sonderangebotes. Die Dame verriet uns, dass wir für nur 100 DM Zuzahlung eine weitere Woche in den Tropen verbringen könnten. Ich bot ihr 500 DM, wenn wir sofort zurückfliegen könnten. Das ging leider nicht, und so haben wir das meiste Geld für Wasser ausgegeben. Man konnte auch kein Eis haben. Wegen der großen Hitze durften keine Eismaschinen betrieben werden, die Stromversorgung wäre dann zusammengebrochen. Bier war zwar eiskalt, aber mit dem ersten Schluck wurden sofort alle Poren auf Fluten umgestellt und man war innerhalb weniger Sekunden schweißnass. Cocktails gab es, aber ohne Eis. Es blieb also nur lauwarmer Wein oder wieder Wasser. Ich war überglücklich, als wir eine Woche später nach Hause durften, natürlich wieder über Hamburg nach Köln!

Mit Romika hatte sich nichts Neues ergeben. Sie wollte alle ihre Ansprüche durchsetzen, und über meine Ansprüche sollte dann „irgendwann später" gesprochen werden. Irgendwie hatte sie gehofft, mich „rumzukriegen", damit sich all ihre Wünsche erfüllten. Das hatte aber nicht geklappt.

Ich hatte meinen Wagen in Köln am Flughafen geparkt und auf dem Nachhauseweg verlangte sie, zur Bahn gebracht zu werden. Sie wollte nicht, dass wir in Bergheim zusammen gesehen würden. Als Andenken sollte ich ihr doch bitte mein Flugticket und die Bordkarte geben. Damit hatte ich kein Problem.

Wenige Tag später treffe ich beim ALDI meine Noch-Schwiegermutter. Erbost kommt sie auf mich zu: Das ist eine Unverschämtheit von dir, lässt du die arme Romika einfach ganz alleine nach Griechenland fliegen, wo doch da die ganzen Gastarbeiter herkommen. Man weiß ja genau, was mit denen los ist. Sie tobte sich aus, und nachdem sie sich endlich beruhigt hatte, erklärte ich, dass ich nach Griechenland mitgeflogen sei, es aber gar nicht musste, da wir seit Mai getrennt lebten. Jetzt fiel der Unterkiefer in Richtung Boden und sie schnappte nach Luft. Davon wisse sie gar nichts und wollte nun erstmal mit Romika reden. Romika stritt ab, daß wir gemeinsam in Griechenland gewesen wären. Ich solle doch mal das Flugticket vorzeigen!!! Nun, als alter „Korinthenkacker", hatte ich natürlich Fotokopien und als ich die der Schwiegermutter vorlegte, gab es nur noch betretenes Schweigen.

68. Kapitel

Im Jahre 2000 wurde ich 50 und hatte mir dazu schon etwas überlegt. Ich wollte auf die Kapverdischen Inseln. Nach Fue wollte ich nicht mehr, der Rest der Kanaren war für mich verbrannt. Die Kapverden sollten noch ursprünglich und nicht so verbaut sein, viele Naturstrände ohne Urbanisation, keine Luxushotels, ein Geheimtipp eben. Über die Kinder hatte Romika davon Wind bekommen und meinte bei einem Telefonanruf, das sei doch prima, wenn sie mitfliegen würde. Da sei ich nicht so alleine, oder ob ich den jemanden hätte, der mitfliegen würde? Ich hatte niemanden, und schon wieder hörte ich nicht auf meinen Turnlehrer. Wir flogen gemeinsam, bezahlt von mir.

Traumstrände hatte ich erwartet, und die fand ich auch. Kilometerlange Sandstrände, kein Mensch unterwegs, immer so um die 25 Grad, sauberes Meer, keine Tretboote, keine Strandbars, kein gar nichts. Wie im Paradies. Natürlich lagen diese paradiesischen Zustände nicht direkt vor dem Hotelzimmer. Man musste schon eine knappe Stunde laufen, um ins Paradies zu kommen, aber das war es wert. Das Hotel bestand aus runden Bungalows, jeweils zwei Appartements in einem. Eigentlich sehr schön, ganz neu gebaut, aber von minderwertiger Bauausführung. Man hörte genau, was sich im Nachbarappartement abspielte, die Versorgung mit Handtüchern war katastrophal. Sie wurden morgens zum Wäschewaschen eingesammelt, aber nach dem Waschen nicht mehr ausgegeben. Also jeden Abend zur Wäscherei und dort nach Handtüchern fragen. Wäre das Essen in einer deutschen Mensa serviert worden, es hätte massive Studentenunruhen gegeben. Ich habe mich nach dem Urlaub bei Neckermann beschwert und bekam immerhin 15% des Reispreises zurück. Auszug aus dem Beschwerdebrief: „Die Würstchen zum Frühstück sehen nicht so aus, als ob sie am Anfang der Verdauungskette stehen, sondern bereits das Ergebnis darstellen."

Wir hatten herausgefunden, dass das wesentlich ältere Nachbarhotel zur gleichen Kette gehörte und auch die gleichen Ausweise verwendete. Wir gingen dann dort zum Frühstück und allen war geholfen. Das Abendessen nahmen wir immer im Ort ein. Es gab eine Handvoll Fischlokale, die sich durch sehr frischen Fisch auszeichneten. Morgens gegen zehn kamen die Fischer in ihren kleinen Außenbordern mit dem Fang zurück. Am Strand standen schon die Köche der Lokale mit großen, Eis gefüllten Schüsseln. Dann ging das Feilschen los, und irgendwann waren alle Fische in irgendwelchen Schüsseln gelandet. Jetzt konnte der interessierte Tourist den Fang in den Schüsseln bewundern und einen bestimmten Fisch für das Abendessen „buchen". Nach wenigen Tagen wusste man genau, welcher Koch wohin gehörte. Es waren nicht so viele. Zum Abendessen, die Küchen waren immer offen, winkte man dem Koch kurz zu, und er begann mit seiner Arbeit. Wir hatten keine Ahnung, was für Fische wir gegessen haben. Alle waren sehr lecker. Dazu gab es immer einen großen Salatteller, Reis und Vino Verde. Hatte man am Morgen keinen Fisch ausgesucht, konnte es passieren, dass man abends von einem Lokal zum nächsten wandern musste, um herauszufinden, wo es noch Fisch gab. Alternativ gab es Hühnchen von der Insel. Meist so eine Art Curry mit scharfen Gewürzen in einer undefinierbaren Sauce. Von Fleisch war abzuraten. Es kam mit Schiffen vom Festland, und von verschiedenen Urlaubern hörten wir, dass die Kühlkette offensichtlich größere Lücken aufwies. Näher möchte ich nicht darauf eingehen.

69. Kapitel

In den meisten Lokalen spielten am Abend einheimische Bands zum Essen auf. Die spielten keine Rockmusik, sondern Lieder, die die Sklaven früher bei der Feldarbeit gesungen haben. Es war schön, ihnen zuzuhören und in einer Band war keiner unter 60. Die Insel Salt war einmal das zentrale Sklavenlager. Man fuhr von hier aus mit kleinen Booten nach Afrika herüber, um „Schwarze zu fangen". Die wurden dann hier „zwischengelagert" und von Zeit zu Zeit mit großen Schiffen als Sklaven nach Amerika gebracht und dort verkauft. In der Zwischenzeit mussten sie hier in den Salinen arbeiten. Für die Betreuung der Menschen waren schwarze Frauen versklavt worden, die hier kochen, putzen, Wäsche waschen und alles andere erledigen mussten.

Im Laufe der Jahrhunderte hatten einige Europäische Nationen die Insel besessen, hier ihre Spuren hinterlassen, sich mit den Sklavinnen gepaart. Dadurch war eine einmalige Konstellation entstanden, anhand derer man die „Mendel'schen Erbgesetze" überprüfen konnte. Schwarze Kinder mit blonden, krausen oder glatten Haaren und blauen Augen waren häufig anzutreffen. Besonders augenfällig waren schwarze Frauen mit einer Haut wie Milchkaffee, langen blonden Haaren, einer atemberaubenden Figur und strahlend blauen Augen.

Die Geldbeschaffung war etwas kompliziert. Es gab keine Geldautomaten. In einer winzigen Filiale der Nationalbank konnten Urlauber gegen Reiseschecks Bargeld tauschen. Wer nur Bargeld hatte, konnte im Hotel tauschen, Abzug 30% Gebühren! Die Bank öffnete gegen neun. Meist standen schon wechselwillige Urlauber vor der Türe. Es wurde immer nur ein Tourist eingelassen, und dann begann die Prozedur. Reisepass überprüfen, Reisescheck überprüfen, Reisescheck unterschreiben und Unterschrift mit dem Pass vergleichen. Dann wurden die Daten in irgendeiner „Maschine" erfasst und mittels Akustikkoppler an die Zentrale auf einer anderen Insel übermittelt. Dann begann das große Warten, denn die eingegebenen Daten wurden in der Zentrale ausgedruckt, nochmals überprüft und irgendwann kam dann über ein Telex die kurze Nachricht, dass das Geld ausgezahlt werden könne. Nun wurde händisch ein Auszahlungsformular erstellt, der Pass wurde erneut geprüft, und endlich wurde das Geld ausgezahlt. Der Vorgang dauerte zwischen 15 und 30 Minuten. Wer nun glaubte, alle Reiseschecks auf einmal einzulösen, um Zeit zu sparen, wurde bitter enttäuscht. Man konnte pro Tag nur einen Reisescheck einlösen und wer eine zu kleine Stückelung gewählt hatte, stand quasi jeden Morgen vor der Bank.

Während der Wartezeit fiel mir ein Hochglanzprospekt auf, der offen auslag. Es war das Wahlprogramm einer der Parteien, die in der kommenden Woche gewählt werden wollte. Ich kann zwar kein Französisch, aber mir wurde schnell klar, worum es ging. Auf Doppelseite 2 - 3 prangte das Foto eines riesigen Fußballstadions im Format des Bayernvereins. Da hätte jeder Inselbewohner drei Sitzplätze für sich alleine gehabt. Doppelseite 4 - 5 zeigte die Fotomontage eines mondänen Yachthafens mit superteuren Yachten, Einkaufszentren, Boutiquen und edlen Restaurants. Bei einem jährlichen Prokopfeinkommen von unter 5000 US$ erschien mir das als unbedingt notwendig. Doppelseite 6 - 7 zeigte dann eine riesige Bibliothek in der Art der British Library. Bei einer durchschnittlichen Analphabeten Quote von 50% und der Tatsache, dass es keine geregelte Schulpflicht gab, sehr ambitioniert.

Letztendlich gewonnen hat dann das Fußballstadion. Ich war schon sehr verwundert, denn es gab auf Sal keine Kanalisation, kein fließend Wasser und auch der Strom fiel laufend aus. Diese Projekte standen jedoch nicht zur Wahl.

70. Kapitel

Zurück zum Urlaub. Natürlich hatte ich dann nach einigen Tagen meinen 50.sten Geburtstag. Romika gratulierte mir mit den Worten, dass sie leider kein Geschenk für mich habe, das sei alles viel zu kurz gewesen, um etwas Passendes zu besorgen. Das stimmt: Weihnachten und Geburtstage kommen aber auch immer völlig unerwartet. Nun, erklärte ich verständnisvoll, das sei nicht weiter schlimm, aber sie könne mir ja als Geschenk ein bisschen Liebe schenken, das wäre ohnehin besser als alles Gekaufte. Ohje, das war ein kapitaler Fehler, denn sie ging sofort und ohne Nachdenken auf mich los: Was ich mir wohl dabei denken würde? Sie sei mit mir mitgekommen, damit ich nicht alleine sei. Keineswegs habe sie daran gedacht, hier als Dienstleister den Urlaub abzuarbeiten. Was sei ich doch bloß für ein niederträchtiges, perverses Schwein. Das ging dann noch eine Weile so, dann verschwand sie wutschnaubend durch die Tür und ward nicht mehr gesehen.

Ich ging dann alleine und unbeaufsichtigt zum Strand. Dort baute ich mir mit den Füßen aus Sand einen kleinen Hügel, positionierte meine Kamera, stellte auf Selbstauslöser und mich in Position. Ich wollte auch in 100 Jahren noch wissen, wie ich an meinem 50.ten ausgesehen habe. Der Selbstauslöser tickte langsam in seine Ausgangsposition zurück, dann machte es Klick. Foto! Durch die Erschütterung fiel die Kamera jedoch um und vergrub sich sofort im losen Sand. Damals noch mit Film, Digital war für mich noch nicht erfunden. Den Film konnte ich noch retten, die Kamera war hin.

Am Abend ging ich zum Essen in das Restaurant, in dem wir meistens aßen. Auf einmal tauchte Romika dort auf. Sie habe Hunger und wollte die Karte haben. Der Vormittag wurde mit keinem Wort erwähnt, und als ich sie ansprach hieß es nur: Lass mich bloß in Ruhe! Es wurde trotz der dreißig Grad ein sehr frostiges Geburtstagsessen und die Urlaubsstimmung war dahin. War sie überhaupt je da gewesen? Sicher ist: Diesen Geburtstag werde ich nie vergessen, Romika sei Dank!

71. Kapitel

Wieder zu Hause, die Umstellungen auf das Jahr 2000 waren alle gut gelaufen, ging es daran, die Umstellung DM / Euro voranzutreiben. Deutu musste noch auf Euro umstellen, aber der Insolvenzverwalter sagte mir, das sei nicht seine Sache. Die Engländer, die den Laden gekauft hatten, interessierte das Ganze überhaupt nicht.

Chupa Chups, einer meiner größten Kunden, hatte den Vertrag mit mir gekündigt, die Mutter in Spanien stellte weltweit alle Niederlassungen auf SAP um. Die SAP-Mannschaft kam aus Barcelona und niemand von denen sprach auch nur ein Wort Deutsch. Eine solch überhebliche und nichts könnende Truppe ist mit in allen EDV-Jahren nie begegnet. Mein Part war es, die Stammdaten, Artikel, Lager, Kunden, Buchhaltung, in einer Schnittstellendatei abzustellen. Von dieser Datei ausgehend wurde dann der „Customizelauf" gestartet, der die Daten nach SAP integrieren sollte. Die SAP-Truppe war in keiner Weise kooperativ, tat so, als ob die Daten aus dem Himmel direkt in ihre Schnittstellendatei fallen würden.

Es war ein beschwerliches Ringen, die Datei zu bestücken und erst nach wochenlangen Tests stellte das SAP-Team fest, wie das Ganze überhaupt laufen sollte. Eigentlich, so zumindest der Plan, hätten die Spanier mir sagen müssen, welche Daten in welche Felder gehören. Aber das wussten sie selber nicht. Die Teamleiterin kam direkt von der Uni, hatte noch nie mit SAP gearbeitet und war völlig ahnungslos, was EDV betraf. Die Truppe flog jeden Montag ein und Freitag wieder zurück. Ich bemerkte, dass einige Teammitglieder gar keine Arbeit hatten, sich also nicht mit der Umstellung beschäftigen. Nach einigem Nachbohren stellte sich heraus, dass Mitarbeiter, für die man in Spanien keine Verwendung hatte, einfach nach Deutschland geschickt und damit auf die Lohnliste gestellt wurden. Während ich mit 100 DM / Stunde recht preiswert war, nahm das SAP-Team 250 DM und war mit 5 - 8 Mann vor Ort.

Irgendwann lief dann alles recht mühsam an. Es stellte sich heraus, dass die SAP-Spezialisten die Anbindung an die Lagerbuchhaltung „vergessen" hatten. Niemand in Bonn wusste, welche Artikel am Lager verfügbar waren, was bestellt und was verkauft war. Chupa Chups geriet in ernste Schwierigkeiten, mussten doch erhebliche Vertragsstrafen wegen Nichtlieferung gezahlt werden. Die Mutter in Spanien half dann mit einem Kredit über mehrere Millionen aus.

Es gab damals den folgenden Spruch: Wie macht man erfolgreich eine Firma platt? 1. Mit Frauen, das ist am schönsten. 2. Verzocken, das ist am sichersten, 3. Mit SAP, das geht am schnellsten. Und auch: Das Teuerste an SAP sind die Rechtsanwälte, die man nach dem Scheitern der Installation benötigt.

72. Kapitel

2001 wurde in Bergheim eine Villa aus der Gründerzeit in bevorzugter (teurer) Wohnlage in Eigentumswohnungen umgebaut. Im Dachgeschoß entstand eine Wohnung, die mich interessierte und die ich mir auch leisten konnte. Bei einem der offiziellen Besichtigungstermine traf ich auf Romika. Sie interessierte sich ebenfalls für die Dachwohnung. Wir kamen ins Gespräch und sahen uns auch alle anderen Wohnungen an. Im Erdgeschoß wurde eine 160qm Wohnung erstellt. 400.000 DM. Ich machte Romika klar, dass ich mir das nicht leisten konnte, und wir gingen unserer Wege. Später rief sie mich jedoch an und fragte nach einem Treffen. O.K. sagte ich und dann ging der Ärger erst richtig los. Ich hatte rein gar nichts gelernt.

Im Grunde war es nichts anderes, als die Neuauflage unserer „Wiedervereinigung" von 98/99, nur viel, sehr viel schlimmer. Sie, Romika, habe nichts Neues gefunden, sei immer so alleine und todtraurig. Die schönste Zeit ihres Lebens habe sie mit mir verbracht. Sie könne und wolle nicht einsehen, dass das nun alles vorbei sei und nie mehr wiederkommen würde. (Der Urlaub auf den Kapverden wurde mit keinem Wort erwähnt) Ja, sie wusste, an welchen Fäden gezogen werden musste. Nach langem Hin und Her einigten wir uns darauf, dass wir 14 Tage gemeinsam Urlaub machen würden. Auch diesmal warnte der Turnlehrer eindringlich, aber auf verlorenem Posten. Wenn wir im Urlaub feststellen würden, dass es wieder zwischen uns funktioniert, könnten wir über den Kauf der Wohnung nachdenken. Wir fuhren in die Toscana. Ihr Zigaretten- und Alkoholkonsum war nicht wirklich weniger geworden, aber sie versprach mir in die Hand, dass sie sofort nach dem Urlaub damit aufhören werde. Romika sagte auch, dass sie nicht böse sein, wenn ich mir fürs Bett jemand anderen gönnen würde. Sie sei in einem Alter, in dem man sich aus Sex nichts mehr viel mache und sie wolle meinem Sexbedürfnis nicht im Wege stehen.

73. Kapitel

Die Toscana war wirklich großartig. Verträumte Orte, wie aus dem Mittelalter. In San Gimignano hatte ich das Gefühl, dass jeden Moment ein Ritter hoch zu Pferde um die Ecke kommt. Auch Volterra war wunderschön und in Sienna haben mir die kleinen Gassen mit den vielen, kleinen Geschäften gefallen. Wir wohnten auf einem „Edelbauernhof", mit Pool, in einer umgebauten Scheune. Stylisch, würde man heute sagen. Natürlich konnte man handgekeltertes Olivenöl kaufen. Das Essen war überall einfach und sensationell.

Ich neige nicht zu Superlativen, aber wenn man mit dem Auto über Land fuhr, auf kleine Gasthöfe ohne Busparkplatz achtete, wurde man immer sehr gut bedient und bekam ausgesprochen leckeres Essen.

Der Urlaub war „ganz nett", aber eigentlich nichts Überzeugendes. Trotzdem einigten wir uns darauf, wieder zusammenzuziehen und die Wohnung zu kaufen. Erst später, viel zu spät, habe ich erfahren, dass es ihr nur um diese Wohnung ging. Sie wäre mit dem Teufel in die Kiste geklettert, wenn sie dadurch an die Wohnung gekommen wäre. Das Unheil nahm also seinen Lauf.

Die gekaufte Wohnung war zum vereinbarten Einzugstermin nicht einzugsfertig. Überall waren noch Handwerker zugange, die Restarbeiten durchführen mussten. Ich hatte zwischenzeitlich einen Gutachter damit beauftragt, die Mängel aufzulisten und dem Bauträger ordentlich Druck gemacht. Der wiederum war bockig, hatte er sich wohl mächtig verkalkuliert und wollte ohne die Restarbeiten aus der Nummer herauskommen. Da Romika und ich jeweils unsere Wohnung gekündigt hatten und ausziehen mussten, zogen wir ins Hotel Maritim in Königswinter. Da musste es dann eine Suite sein, da Romika noch immer stark rauchte und ich keinesfalls in der verqualmten Luft schlafen wollte. Natürlich hätte Romika außerhalb des Zimmers rauchen können, aber dann wäre sie ja nicht Romika gewesen. Mit dem Rauchen aufhören, ging nun jetzt gerade nicht, da sie unter enormen Umzugsstress stand, und das Aufhören wäre nun wirklich zu viel des Guten gewesen. Das musste ich doch einsehen.

Gleich am ersten Abend versackte sie in der Hotelbar, und als ich am nächsten Morgen gegen 06:30 h aufstand, sah ich, dass sie auch noch die ganze Minibar platt gemacht hatte. Ich schaltete den Fernseher an und sah, wie ein Flugzeug in das „World Trade Center" bretterte. Nun, was für ein „Scheiß Horrorfilm" am frühen Morgen, dachte ich mir und wechselte den Kanal. Überall das Gleiche, und so langsam dämmerte es mir, das war kein Film, das war real! Es war der 11.09.2001, nicht nur Amerikas schwärzester Tag der

Geschichte, sondern auch meiner. Ich wusste jetzt, das ging voll daneben. Sie hatte mich schon wieder reingelegt. Als sie später aufstand und ich auf die leeren Minibarfläschchen zeigte, hieß es nur: „Puh, das geht Dich gar nix an." Die ganze Woche ging es so weiter. Wir mussten schließlich umziehen, der Bauträger wollte das Maritim nicht mehr bezahlen. Wir zogen nach Bergheim in das Tagungshotel der deutschen Versicherungswirtschaft. Die ideale Umgebung für Romika. Jeden Abend die Bar voller Männer!

Ich stand auf verlorenem Posten. Angesprochen erklärte sie: „Ich bin voller Stress wegen des Umzuges und der Hotelunterbringung. Da brauch ich das." Nach dem Umzug hieß es dann: „Die Änderungen in meinem Leben, die nun erfolgen, machen mir Stress. Da brauch ich das eben."

Für mich waren es die gleichen Änderungen, auch ich zog nach Jahren des Alleinseins wieder mit ihr zusammen, und das Hotelleben war nun wirklich nicht schön. Aber rauchte ich deshalb oder verbrachte meine Abende saufend an der Bar?

Der Umzug war erfolgt, die Möbel standen. Aber es standen auch ca. 75 Umzugskartons mit Romikas Klamotten überall in der Wohnung herum. Die gnädige Frau musste samstags zu einem „lang vorher vereinbarten Termin" übers Wochenende weg. Der Termin war die Hochzeit einer Freundin aus dem „Kölner Treff". Der Ehemann hatte sich scheiden lassen und nun gab es einen Neustart mit einem anderen Idioten. Bekannte von uns fuhren ebenfalls zu dem Termin, kamen aber Samstagabend wieder zurück. Romika hingegen traf Sonntagnachmittag wieder ein und war schlecht gelaunt. Es war wohl alles nicht so gelaufen, wie sie es geplant hatte. Ich fragte auch nicht nach, sondern wies auf die umherstehenden Kartons und fragte, wann die eingeräumt werden würden. Na, jetzt auf jeden Fall nicht, war die erschöpfende Antwort.

74. Kapitel

Ich hatte alle Aschenbecher entfernt, denn, so war der Deal, in der Wohnung wurde nicht mehr geraucht. Dieser Deal war ihr aber nicht mehr erinnerlich und natürlich wurde nach einem Aschenbecher gesucht und der lebende Vulkan setzte sich in Brand. Auch wurde in irgendeiner Ecke eine Weinflasche gefunden, die ihr Leben lassen musste. Interessanterweise tauchten weitere Weinflaschen auf, obwohl sie ja dem Alkohol abgeschworen hatte. Später fand ich auch Weinflaschen in den Blumenkästen versteckt. Die, so die Erklärung, seien für Rocky, wenn er uns mal besuchen wollte und es wäre niemand zu Hause. Wasser wäre nicht möglich gewesen? Die Tatsache, dass er gar keinen Alkohol trinken durfte, war nicht wichtig. Mir war klar, dass ich verloren hatte. Nicht nur mich, sondern auch eine ganze Menge Geld.

Eigentlich kehrte nie Ruhe ein. Sie qualmte wie in ihren besten Tagen und zwei Weinflaschen am Abend war der Standard. Entsprechende Vorhaltungen wurden denn auch mit Romikas eigenem Charme entkräftet. „Ich bin eine moderne Frau! Ich rauche und trinke wie alle modernen Frauen, die mitten im Leben stehen! Davon hast Du Kretin doch überhaupt keine Ahnung. Ich wundere mich sowieso, warum ich wieder auf Dich reingefallen bin." Da war es wieder: Ich bin schuld!

Es war Krieg! An Sex oder Zärtlichkeiten war überhaupt nicht zu denken. Eines Morgens, so gegen 07:00 h, klingelte es und der Gerichtsvollzieher stand vor der Türe. Ich war gerade dabei, Romikas Leergut von einer Woche, 14 Weinflaschen und eine Flasche Schnaps, zu sortieren und im Flur aufzubauen. „Ich habe eine einstweilige Verfügung für Sie", waren seine Worte. Unter Androhung einer Geldstrafe in Höhe von 10.000,00 € wurde mir ab sofort untersagt, zu behaupten, dass Romika Alkoholiker sei. Es wurden noch weitere Dinge angedroht bzw. verlangt. Ich verwies auf die eindrucksvolle Leergutparade und sagte: „Dann nehmen Sie doch auch bitte direkt das Leergut mit!" Nein, er sei nur das zustellende Organ, mit der Sache selbst habe er rein gar nichts zu tun.

75. Kapitel

Nun, da konnte ich nichts mehr tun, das war ein klarer Fall für den Anwalt. Nach unserem ersten Trennungsjahr hatte ich die Scheidung beantragt, hatte also schon eine Anwältin. Leider habe ich damals eingewilligt, den Antrag zurückzunehmen. Was für ein Idiot ich war! Ab diesem Moment war mir natürlich auch klar, dass diese „Beziehung" nun endgültig gescheitert war.

Die Anwältin legte Widerspruch ein, es wurde eine Gerichtsverhandlung anberaumt. Wir lebten immer noch in der Riesenwohnung, in der Romika ein eigenes Zimmer hatte. Der Richter stellte nach den üblichen Vorbemerkungen dann auch direkt die erste Frage an Romika: „Wo sind ihre Zeugen?" Romika: „Was für Zeugen?" Richter: „Sie haben hier eine schwerwiegende Behauptung aufgestellt und da müssen Sie Zeugen beibringen, die bestätigen, dass Ihr Mann gesagt hat, Sie seien Alkoholiker!" Romika: „Ja, so direkte Zeugen habe ich nicht, aber ich weiß genau, dass er das gesagt hat." Richter: „Das genügt nicht!" Dann Frage an mich: „Haben Sie so etwas gesagt?" „Ja, ich habe mit unserer Tochter darüber gesprochen, dass mir der Alkoholverbrauch der Mutter Sorgen mache." Richter: „Die Tochter ist Familie und mit der können Sie reden, über was Sie wollen."

Der Richter wies den Antrag auf einstweilige Anordnung zurück. Nächster Punkt war, dass Romika beantragt hatte, sie müsse ungehinderten Zugang zu meinem PC haben. Ich konnte die Rechnung vorlegen, dass der PC zu meinem Betriebsvermögen gehörte und auch dieser Punkt wurde abgelehnt.

Romika hatte ebenfalls beantragt, dass die mittlerweile erreichte Trennungszeit von 3 Jahren aberkannt wurde, da wir ja zwischenzeitlich zusammengewohnt hatten. Sie wollte, dass die Trennungszeit nun erneut anläuft. Der Richter lehnte das ab, es handele sich nur um einen Versöhnungsversuch, der die Trennungszeit nicht unterbricht. Zu mir gewandt erklärte er: „Sie können morgen schon die Scheidung einreichen, das Gericht sieht hier keine Probleme." Nun wurde der Richter aktiv: „Für mich ist die Ehe gescheitert und ich ordne an, dass Frau Robson innerhalb von 6 Wochen nach diesem Termin die gemeinsame Wohnung verlässt! Sehen Sie zu, wie Sie sich über das gemeinsame Leben in der Wohnung bis dahin einig werden!"

Der Richter wollte gerade die Verhandlung schließen, als Romika in den Gerichtssaal schrie: „Und was ist mit meinen Möbeln?" „Was für Möbel?" entgegnete der Richter, sichtlich verärgert. „Als wir wieder zusammengezogen sind, habe ich alle Möbel mitgebracht. Die will ich wieder mitnehmen, wenn ich ausziehen muss." Der Richter fragte mich: „Stimmt das so wie geschildert?" „Nein, ich hatte ja auch Möbel in meiner Wohnung, die sind nun ebenfalls in der gemeinsamen Wohnung. Die möchte ich behalten." Der Richter, am Ende seiner Geduld: „Passen Sie mal auf Frau Robson: Zwei Tage, bevor Sie ausziehen, geben Sie Ihrem Mann eine Liste mit den Möbeln, die Sie mitnehmen wollen. Ist Ihr Mann einverstanden, nehmen Sie das mit, was auf der Liste steht. Ist er nicht einverstanden, kann er den Gerichtsvollzieher rufen, der alle Möbel mit einem Pfändungssiegel versieht. Sie haben dann die Möglichkeit, jedes Möbelstück einzeln heraus zu klagen. Die Verhandlung ist beendet."

76. Kapitel

Anschließend fuhr ich ins Büro. Als ich abends wieder in die Wohnung kam, lag Romika im Bett. Sie hatte wohl nach der Verhandlung ihren Sieg so kräftig begossen, dass sie sich nun von der Siegesfeier ausruhen musste.

Die nächsten Wochen waren natürlich mehr als unangenehm. Wir hatten zwei Bade- / Schlafzimmer, da gab es nur geringe Berührungspunkte. Ich baute in dem riesigen Wohnzimmer aus Platten und Holzböcken eine eigene Ecke für mich. Irgendwie haben wir überlebt, und als Romika dann auszog, gab es keinen Ärger mit den Möbeln.

Viele haben mich später befragt, warum ich bloß so blöd war. Der Turnlehrer hat's gewusst. Ich nicht! Wer noch nie mit reinen Narzissten zu tun hatte, fragt sich wahrscheinlich, warum ich eigentlich immer wieder auf den gleichen Trick hereinfallen konnte. Narzissten können sich in dem einem Moment liebevoll, anziehend, zärtlich, ja devot und unterwürfig geben, wenn es ein Ziel zu erreichen gilt. Sie versprechen das Blaue vom Himmel und mehr, viel mehr, Hauptsache, der Zweck wird erreicht. Sie beherrschen die Klaviatur der Gefühle grandios. Schon im nächsten Moment sind sie aggressiv, hasserfüllt, überheblich und herablassend. Einmal gegebene Versprechen sind nun Schall und Rauch. Ich empfehle das WWW als weitere Informationsquelle. Ich hatte mir ein Buch darüber besorgt und als ich es las, stellte ich zu meiner Überraschung fest, dass der Autor Romika gekannt haben muss. So deutlich konnte er sie beschreiben. Fast jede ihrer Handlungen und Verhaltensweisen wurde da exakt beschrieben. Eine narzisstische Persönlichkeitsstörung ist immer krankhaft und wenn ich das damals schon alles gewusst hätte, wäre mir vieles erspart geblieben.

Allerdings hatte ich nun die Wohnung an der Backe. Die kostete rund 2.000 € im Monat, und ich hatte keine Arbeit. Die Vereinbarung war, dass Romika die Hälfte der Kosten bezahlte, was allerdings in den sechs Monaten „Gemeinsamkeit" nicht ein einziges Mal geschah. Der Richter hatte entschieden, dass sie nach dem erfolgten Auszug nichts mehr zu zahlen hatte. Aber sie hatte auch schon vorher nichts bezahlt. Unter Eheleuten gibt es den Tatbestand des Diebstahls nicht, so dass das alles unbehelligt blieb.

Als klar war, dass die Ehe gescheitert war, machte ich mich wieder auf die Suche. Ja, erstaunlich, aber ich bekam den Hals einfach nicht voll. Über das Internet fand ich in Aachen eine Frau. Claudia, geschieden, zwei Kinder. Sie betrieb einen Imbiss und wohnte in einem Reihenhaus. Wir kamen uns sehr schnell näher, ich besuchte sie zu Hause, lernte ihre Kinder kennen, und das Ganze versprach nun, eine endgültige Lösung zu werden. Was mich anfangs gar nicht so recht interessierte, war die Tatsache, dass ihr Vater im Reihenhaus direkt daneben wohnte. Sie hingegen war eine Frau, wie ich sie bis dahin nicht erlebt hatte. Sie war überaus einfühlsam, sexuell äußerst interessiert und auch erfahren. Es wurde mir geschmeichelt, wo immer es möglich war. Laufend rief sie an und erklärte ihre große Liebe zu mir, wie glücklich sie mit mir sei, wie sehr sie sich nach unserem nächsten Treffen sehnte. Ja, ein Leben ohne mich könne sie sich nicht mehr vorstellen und so weiter. So etwas war völlig neu für mich und ich habe dabei übersehen, wie der Turnlehrer mit der roten Fahne winkte.

Eines Tages erklärte sie mir völlig unvermittelt, dass ihr Vater gegen unsere Beziehung sei und sie leider mit mir Schluss machen müsse. Nun war sie keine Minderjährige, sondern 35 Jahre alt und ich fragte mich, was der Vater damit zu tun habe. Leider wollte sie sich dazu überhaupt nicht äußern, und der Versuch, mit dem Vater zu reden, scheiterte kläglich. Ich hatte ihre Freundin kennen gelernt und rief sie an, um meinen Wissensdurst zu stillen. Nun erfuhr ich Dinge, die mich vor Wut aufschreien ließen. Offensichtlich war sie als Mädchen vom Vater missbraucht worden, und auch als Claudi schon verheiratet war, machte er sich an sie heran. Er besaß einen Schlüssel zu ihrem Haus und machte davon auch Gebrauch, wann immer es ihm passte. Er sah in mir einen Nebenbuhler, den er unbedingt beseitigen musste. Die Tochter war total hörig und machte, was er wollte. Die Freundin empfahl mir auch, mit dem Exmann von Claudi zu reden, gab mir sogar Telefonnummer und Anschrift.

Der Ex war gerne bereit, mit mir am Telefon zu reden und klärte mich auf: Er habe einen gut laufenden Handwerksbetrieb besessen, und eines Tages habe ihn die Bank angerufen, sein Konto wäre stark überzogen, es müsse gesperrt werden. Claudi, seine Ehefrau, die die Buchhaltung erledigte, erklärte, das sei alles ein Missverständnis und das käme schon in Ordnung, er müsse sich keine Sorgen machen. Irgendwie traute er dem Braten nicht und rief seinen Steuerberater an. Der erklärte ihm, dass er schon einige Male mit Claudi gesprochen und darauf hingewiesen habe, dass die Barabhebungen in keinem Verhältnis zum Umsatz standen. Was bloß mit all dem Bargeld geschehen würde? Nun, dem Ex war davon überhaupt nichts bekannt und er stellte Claudi zur Rede. Es hatte wohl eine ganze Weile gedauert, bis Claudi mit der Wahrheit herauskam. Das Geld, weit über 100.000 DM, hatte sie ihrem Vater gegeben. Der, ein stadtbekannter Hurenbock und Zocker, hatte ihr immer wieder Geld für sein Amüsement abgepresst. Es stellte sich nun auch heraus, dass Claudi die Abtragungen für ihr Haus und das des Vaters bezahlte. Außerdem war er wohl wegen Konkursbetrug rechtskräftig verurteilt, arbeitete nicht, lebte ausschließlich auf Kosten seiner Tochter. Sein Auto wurde von ihr bezahlt, und wenn ihm danach war, fuhr er zu ihrem Imbiss und nahm so viel Bargeld aus der Kasse, wie vorhanden war.

Es war klar, dass solch ein Mistkerl jede Einmischung von außen sofort torpedierte. Außerdem bestand die große Gefahr, dass Claudi mit den Kindern von Aachen weg und zu mir zog. Damit hätte er keinen Dukatenesel mehr. Das war alles ungemein erschütternd für mich. Meine Therapeutin erklärte mir, sofort die Finger davon zu lassen, denn gegen den Vater hätte ich Null Chance. Offensichtlich würde er sie auch heute noch missbrauchen, sonst hätte er nicht so eine Macht über sie.

Ganz am Boden zerstört war ich, als ich dann einen Anruf von „Rainer" erhielt. Der erklärte mir am Telefon, dass ich die Finger von seiner Freundin lassen solle. Durch Zufall habe er von mir erfahren und wolle mir mitteilen, dass er schon seit Monaten der feste Freund von Claudi sei. Ich solle mich zum Teufel scheren. Mein Einwand, dass Claudi noch vor zwei Tagen mit mir das Lager geteilt habe, machte ihn sichtlich wütend. Er legte auf.

Irgendwie war ich total benommen. Da hatte sie tatsächlich über Monate hinweg mit zwei Männern regelmäßig Sex und jedem von den Jungs hatte sie ihre endlosen Liebesschwüre serviert. Ich sprach noch mal mit der Freundin und die bestätigte das Konglomerat. Reiner sei verheiratet, 2 kleine Kinder und wohnte in einem Nachbarort. Da bestand keine Gefahr für den Vater, dass sein Dukatenesel aus der Region verschwand. Ich habe tagelang nicht mehr richtig geschlafen, hatte keinen Appetit und verlor neun Kilo in einer Woche. Später erholte sich mein Gewicht erfreulicherweise davon.

77. Kapitel

Meine undefinierte Krankheit zeigte sich immer deutlicher. 1999 hatte ich eine Frau kennen gelernt. Eine sehr gut aussehende Kommissarin, die bei der Kripo arbeitete. Sie traf ich an der Siegfähre, ein Ausflugslokal bei Bonn. Ich war direkt von ihr angetan. Als wir uns verabschiedeten, meint sie, sie habe schon mal einen netten Mann kennengelernt, der behauptet habe, er sei Single. Leider wäre das gelogen gewesen. Ob ich etwas dagegen hätte, wenn sie einmal in meine Wohnung mitkäme. Prüfen, ob ich alleine wohnen würde. Nun, da hatte ich nichts dagegen, und sie fuhr mir hinterher. Ich zeigte ihr meine Wohnung, sie inspizierte die Kleiderschränke und offensichtlich war sie zufrieden, denn sie kam unvermittelt auf mich zu, legte die Arme um mich und küsste mich, heiß und fordernd. Was kann Mann da machen? Nachgeben und ausziehen, war die einzige Lösung, die passte. Wir hatten sehr viel Spaß miteinander und später erklärte sie, dass sie seit der Scheidung vor 18 Monaten keinen Sex mehr gehabt habe.

Sie und ihr Ehemann, Polizist, seien mit einem Pärchen befreundet gewesen, ebenfalls bei der Polizei. Sie wären unzertrennlich gewesen, bis urplötzlich der andere Mann am Herzinfarkt gestorben sei. Da sei ihr eigener Ehemann zu der Witwe gezogen und habe erklärt, dass er der Vater des Kindes sei, dass die Witwe vor einigen Jahren zur Welt gebracht habe. Da habe sie einen Nervenzusammenbruch gehabt, von dem sie sich nur schwer erholen würde.

Irgendwann schliefen wir ein, und als ich wach wurde, war es schon 09:00 h. Sie hingehen sollte schon um 07:00 h zum Dienst erscheinen. Ich weckte sie, und sie rief bei der Dienststelle an, das Auto sei kaputt, sie würde einen Tag frei nehmen. Ich stellte die Kaffeemaschine an und in der Zeit, in der der Kaffee durchlief, beschäftigten wir uns miteinander.

Für den September hatte ich einen Urlaub geplant. Ich wollte nochmal nach Fue, vielleicht zum letzten Mal, aber diesmal in ein Hotel. Sie wollte gerne mitkommen und bezahlte ihren Anteil. Wir flogen also los, und es lief am

Anfang auch recht gut. Mir fiel an mir auf, dass ich Probleme hatte, Wasser aus einer vollen Wasserflasche in ein Glas zu füllen. Ich konnte die Flasche mit der rechten Hand einfach nicht festhalten. Nun, dachte ich, das wirst du zu Hause mal untersuchen lassen. In der Zwischenzeit machte ich alles mit links.

Irgendwann wollte ich mir am Strand ein Eis holen. „Soll ich Dir eins mitbringen?" „Ja, sehr gerne". „Welche Sorte?" „Egal." Als ich mit den Eis gefüllten Hörnchen zurückkam, nahm sie ihres in die Hand und schaute verwundert darauf. „Was soll ich damit? Ich mag kein Eis." Sie schmiss es in den Sand und ich guckte verwundert. „Du hast Dir doch bei mir ein Eis bestellt!" „Hab ich nicht, ich mag kein Eis." Das war schon mehr als komisch. Nur wenig später fragte sie mich, ob ich ein Geheimnis bewahren könne. Ja, ich denke schon. Vielleicht kam ich so hinter das „Eis-Geheimnis".

Sie, Gabi, wäre bei der Polizei hinter eine Riesensauerei gekommen, in der der Polizeipräsident eine ganz entscheidende Rolle spielen würde. Es ginge um richtig viel Geld, und sie habe das Gefühl, man wisse, dass sie Informationen darüber habe. Ich solle also immer die Augen offen halten, ob sich uns oder ihr irgendjemand nähern würde, der bewaffnet sei. Offensichtlich wolle man sie erschießen. Nun, wir hielten uns immer am FKK-Strand auf, da war es schwer, bewaffnet herumzulaufen. Und abends im Hotel? Ich versuchte, sie zu beschwichtigen und zu beruhigen, aber sie hatte sich da richtig festgebissen. Wir gingen ins Hotel zurück.

Mir war aufgefallen, dass sie sich permanent an den Haaren zog und diese auch ausriss. Warteten wir auf Essen oder Getränke, zibbelte sie immer an den Haaren, und wenn wir aufstanden und weggingen, lag immer ein Puschel Haare auf dem Boden. Nach wenigen Tagen war die Dusche mit ausgerissenen Haaren verstopft. Darauf angesprochen, zuckte sie nur mit den Schultern und schaute mich verständnislos an. Was ich bloß wolle?

Abends war sie nach nur einem Cocktail schon ziemlich besoffen, so dass ich ihr nur alkoholfreie Drinks bestellte. Außerdem schlief sie unheimlich viel. 24

Stunden am Stück waren kein Problem. Wenn ich sie morgens fragte, ob sie mit an den Strand kommen würde, etwas herumlaufen, war die Reaktion häufig: Ach, lass mich noch etwas liegen, ich komme später nach. Kam ich am späten Nachmittag zurück, lag sie noch immer im Bett und schlief. Unser Verhältnis entwickelte sich in eine Richtung, die mir nicht gefiel. Ich sprach mit ihr darüber, aber sie guckte nur verständnislos. Das konnte sie sehr gut. Im Bett lief es prima, aber das ist ja nicht alles. Ab und an erzählte sie mir irgendwelche Schauergeschichten, die sie selbst erlebt haben wollte. Hatte man dazu wenig später eine Rückfrage, wusste sie nicht mehr, worum es ging. Irgendwie bekam ich immer mehr den Eindruck, ich hätte es mit zwei verschiedenen Personen zu tun. Auf dem Rückflug wollte sie, dass ich ihr im Abflughafen eine kleine Dose Lutscher kaufte. Die schmiss sie dann sofort weg. „Ich mag keine Lutscher." Mir war klar, dass die Sache zu Hause ein Ende finden müsse. In Köln lieferte ich sie samt Gepäck in ihrer Wohnung ab und fuhr nach Hause.

Am nächsten Morgen klingelte schon sehr früh das Telefon. Am anderen Ende: Die Schwester von Gabi. Sie fragte, wie es im Urlaub gewesen sei und ich erzählte ihr von meinem Verdacht auf „zwei Personen". Ja, bestätigte sie mir, ihre Schwester sei seit der Scheidung wegen einer „Stoffwechselstörung" in Behandlung, müsse jeden Tag bestimmte Tabletten einnehmen. Kann sein, sagte ich, aber im Urlaub hatte sie keine Tabletten dabei. Ja, das habe sie sich schon gedacht, denn Gabi sei letzte Nacht mit voller Wucht gegen einen Baum gefahren und läge nun im Krankenhaus in Norddeutschland. Sie sei nicht schwer verletzt, aber einige Tage müsse sie zur Beobachtung bleiben. Offensichtlich war sie, nachdem ich sie in Köln abgeliefert hatte, nach Hause zu ihren Eltern gefahren und dort verunglückt. Die Schwester berichtete mir auch, dass Gabi schon seit Monaten krankgeschrieben sei. Der zuständige Amtsarzt wollte sie unbedingt sehen, aber sie verweigerte einen Termin mit der Begründung: sie sei krank. Offensichtlich ging es darum, sie komplett dienstuntauglich zu schreiben. Die Stoffwechselstörung war in Wirklichkeit Schizophrenie. So eine hübsche Frau und dann im Kopf nicht ganz richtig. Was für ein Jammer! Ich hätte ihr wirklich sehr gerne geholfen, wenn sie auch nur ein einziges Mal mit mir über ihre Krankheit gesprochen hätte.

78. Kapitel

Zu Hause suchte ich einen Orthopäden auf. Der machte eine ganze Reihe von Untersuchungen mit mir, einschl. MRT, konnte aber nichts finden. Er empfahl mir einen Neurologen. Der erste wollte unbedingt eine Rückenmarkpunktion machen, was ich ablehnte. Bei Dr. Dorn fühlte ich mich besser aufgehoben, und er überwies mich an die Uniklinik Bonn, Neurologische Abteilung. Die dortigen Untersuchungen führten zu keinem Ergebnis. und man schickte mich wieder nach Hause. Ich begann dann, im Internet nach dem Krankheitsbild zu suchen, und Ärzten, die sich damit auskannten. In Folge war ich dann bei insgesamt vier Ärzten und zwei Unikliniken, die mich alle erfolglos untersuchten. Der letzte Arzt, irgendwo bei Dortmund, meinte, dass er die Praxis von einer Neurologin übernommen habe, die sich mit geheimnisvollen Krankheiten gut auskennen würde. Er würde versuchen, sie zu erreichen. Die gute Frau, Ende 70, erschien auch wenig später in der Praxis und zum xten Mal erzählte ich meine Krankengeschichte. Ja, sie habe da eine Idee. Sie würde den Direktor der Neurologischen Abteilung der Uni Bonn anrufen, mit ihm sprechen und einen Termin vereinbaren. Offensichtlich kannte sie ihn sehr gut. Bereits am nächsten Tag war ich wieder in Bonn.

Erneut wurden die mir bekannten Untersuchungen durchgeführt, aber auch andere, sehr schmerzhafte, die mir nun gar nicht gefielen. So ungefähr muss es sein, wenn der KGB Spione verhörte. Alle Finger und Zehen wurden mit Elektroden versehen. Mir wurde im Liegen eine dicke Metallplatte hinter den Kopf geschoben, ebenfalls voller Elektroden. Der Spaß konnte beginnen. Stromstöße gingen von der Metallplatte aus in den Kopf und durch den ganzen Körper, in unterschiedlicher Stärke. Der Effekt war der wie bei einem Defibrillator. Der Körper zuckte und sprang hin und her, ohne dass ich das beeinflussen konnte. Es waren höllische Schmerzen, und Stunden später war der Spaß zu Ende. Nein, es waren nur ein paar Sekunden, aber mir war es wie

Stunden vorgekommen. Ich war klatschnass und zitterte am ganzen Körper. Ich musste eine Weile auf der Liege verharren, mein Kreislauf musste sich wieder normalisieren. Letztendlich erfuhr ich immerhin, welche Krankheit ich nun hatte. „Multifokale axonale motorische Neuropathie", eine Autoimmunerkrankung. Meine weißen Blutkörperchen, eigentlich die Körperpolizei, die Eindringlinge von außen bekämpfte, hatten sich entschlossen, meine Nervenzellen anzugreifen. Sie blockierten die Nervenbahnen und sorgten dafür, dass die Anweisungen aus dem Gehirn nicht mehr ausgeführt werden konnten.

Wie der Professor mir erklärte, sei das die Folge von jahrelangem Missbrauch durch permanente Überlastung des Körpers. Niemand könne ungestraft 70 - 80 Stunden die Woche über Jahre hinweg arbeiten. Ich, so seine Worte, hätte ein sehr starkes Herz, sonst wäre ich schon viel eher an einer Herzkrankheit erkrankt oder gestorben.

Was man dagegen tun könne, so meine Frage. Eigentlich nichts. Man weiß nicht, warum die weißen Blutkörperchen sich so verhalten und wie man das eventuell ändern könne. Die Krankheit sei sehr selten und für die Industrie nicht als Forschungsobjekt geeignet, da zu wenig Erkrankte. Man könne es mit Immunglobulin versuchen. Darin seien gesunde weiße Blutkörper. Die erkennen die kranken und vernichten diese. Da der Körper aber ungehemmt weiterhin kranke, weiße Blutkörperchen produzieren würde, wären die gesunden bald weg und man müsse erneut eine Infusion haben.

Deprimiert ging ich nach Hause und teilte Dr. Dorn das Resultat mit. Ich bekam dann Immunglobulin intravenös und tatsächlich wurde es besser. Die Infusion konnte die Krankheit zwar nicht zurückdrängen, aber den Verlauf hemmen. Leider kostet eine Infusion rund 4.000 € und das alle 14 Tage. Die Krankenkasse war hellauf begeistert, und als ich später wegen der Rente, die private Krankenkasse verlassen und zur BEK wechseln musste, lehnte diese die Übernahme der Infusionskosten ab. Man sei von Seiten der BEK bereit, mir einen Rollstuhl zu finanzieren, aber Kosten in der Höhe von ca. 100.000 DM / Jahr würde man ablehnen. Ich verklagte die BEK auf Übernahme der

Kosten, und das Sozialgericht gab mir Recht. Die BEK musste das Medikament zahlen.

Konnte ich anfangs keine schweren Gegenstände greifen, so konnte ich nun nicht mal mehr ein Messer beim Essen festhalten. Es war nun auch für Außenstehende nicht mehr zu übersehen, dass ich behindert war. Die Tatsache, dass mir anfangs niemand erklären konnte, um was es sich handelte, machte mich verrückt. Mein Arzt legte mir nahe, einen Rentenantrag zu stellen. Das war wirklich eine besch...e Situation. Aufgrund des Rentenantrages kam ich in die Schmieder-Klinik am Bodensee. Dort kümmerte man sich wirklich vorbildlich um mich und empfahl eine 50%ige Erwerbsminderungsrente. Der Rentenversicherer kam dem nach und ich war Frührentner. Ab dem 35.sten Lebensjahr war ich selbständig gewesen und hatte nur den Mindestbetrag eingezahlt. Durch die Scheidung musste ich auch noch Rentenpunkte abgeben. Die Rente war also mit 350 € sehr gering.

Immerhin nahm ich mein Rad mit an den Bodensee, und in den vier Wochen umrundete ich den See komplett mit dem Rad. Der „Seehase", ein Zug, der den Bodensee umrundet, war mir eine große Hilfe. Die erste Etappe startete ich direkt an der Klinik und fuhr mit dem Zug zurück. Die nächste fuhr ich mit dem Auto zum Endpunkt meiner ersten Etappe, radelte die 2. Etappe und fuhr dann mit dem Zug wieder zurück. So umrundete ich nach und nach den ganzen See.

79. Kapitel

Nach der Verhandlung, der Einstweiligen Verfügung wegen, reichte meine Anwältin sofort die Scheidung ein, die Dinge nahmen ihren Lauf. Zu gerne hätte ich die Wohnung wieder verkauft, aber das war leider nicht möglich. Die Schlusszahlung hatte ich wegen der vielen Mängel nicht geleistet und deshalb war die Wohnung nicht auf uns umgeschrieben worden. Der Bauträger wäre mit dem Verkauf einverstanden gewesen, aber ich hätte auf die Beseitigung der Mängel verzichten müssen. Es ging um ca. 60.000 €, und die

Mängel waren offensichtlich. Ein Käufer wäre sofort darüber gefallen und hätte entsprechende Abzüge verlangt. Also abwarten.

Die Scheidung verlief ohne große Überraschung. Überrascht war ich, als mir zugetragen wurde, Romika würde überall herumerzählen, SIE habe sich scheiden lassen, da ich immer fremdgegangen sei. Meine Anwältin meinte, das sei üble Nachrede und wir könnten dagegen vorgehen. Aber ich wollte mich mit der EX-Frau nicht mehr beschäftigen.

Sie war übrigens eines Tages bei meiner Anwältin erschienen und hatte dieser massive Vorwürfe gemacht. „Wie könne Sie, eine Frau, einen Mann wie ihren Exmann vertreten? Und das gegen eine Frau! Das sei doch eine Unverschämtheit, was Sie, die Anwältin, sich eigentlich dabei denken würde?" Die anderen Anwälte komplimentierten Romika hinaus. Sie liebte es, sich so in Szene zu setzen.

Ihr Auftritt beim Steuerberater war ebenfalls eine Glanznummer. Sie hatte immer für Steuerklasse Drei die Steuern bezahlt. Der Rest wurde von mir im Rahmen der Steuererklärung übernommen. Durch die Scheidung wurde sie in Klasse Eins eingestuft. Das machte sie rasend. Sie verlangte, dass ich weiterhin die Steuern für sie bezahlte. Wir hatten einen Termin beim Steuerberater um 10:00 h vereinbart. Sie erschien, aufgetakelt wie ein Kriegsschiff, mit einer Fahne, die auch vom vielen angeschütteten Parfüm nicht überdeckt werden konnte. Der Steuerberater roch die Fahne und war sehr kurz angebunden. Es endete damit, dass er Romika höflich an die Luft setzte und ihr schriftlich mitteilte, wie sich das mit den Steuerklassen alles verhielt. Ich glaube, er hat ihr auch eine dicke Rechnung geschickt.

Norberts Arbeitstitel für Romika war „Reichsgräfin". Er sprach nie von ihr als Romika, ihr ganzes überhebliches Gehabe und Getue erinnerte ihn mehr an das Erscheinen irgendeiner „Adligen" in einem der „Pilcher-Romane". Bei dem Auftritt beim Steuerberater war sie ganz Reichsgräfin. Jeder Zoll war „blaues Blut".

Romika war bei mir als geringfügig Beschäftigte angestellt und fuhr einen Firmenwagen, Golf-Cabrio. Dafür tat sie keinen Handschlag, aber es war steuerlich zulässig. Es entspann sich folgender Dialog: „Ich will bei der Scheidung das Auto behalten!" „Das kannst Du gar nicht behalten, denn es gehört Dir nicht!" „Na gut, ich will es haben!" „Du kannst es mir gerne abkaufen, das wären so 20.000,00 DM" „Ich will das Auto nicht kaufen, ich will es haben!" „Was möchtest Du denn bezahlen?" „Ich bezahle gar nichts. Wenn ich das Auto nicht umsonst bekomme, werde ich überall herumerzählen, dass Du es seit Jahren mit kleinen Kindern treibst!" „Aber das stimmt doch gar nicht, das ist üble Nachrede!" „Das weiß ich selber, aber ich will das Auto. Wenn ich meinen Freundinnen von Deiner Vorliebe erzähle, ist das in wenigen Stunden im Ort rund, und Du wirst es bitter bereuen, dass Du mir das Auto nicht gegeben hast."

Sie bekam das Auto. Umsonst. So eine liebe- und verständnisvolle Frau. Voller Herzenswärme und Güte. Und ich wollte mich scheiden lassen! Was war ich doch für ein Idiot.

80. Kapitel

Zu meinem großen Glück konnte Ende 2003 der Prozess mit dem Bauträger beendet werden. Die Wohnung war ganz schnell verkauft! Zum Einstandspreis. Allerdings musste ich die Wohnung innerhalb 14 Tagen räumen, aber das bekam ich dann auch noch hin und zog nach Müllekoven. Leider hatte ich einen Packen Schulden übrig behalten. Die Bank hatte jeden Monat 2000 € belastet, was sich auf rund 25.000 € summierte. Auch meine Lebensversicherungen, die ich gekündigt und ins Feuer geworfen hatte, konnten daran nicht viel ändern. Schließlich musste ich auch von irgendetwas leben und 350 € Rente sind nicht viel. Die reichten gerade für die monatlichen Betriebskosten, Strom, Wasser, Heizung, Umlagen, Hausverwaltung etc. Ich war froh, als ich den Leasingwagen losgeworden bin. 400 € weniger Belastung.

Als erkennbar wurde, dass sich mein Gesundheitszustand durch die Infusionen nicht bessern würde, sondern nur stabilisierte, stellte ich Antrag auf Rente wegen 100% Erwerbslosigkeit. Der wurde dann auch genehmigt, und ich war 2005 mit 55 Jahren Vollrentner wegen Erwerbsunfähigkeit.

Ich schrieb bereits ab 2003 jeweils 100 – 120 Bewerbungen pro Jahr, ohne Erfolg. Natürlich erwähnte ich meine Behinderung in den Bewerbungen nicht. Zwischenzeitlich war ich als Schwerbehinderter mit 70% anerkannt. Wenn es zu einem Vorstellungsgespräch kam, fiel natürlich sofort auf, dass ich niemandem die rechte Hand geben konnte. Erklärungsversuche wie „kleiner Sportunfall, geht wieder weg", fruchteten nichts. Ich konnte nicht lügen und jedermann war klar, das geht nicht wieder weg. Die Flucht nach vorne zeigte auch keinen Erfolg. Wenn ich in Bewerbungen angab, dass ich zu 70% schwerbehindert war, bekam ich nie eine Antwort. Niemand stellt einen 55-jährigen mit Schwerbehinderung ein. Den bekommt man nie wieder aus der Firma raus, wenn er sich bockig anstellt. Ich war in einer Sackgasse. Irgendwie hatte Romika das weit vorausschauend schon erkannt. Nachdem meine Gesundheit ruiniert war und meine Leistungsfähigkeit zum Teufel, hatte sie mich rausgeekelt, um nun mit eigener Kraft in die Selbstversorgung zu starten. Schließlich hatte sie sich bisher ja nicht in der Arbeit aufgerieben, war noch frisch.

Eigentlich sollten die Häuser, die wir zusammengekauft hatten, meine / unsere Altersversorgung sein, aber durch die Scheidung war das hinfällig. Alles war verkauft, teilweise verramscht.

Frage: Wie kommt man durch Scheidung zu einem kleinen Vermögen? Indem man vorher ein großes hatte.

Arbeitslosengeld bekam ich nicht, denn als Selbständiger hatte ich keine Beiträge gezahlt, aus denen sich ein Anspruch herleiten lies. Ich ging also zum Sozialamt. Dort füllte ich hunderte von Formularen aus, wurde von einigen „Sachbearbeitern" verhört und schließlich erklärte man mir, das Amt könne mir nicht helfen. Ich hätte aus der Ehe heraus einen Versorgungsanspruch an meine Exfrau, „nachehelicher Unterhalt." Ich müsse zu meiner Anwältin und diese den Anspruch durchsetzen. Das ist leicht gesagt, aber der Gegner operierte mit gefälschten Gehaltsabrechnungen und einer eidesstattlichen Versicherung, die ebenfalls handgebastelt und ganz weit von der Realität entfernt war.

Meine Anwältin machte mir jedoch klar, dass ich dagegen vorgehen könne und es in diesen Fällen weitere Prozesse geben müsse, da es sich um jeweils andere Tatbestände handelte. Über kurz oder lang würde ich mich in einen Wust von Prozessen verstricken, die ich mir finanziell gar nicht leisten könne. Also zog ich den Schwanz ein und ließ die Sache auf sich beruhen.

81. Kapitel

Glücklicherweise meldete sich eine entfernte Verwandte bei mir. Ihre Buchhalterin sei in Schwangerschaftsurlaub und sie suche dringend jemanden für das Tagesgeschäft. Wir kamen ins Geschäft und so hatte ich zumindest erst Mal wieder ein kleines Einkommen.

Im Juli 2004 hatte ich eine Frau kennen gelernt, die mir sehr gefallen hatte. Leider fuhr sie im August mit ihrer Freundin in Urlaub und kurz danach mit ihrer Tochter für einen Monat nach Australien. Wir hatten uns also kaum gesehen, geschweige denn richtig kennen gelernt. Anfangs dachte ich, es sei so eine „Reisetante", die Hummeln im Hintern hatte. Es war das erste Mal, dass mich eine Frau beim ersten Date so richtig beeindruckt hatte. Wir trafen uns in der Siegfähre. Sie war hübsch anzusehen, sehr humorvoll, Rundungen an den richtigen Stellen und intelligent. Was mich jedoch am meisten beeindruckt hatte, war die Art und Weise, wie sie das „Bewerbungsgespräch" beim ersten Date führte. Normalerweise ist es mehr ein Geplänkel, bei dem jeder „herumeiert" und herauszufinden versucht, was den anderen so umtreibt. Eigentlich vermeidet man direkte oder zu persönliche Fragen, es geht mehr so um den heißen Brei herum. Sexuelle Dinge werden meist ausgeklammert. Das war hier völlig anders!

Ich spürte, dass es einen bei ihr im Kopf gespeicherten Fragenbogen gab, der abgearbeitet wurde. Punkt für Punkt. Kein Herumreden, keine Ausflüchte, kein Ablenken war möglich. War eine Frage nicht zufriedenstellend beantwortet worden, wurde nachgehakt. Es war mehr ein Verhör. Das geschah in einer durchaus angenehmen, teilweise lustigen Art und Weise, aber ich merkte, mein Gegenüber hatte sich Gedanken über einen zukünftigen Partner gemacht, wollte genau erkunden, ob es passen könnte. Das gefiel mir außerordentlich, hatte ich doch im Laufe der Jahre schon genug Zeit mit völlig belanglosem und nichtssagendem Geschwafel bei „Erstgesprächen" verplempert. Endlich mal jemand, der den Stier bei den Hörnern packte.

Allem Anschein nach hatte ich den Test wohl bestanden, denn sie wollte mich anschließend gerne wiedersehen. Wir machten einen Termin für das erste Treffen aus. Wir hatten beide unsere gemeinsame Vorliebe für das Radfahren entdeckt und wollten nun mit einem Fahrradausflug starten.

Linda und ich trafen uns sonntags zum gemeinsamen Frühstück, mussten aber erst ca. 15 km mit dem Rad dorthin radeln. Nun, was soll ich sagen: Es war ein voller Erfolg. Sie war ebenfalls geschieden, hatte zwei fast erwachsene Kinder, ebenfalls Junge und Mädel. Wir liefen auf einer Welle, fanden ungemein viele Gemeinsamkeiten. Es war ein Volltreffer. Ich hatte auch nicht den Eindruck, dass sie schummelte oder mir etwas vormachte. Sie war echt! In der Zeit bis November trafen wir uns jede Woche und wurden dann auch intim. Schön, sehr schön. Leider ging dann ihr Flug nach Australien und am 1.1.2005 sollte sie zurückkommen. Schon sehr schnell vermisste ich sie und ich sehnte mich richtig nach ihr. Wir konnten einige Male über Skype miteinander sprechen, aber das ist kein richtiger Ersatz.

Am 1.1.2005 war ich um 06:00 h in Frankfurt am Flughafen, und sie war völlig perplex, mich dort zu sehen. Aber sie freute sich ungemein. Wir fuhren in meine Wohnung, und dort freuten wir uns dann gemeinsam weiter.

82. Kapitel

Beruflich tat sich nicht sehr viel. Mit meinem Buchhalterjob und der Rente kam ich über die Runden, aber es war alles sehr knapp. Meine Cousine fragte mich, ob ich nicht auch bei ihr Taxi fahren wolle. Mit dem Gedanken hatte ich bisher nicht gespielt, aber sie meinte, dies würde ich ganz gewiss können. O. K., eine Alternative hatte ich zu dieser Zeit nicht, und so machte ich den Taxischein. Es war ein ganz komisches Gefühl für mich. Hatte ich bisher im Taxi immer hinten rechts gesessen, saß ich nun vorne links. Natürlich war das im Ort ganz schnell rum, das Getratsche wurde wieder neu befeuert, aber es machte mir nichts aus. Schnell fand ich mich in diese neue Arbeit und bin rückblickend froh darüber, dass ich das gemacht habe.

Ich lernte: Geduld zu haben! Ich lernte: Mich nicht wichtig nehmen! Ich lernte: Zuzuhören! Alles Fähigkeiten, die ich bis dahin nicht oder nur bruchstückhaft besaß. Ich lernte aber auch viel über meine Mitbürger. Sozialhilfeempfänger, die sich morgens um 02:00 für 90 € von „McDonalds" „Leckereien" holen ließen, der angesehene Arzt, der sich regelmäßig mitten in der Nacht eine ganz bestimmte Sorte Whiskey von der Tankstelle holen ließ. Es waren viele Geschichten, die passierten und mir einen ganz anderen Blick auf die Menschen verschafften.

Da war die Frau, die gegen Mitternacht nach Hause gebracht werden wollte. Sie war so breit, dass es zwei Kneipenbesucher brauchte, sie in meinen Wagen zu hieven. Zu Hause war es ein Riesenproblem, sie wieder aus dem Wagen herauszubekommen und zur Türe zu begleiten. Ich klingelte an der Türe und ein riesiger Kerl, offensichtlich ebenfalls betrunken, öffnete die Türe. Sofort holte er aus, um mir eine zu dröhnen. „Du Schwein", schrie er sie an, „nun schleppst Du Deine Lover schon bis nach Hause." Geistesgegenwärtig schob ich die Frau auf ihn zu und erklärte, ich sei kein Lover, sondern der Taxifahrer. Nun packte er die Frau an den Haaren und zog sie in die Wohnung. Dort verpasst er ihr einige Ohrfeigen, kam zurück und schlug die Tür zu. Ich fragte in der Zentrale nach, ob ich die Polizei rufen solle, aber man winkte ab. Das sei bei denen ganz normal, das Pärchen sei stadtbekannt. Nur nicht drum kümmern.

Da war der stinkbesoffene Versicherungsvertreter, ein Typ aus Romikas Dunstkreis, den ich gegen die Haustür lehnte und dann klingelte. Die Türe öffnete sich, die Ehefrau erschien und sagte: „Lassen sie den einfach hier vor der Türe liegen. Die Nachbarn sollen ruhig sehen, was das für ein Ar...loch ist."

Karneval war die schlimmste Zeit. Besoffene Weiber auf Weiberfastnacht machten es erforderlich, dass man doppelten Lohn bekam. Keiner wollte sich mit solch einer Meute beschäftigen. Wenn man nicht genau aufpasste, kotzten oder pinkelten sie einem den Wagen voll. Darüber hinaus waren sie unheimlich aggressiv, da sie die Alkoholmengen nicht gewohnt waren. Einmal ging die Türe einer Kneipe auf, die damals die Alkohol / Karnevalshochburg war. Quasi im rechten Winkel, parallel zur Straße, schoss meine Exfrau durch die Türe und kam kurz vor meinem Taxi zu stehen. Mit glasigem Blick starrte sie mich an, erkannte mich aber offensichtlich nicht. Nach einem Moment der Orientierung eierte sie in die Kneipe zurück, den Pegel weiter anheben.

Da war ich sehr glücklich, dass ich es geschafft hatte, von ihr loszukommen und mein eigenes, neues und viel schöneres Leben zu leben.

83. Kapitel

Es gab auch positive Erlebnisse. Die Frau, die 50 € für die Fahrt zum Flughafen beiseitegelegt hatte und mir diesen Betrag als Trinkgeld gab. Sie habe sich bei mir im Wagen so wohl gefühlt und ein so angenehmes Gespräch geführt, dass die Chefin ihr eine Rechnung schreiben solle. Die würde dann bezahlt.

Eines Nachts, es mag gegen 02:00 h gewesen sein, stand ein Mann mitten auf der Straße und fuchtelte wie wild mit den Armen. Ich verriegelte den Wagen von innen und öffnete das Fenster einen Spalt. „Was ist los?" Der Mann zeigte mir ein Bündel 50 € und 100 €-Scheine, es werden wohl so 20 Stück gewesen sein. Also irgendwas um 1.500 €. „Ich ficken", schrie er mit einer kräftigen Alkoholfahne. „Wen denn?", fragte ich zurück. „Weiber ficken", brüllte er. Offensichtlich war er Russe und wollte sich dem Geschlechtsverkehr hingeben. Ich ließ ihn einsteigen und brachte ihn nach Bonn. Es gab dort einige Etablissements, die sich darauf spezialisiert hatten, Männer abzuziehen. Dort gab man die Männer mit seiner Visitenkarte ab und Tage später bekam der Taxifahrer eine Prämie für seine Bemühungen, meist 50 - 70 €. Da man solchen Männern generell 50 € für die Fahrt abnahm, lohnte sich solch ein Auftrag immer.

Ein Weihnachtserlebnis werde ich nie vergessen. Zwei Jungs, so etwa 15-16 Jahre alt, wollten am 24. Dezember, gegen 20:00 h nach Bonn. Die Oma hatte die beiden reich mit Bargeld beschenkt, und sie hatten sich nach dem gemeinsamen Abendessen vorgenommen, etwas ganz Geiles zu erleben. Man wollte in den Puff, wie sie sich ausdrückten. Es waren Russen, wie ich an der Sprache hörte. Die Beiden saßen hinten. Zuerst tuschelten sie nur, aber die Aussicht auf eine geile Weihnachtsnacht lies die Beiden immer lauter werden, und ich hörte genau zu, was da so im Einzelnen geplant wurde. Sie waren wohl Ersttäter, hatten noch nie live Sex gehabt, wollten aber nun alles Versäumte in einer Nacht aufholen. Beide saßen wohl schon mit „gezücktem Schwert" auf der Rücksitzbank und konnten es kaum erwarten, dass wir in Bonn ankamen.

Wir erreichten Bonn. Der Puff war geschlossen. Die Damen gönnten sich einen freien Weihnachtsabend. Die beiden Jungs rannten aus dem Wagen und rappelten an der Türe, doch niemand öffnete. Die Schwerter konnten wieder eingefahren werden. Ein Kollege mit Kölner Kennzeichen berichtete, dass es in Köln genau so wäre und auch die einschlägigen Etablissements hätten geschlossen.

Zähneknirschend stiegen die beiden wieder ein, und ich bot an, sie wieder zu Oma zurückzufahren. Nein, auf keinen Fall! Man wolle nun zu Mac Donalds, gemütlich zu Abend essen. Ich wies sie darauf hin, dass es in diesem Fall wieder Taxigeld kosten würde. Das sei egal, nur schnell weg von hier. Tja, was soll ich sagen: Mac Donalds hatte auch geschlossen, Weihnachtsfeier der Angestellten. Also brachte ich die Beiden nach ca. 2 Stunden zur Oma zurück. Trinkgeld bekam ich zwar keines, aber ich hatte zwei lohnende Fahrten und einen vergnüglichen Abend gehabt.

Nicht vergessen möchte ich auch die harten Alkis. Die wussten genau, wann welche Kneipe öffnete oder schloss. Die Jungs waren ständig unter Strom und verbrauchten ihr Geld nur fürs Saufen oder Taxi fahren. Ich habe wohlhabende Geschäftsleute diesen Weg gehen sehen, und das machte mich oft sehr traurig. Aber ich konnte niemandem helfen. Auch den Wirt, der sturzbetrunken hinterm Tresen lag, während seine „Gäste" direkt aus dem Zapfhahn Bier tranken, werde ich nicht vergessen.

Schrecklich waren meist Flughafenabholungen. Häufig hatten die Flieger stundenlange Verspätung, und niemand konnte einem genau sagen, wann die Dinger nun endlich ankommen würden. Da lernte ich, Geduld zu haben. Schließlich musste man höflich und freundlich zum Gast sein, wenn der nach stundenlanger Verspätung endlich ankam. Da durfte man auf keinen Fall seinen Frust zeigen. Bei solchen Fahrten gab es dann auch fast nie Trinkgeld. Es waren meist Geschäftsleute, die nur einen Lieferschein unterschrieben, der dann in Rechnung gestellt wurde. Die stundenlange Wartezeit wurde nie extra vergütet. Auch an einem kleinen „Dankeschön" wurde extrem gespart.

Anruf von der A3, Raststätte Neustadt. Eine Fahrt nach Amsterdam. Es war 5:00 h morgens, noch eine Stunde Schicht. Was war passiert? Ein Holländer hatte sich in seinem Porsche mit einer Leitplanke angelegt und verloren. Der

Wagen war Schrott, aber der Wagenbesitzer musste dringend nach Amsterdam, warum auch immer. Ich holte den Mann ab und konnte meine Ablösung für 06:00 h erreichen. Die kam dann zur Zentrale und übernahm die Fahrt. Ich hatte nach einer Nachtschicht keine Kraft mehr, nun noch 700 km hin- und zurück zu fahren. Der Kollege bekam zwar ein sattes Trinkgeld, aber das habe ich ihm gegönnt.

84. Kapitel

Linda wusste natürlich, wie ich meinen Lebensunterhalt verdiente, aber es störte sie in keiner Weise. Hauptsache, ehrlich verdient, war ihre Meinung. Wir freundeten uns immer mehr an, waren immer öfter zusammen. Meine Wohnung war mir zu teuer, und ich zog in eine kleinere Wohnung. Damit war ich näher an ihre Wohnung herangekommen, aber zusammenziehen wollten wir noch nicht. Wir hatten ja beide „Vorschäden", und da ist es immer gut, wenn man einen Rückzugsort hat. Dafür planten wir einen gemeinsamen Urlaub mit dem Rad.

Mit Romika hatte ich einmal eine Radtour an die Donau geplant. Es erschien mir unheimlich erstrebenswert, einmal ohne Auto unterwegs zu sein, halten, wo man wollte und frei wie der Wind durch die Landschaft zu brausen. Zu diesem Zweck hatte ich entsprechendes Karten beschafft und Anschriften von Hotels, das Internet war noch in weiter Ferne. Es entspann sich folgende Unterhaltung: „Wie machen wir das denn mit der Kleidung, beim Fahrradurlaub?", fragte sie interessiert. „Nun, die nehmen wir mit, wir haben ja Packtaschen am Rad." „Mmmhhh", meinte sie. „Die sind viel zu klein, da bekomme ich noch nicht die Hälfte von dem mit, was ich dringend benötige." „Dann nimm eben weniger mit, halt so viel wie da rein passt. Kannst noch eine Packtasche von mir dazu nehmen, dann müsste es reichen." „Das reicht auf keinen Fall, und ich habe keine Lust, abends irgendwelche Sachen zu waschen." „O. K., dann machen wir es so: Wir packen 14 Päckchen mit Klamotten und schicken an jedes Hotel eines davon. Wenn wir abends ankommen, hast Du frische Wäsche. Die alte Wäsche packen wir in das Päckchen und schicken das am nächsten Tag nach Hause. Wenn wir zurück sind, hast Du 14 Päckchen mit schmutziger Wäsche. Ist das nicht ein Angebot?" „Tja und was ist, wenn ich abends ein grünes Kleid anziehen möchte und im Päckchen ist nur ein blaues?"

Wundert es jemanden, dass wir 3 Wochen später wieder im Flieger nach Fue saßen?

85. Kapitel

Nun, mit Linda sollte das anders werden. Sie hatte Erfahrung, war schon mal mit ihrer Familie, Mann und zwei Kindern, auf dem Rad unterwegs gewesen. Mit Allem an Bord, was benötigt wurde. Sie musste keine Päckchen mit Wäsche in der Republik verteilen. Schon oft hatte ich von der Schönheit des Altmühltals gehört und gelesen. Das Altmühltal bis nach Kelheim zur Donau herunter zu radeln, erschien mir als reizvoll. Auf der Karte entdeckte ich den alten Main-Donau-Kanal, auch als „Ludwig-Main-Donau-Kanal" bekannt. Die Rückreise sollte dann von Kelheim über Beilngries, am Kanal vorbei über Nürnberg bis Bamberg gehen. Von dort den Main herunter, soweit es in der verfügbaren Zeit eben ging.

Die Reise verlief sehr harmonisch, und zum ersten Mal nach langer Zeit empfand ich ein Glücksgefühl, wie ich es schon sehr lange nicht mehr gehabt hatte. Linda war keine nervige Zicke, die an allem und jedem etwas zu meckern hatte. Sie fuhr genauso gerne Rad wie ich, war praktisch orientiert, packte auch mal mit an, und selbst wenn ihr Fahrrad technisch gesehen zu den Oldtimern gehörte, gab es nie Kritik am Weg, an Steigungen, Unterkünften oder anderem Unzulänglichkeiten. Wir genossen unser kleines Abenteuer in vollen Zügen.

Wir hatten aber auch ein herrliches Spätsommerwetter, das uns bis zum vorletzten Tag begleitete. Auf dieser Tour verliebte ich mich dann endgültig in Linda. Ich war am Ziel, hatte endlich meine Traumfrau gefunden.

Wieder zu Hause machte ich mich direkt an die Planung der nächsten Reise, es sollte an der Donau entlang zum Bodensee gehen.

Meine Probleme waren soweit gelöst, bis auf die Tatsache, dass ich keine vernünftige Einnahmequelle hatte. Da ich des Nachts Taxi fuhr, Linda aber tagsüber arbeitete, waren die gemeinsamen Zeiten sehr knapp bemessen, zumal ich häufig auch samstags / sonntags tagsüber arbeitete. Es musste also eine andere, familienfreundlichere Arbeit her. Wieder kam mir der Zufall zur Hilfe. Ein ehemaliger Schulfreund sprach mich an. Sein Schwiegervater sei gestorben, und nun müsse die Schwiegermutter das Unternehmen alleine weiter führen, hätte aber keine Ahnung, wie sie das anstellen solle.

86. Kapitel

Da war ich genau der richtige Mann. Schnell wurden wir uns einig, und ich wurde so etwas wie der Geschäftsführer. Tagesarbeit, am Wochenende fast immer frei und ein regelmäßiges Einkommen. Nicht sehr hoch, aber regelmäßig. Ich beschloss, das Taxigeschäft langfristig zu beenden und entschied, über Kalaydo eine Werbeanzeige zu schalten, in der ich meine Dienste als Buchhalter / Betriebswirt anbot. Das funktionierte tatsächlich, und so nach und nach bekam ich genug Kunden, um meinen Lebensunterhalt zu sichern.

Die Dame, für die ich arbeitete, war allerdings auch ein ganz spezieller Fall. Sie litt unter beginnender Demenz. Das kannte ich von meinem Vater her, aber hier war es „voll krass", da ich die Frau ja nicht kannte und erst mal auf alles hereinfiel. In der Bankabrechnung tauchte auf einmal eine Wechselkursabrechnung auf. Sie hatte bei der Bank 1.000 kanadische Dollar gekauft. Befragt, wofür das Geld gebraucht würde, erklärte sie mir, sie würde ihre Schwägerin in Kanada besuchen. Natürlich was das ausgemachter Blödsinn, aber es dauerte, bis sie mir das Geld zurückgab und ich es bei der Bank zurücktauschen konnte.

Sie rief mich auf dem Handy an und erklärte mir, dass man sie im Wohnzimmer eingeschlossen habe. Ich sollte unbedingt sofort kommen, sie befreien. Ich war zu diesem Zeitpunkt im Büro, keine 10 Meter von ihr entfernt. Tatsächlich, die Tür war abgeschlossen, aber es hing kein Schlüssel an der Tür. Ich ging nach draußen und schaute von außen in das Wohnzimmer. Der Schlüssel lag auf dem Sofatisch, das konnte ich sehen. Auf Klopfen reagierte sie nicht, schaute nur panisch zum Fenster, erkannte mich offenbar nicht. Ich rief sie an und sagte ihr, dass der Schlüssel genau vor ihr auf dem Tisch lag. Sie fand ihn und meinte nur: „Wie haben Sie das bloß hingekommen, den Schlüssel in das abgeschlossene Wohnzimmer zu bugsieren?"

Die Kirschen im Garten waren reif. Die Vögel hingen in den Kirschen und machten ihnen den Garaus. So, ihre Meinung, konnte das nicht bleiben, und ich wurde aufgefordert, etwas dagegen zu unternehmen. Ich hängte CDs in die Bäume, die hin und her schaukelten, in der Sonne blinkten. Die Vögel blieben erst mal weg, aber nach einer Woche waren sie wieder da, spielten mit den CD's, und ich hatte den Eindruck, dass es nun mehr Vögel waren. Sie kam mit einer Flinte an, Erbstück des verstorbenen Ehemannes, ich solle die Vögel erschießen. Nachdem ich das Gerät untersucht hatte, erklärte ich, dass das Gewehr kaputt sei und ich es erst mal reparieren lassen müsse. Zu diesem Zweck nahm ich das Teil mit und ließ es in einem Waffenladen verschrotten. Nun hieß es, solle ich an den Landwirtschaftsminister schreiben, dass er sich um seine Vögel kümmern möge. Alternativ müsse er den Schaden ersetzen, den seine Vögel anrichten. Das wären so um die 250 €. Mein erstes Anschreiben gefiel ihr nicht. Zu höflich und zu wenig bestimmend. Der zweite Entwurf, beleidigend, fordernd und unverschämt, gefiel ihr sehr und unterschrieb ihn. Natürlich hab ich den nie abgeschickt, und als die Kirschenzeit vorüber war, war auch alles wieder vergessen. Noch Fragen?

87. Kapitel

Leider war uns das Wetter auf der Donau/Bodenseereise in 2006 nicht mehr so hold, wie nur ein Jahr vorher. Es regnete sehr viel und trotz August war es recht kalt. Wir starteten in Donaueschingen bei 11°, es wurden dann immerhin 15° im Laufe des Tages. Keine Wohlfühltemperatur, wenn es den ganzen Tag über Bindfäden regnet. Hier bin ich denn auch ganz übel über meine Sparsamkeit gestolpert. Von der geplanten Donautour mit Romika hatte ich die Fahrradkarten (Bikeline) behalten und dachte mir, die könne man nun einsetzen, denn der Lauf der Donau habe sich mit Sicherheit in den letzten 20 Jahren nicht verändert. Bei Fahrradtouren achtete ich immer darauf, dass es in der Nähe eine Eisenbahnverbindung gab, mit der man mal einen Tag überbrücken konnte. Beispielsweise bei Regen. Also heute! Nun war auf der Karte eine Bahnlinie eingezeichnet, die quasi die ganze Donau begleitete und mein Sicherheitskonzept darstellte. Wir radelten also trotz des starken Regens gut gelaunt los, den sicheren Bahnhof schon vor Augen. Genau diesen traute ich kaum, denn es gab keinen Bahnhof mehr. Es gab auch keine Eisenbahn mehr. Die Deutsche Bahn hatte, ohne mein Wissen und ohne meine Zustimmung, die Donaustrecke komplett eingestampft und den Anwohnern dafür Buslinien schmackhaft gemacht. Ein bewährtes Konzept der DB. Aus Bahn- werden Buslinien und die wiederum werden im Laufe der Zeit so ausgedünnt, dass niemand mehr damit fährt. Genau das hier war das passiert! Wir mussten nun rund 50 km im strömenden Regen bis zur geplanten Unterkunft weiterfahren.

Am Ziel angekommen stellte uns der Vermieter einen kleinen Heizlüfter zur Verfügung, mit dem wir unsere Klamotten trocknen konnten. Meine Turnschuhe waren auch am nächsten Morgen noch klamm und stanken entsetzlich. Ich musste mir neue Schuhe kaufen.

Das Wetter war aber besser geworden, es gab nur noch ab und an einen kleinen Schauer, da halfen uns dann unsere Regenponchos. Das obere Donautal ist landschaftlich sehr schön, wenn auch leider manchmal dichter Nebel die Sicht versperrte. Man radelt durch das südliche Ende der schwäbischen Alb. Oft ist das Tal so eng, dass nur noch der Radweg Platz hat. Aber es machte Spaß und nach einer Woche erreichten wir Donauwörth, das Ziel der ersten

Etappe. Von hier aus fuhren wir mit dem Zug über Ulm nach Friedrichshafen, dem Startpunkt der Bodenseetour.

88. Kapitel

Die Zugfahrt war etwas beschwerlich, denn es gab mehr Radfahrer mit Rädern im Zug, als es Kapazitäten gab. Alle Gänge und freien Plätze waren mit Rädern zugestellt, es war „rammelvoll", selbst auf der Toilette hatten sich Radfahrer eingenistet. Als eine Mutter mit ihrer kleinen Tochter die Toilette aufsuchen wollte, ging das nicht, denn wo hätten die „Toilettenbesetzer" denn hingehen sollen? Endlich erschien der Zugschaffner und verkündete mit lauter Stimme: „Alle Radfahrer mit ihren Rädern SOFORT raus aus der Toilette. Das verstößt gegen die Beförderungsvorschriften". Lautes Gelächter war die Antwort, und der Schaffner verzog sich wieder. Durch die Zugbewegungen hatten sich die Räder dann auch noch so ineinander verkeilt, dass es erst in Friedrichshafen möglich wurde, die Räder so nach und nach zu entwirren und auf den Bahnsteig zu schieben.

In Friedrichshafen angekommen haben wir uns als erstes in ein Lokal direkt am Bodensee gesetzt und genossen den See und die Sonne. Vor allem den Platz nach der drangvollen Enge in der Bahn. In Friedrichshafen unbedingt ein Eis essen beim Eismeister „Kibele", es lohnt sich. 36 Sorten! Der Stress im Zug war schnell vergessen. Dazu kam das herrliche Wetter. Nach dieser Verschnaufpause brachen wir auf. Der Bodensee ist eine ganz andere Landschaft als das Donautal. Eingerahmt von sanften Bergen, auf der Schweizer Seite den Säntis im Hintergrund, auch im Sommer schneebedeckt. Ein wunderschöner Anblick. Meist hat man auch einen Blick auf den See mit vielen Segelbooten. Es sind vielmehr Radfahrer unterwegs als im Donautal, aber leider ist auch alles viel teurer.

Bedauerlicherweise hielt das Wetter nicht lange und unsere Regenponchos kamen wieder zum Einsatz. Zum Glück war es einige Grad wärmer als im Donautal. In Stein am Rhein passierte leider ein kleiner Unfall. Linda wolle ihr

Rad auf den Bürgersteig schieben, rutschte auf dem nassen Kopfsteinpflaster aus und knallte mit dem Kopf genau auf eine Hausecke. Der Schreck war riesig und im Verlaufe des Tages schwoll das rechte Auge immer mehr an, bis es komplett geschlossen war. Am nächsten Tag begann das Auge „Farbe" zu nehmen, wurde blau, dann dunkelblau und in Folge der nächsten Tage lila und auch grün. Oft ernteten wir verstörte Blicke von Passanten und hin und wieder erklärte Linda den Ursprung der Verfärbung. Ob das jeder geglaubt hat? Es war ein klassisches, blaues Auge.

Wir besuchten Konstanz und die Insel Mainau. Ganz besonders zu empfehlen: Das Schmetterlingshaus. Die Tage vergingen wie im Flug und schon bald hieß es, erneut Abschied nehmen.

89. Kapitel

Wieder zu Hause, holte mich der Ernst des Lebens schnell wieder ein. Aus der Geschichte mit Romika war ich auf 100.000 € Bankschulden sitzen geblieben. Mit dem Miniverdienst konnte ich noch nicht einmal die Zinsen dafür aufbringen. Ich vereinbarte einen Termin mit der Schuldnerberatung. Dort prüfte man alle Möglichkeiten durch und entschied, dass ich Privatinsolvenz anmelden müsse. Da gäbe es keinen Ausweg. Man gab mir die entsprechenden Formulare mit, und den ganzen Satz schickte ich dann nach endloser Ausfüllarbeit an das zuständige Amtsgericht. Nach einigen Wochen erhielt ich Post von einem Insolvenzverwalter aus Bonn. Auch hier wieder ein Besprechungstermin, in dem ich meine Situation erklärte. Wir vereinbarten, dass ich einen bestimmten Betrag für Wohnung, Kleidung, Ernährung behalten durfte, der Rest musste sechs Jahre lang an den Verwalter abgeführt werden.

Sechs Jahre sind eine überschaubare Zeit, und Linda unterstützte mich in meinen Bemühungen, die Schulden los zu werden. Es gab nie irgendwelche Vorhaltungen, Kritik oder Gemecker. Ich hatte auch kein schlechtes Gewissen. Der Hauptgläubiger, die Sparkasse, hatte mir beim Verkauf der Wohnung ganz übel mitgespielt. Im Kaufvertrag war klar und deutlich vereinbart worden, dass mir ein fester Betrag der Kaufsumme ausbezahlt werden würde, damit ich wieder auf die Füße kam. Die Sparkasse wusste über diesen Passus ganz genau Bescheid, sie hatte den Vertrag ja auch abgezeichnet. Als es dann so weit war, bekam ich die Bankermentalität zu spüren.

Ein Banker ist ein Mensch, der dir bei Sonnenschein einen Regenschirm leiht, um ihn bei Regen sofort zurückzufordern.

Man stellte sich taub, reagierte einfach nicht. Ich musste einen Anwalt suchen, der mich vertreten konnte, denn ich musste die Bank auf Herausgabe des Betrages verklagen. Erst 2 Tage vor Prozessbeginn zahlte die Bank, aber es war schon zu spät. Ich hatte vor, mich mit dem Betrag in eine Softwarefirma einzukaufen. Die suchten dringend einen Teilhaber mit der Möglichkeit für mich, dort wieder als Programmierer zu arbeiten. Da ich nicht zahlen konnte, nahm man jemand anderen in das Geschäft hinein. Ich war draußen. Von der Bank einfach zu kurz gedacht. Ich hätte alles bezahlt, wenn man mir nicht an die Kehle gegangen wäre. Ich hatte nie vor, der Bank ihr Geld vorzuenthalten, die Bank im Gegenzug aber schon.

90. Kapitel

Das „Zusammenleben" mit Linda war von viel Fahrerei geprägt. Es mussten immer 25 km mit dem Auto zurückgelegt werden, bis man sich treffen konnte. Die Taxifahrerei lies Treffen über die Woche nicht zu, denn ab 17:00 h nahm ich meine Arbeit auf und von der Buchhaltertätigkeit konnte ich noch nicht leben, denn tagsüber musste ich einige Stunden schlafen. Linda hatte aus ihrer Scheidung etwas Geld überbehalten und nach dem Tod der Mutter stand ihr so viel zu, dass wir davon bescheiden leben konnten. Im Nachlass ihrer Mutter befand sich ein 20 Jahre alter Japaner, der den Kindern zugefallen war. Die hatten an dem Oldtimer kein Interesse, und da der Wagen verhältnismäßig wenig Kilometer drauf hatte, konnte ich ihn erwerben. Ich war wieder mobil. Eigentlich wollte ich kein Auto mehr haben, aber die Fahrradfahrerei war besonders im Winter sehr unangenehm.

Nachdem mit dem Insolvenzverwalter geklärt war, dass es sich um meine eigene, persönliche Angelegenheit handelte und Linda in keiner Weise in die Geschichte mit hineingezogen werden konnte, wurde der Gedanke deutlicher, in Lindas Wohnung zusammenzuziehen. Ich würde die Miete sparen und wir beide die Fahrtkosten. Ihre Wohnung war ein großes Appartement und hatte 70 qm auf zwei Etagen. Kein Palast, aber für uns beide genug. Ich kündigte meine Wohnung und zog zu Linda. Genau in dieser Zeit kam Rocky mal wieder aus dem Entzug und richtete sich eine kleine Wohnung ein. Alle Küchenutensilien, Waschmaschine, Handtücher etc. erhielt er von mir. Als Dank für die Gegenstände wollte er uns zum Kaffee einladen, wenn er fertig eigerichtet wäre. Das ist dreizehn Jahre her. Offensichtlich ist er mit der Einrichtung noch nicht fertig.

Nachdem ich dem Taxi Lebewohl gesagt hatte, ergaben sich dann urplötzlich verschiedene Möglichkeiten, auf Stundenbasis zu arbeiten. Vertretung bei Urlaub oder Schwangerschaft. Aushilfe in Spitzenzeiten. Es gab immer was zu tun. Wir wurden zwar nicht reich, der Insolvenzverwalter forderte schließlich auch seinen Obolus, aber es reichte für Fahrradausflüge und Urlaub.

Mauritius war für mich ein Traumziel. Schon als kleines Kind erschien mir Mauritius als das Ziel all meiner Träume. Vermutlich wegen der „Blauen Mauritius." Eine Briefmarke, wahrscheinlich eine Fehlpressung, die heute um eine Million gehandelt wird. Ich las eine Menge darüber und über die Insel. Nachdem unser Zusammenleben sehr gut funktionierte, dachten wir an Heirat. Eine Hochzeitsreise nach Mauritius wäre die Krönung unserer Liebe gewesen. Der Wunsch war schnell gefasst, doch Mauritius war allgemein als teures Pflaster bekannt und es musste eine Möglichkeit gefunden werden, die wir uns leisten konnten.

Das Internet wurde immer aussage- und leistungsfähiger und ich schaffte es, hier eine Reise für uns zwei zu finden, die wir uns leisten konnten.

91. Kapitel

Der Flug startete um 20:00 h ab Frankfurt. Ein bisschen anstrengend. Es waren Pfingstferien in Baden-Württemberg. Die Maschine war bis auf den letzten Platz mit Eltern und Kindern ausgebucht. Viele davon liefen die ganze Nacht hin und her oder schrien herum. Trotz Schlaftablette konnte ich nicht schlafen. Es war einfach zu unruhig. Nach ca. 12 Stunden Flug landeten wir um 07:25 h Ortszeit in Mahebourg auf Mauritius, bei wunderschönstem Wetter. Hier nahm uns die Neckermann-Betreuung in Empfang. Der Transfer zum Hotel war unproblematisch. Sofort nach Ankunft im Hotel zogen wir die Badesachen an und gingen Hand in Hand zum Strand, direkt dem Hotel gegenüber.

Tatsächlich wurde hier ein Traum erfüllt. Das Wasser um 27 Grad, ganz feiner, warmer Sand, Palmen, die sich im Wind wiegten, es war genauso, wie wir uns das vorgestellt hatten. Nein, es war noch besser. Wir schliefen am Strand, später aßen wir eine Kleinigkeit, schauten uns den Sonnenuntergang an und gingen dann wieder ins Hotel, die Koffer auspacken und Abendessen.

Mir war schon beim Buchen der Reise klar, dass der günstige Preis ja irgendwo herkommen musste. Der Pool war unbenutzbar, es gab Kakerlaken im Zimmer und weiteres erfuhren wir beim Abendessen. Offensichtlich war man hier nur Deutsche gewöhnt, die auf „echtem Deutschem Essen" bestanden. So gab es im Hotel: „Bayerischen Schweinerollbraten mit Biersauce, Klößen und Gemüse" Wenn ich deutsches Essen will, esse ich in Deutschland. Fahre ich in die Ferne, möchte ich landestypisch essen, egal was das auch ist. Vor allem möchte ich nicht herausfinden, wie ein indischer Koch den Begriff „Biersauce" interpretiert. Um das Hotel herum existieren jede Menge Restaurants, bei denen es die verschiedensten Curry- Fisch- und Hähnchengerichte gab. So meldeten wir uns zum Abendessen direkt wieder ab. Wir wurden in keinem Lokal je enttäuscht. Alles, was wir bestellten, war ausgesprochen schmackhaft und lecker.

Auf Mauritius ist Linksverkehr, genau wie in England. Damit wollte ich mich nicht anfreunden und die Alternative bestand im Taxifahren. Nun mal nicht mehr als Fahrer, sondern als Gast. Im ersten Moment hört sich das als sehr teuer an, ist es aber nicht. Ich machte mit dem Taxifahrer Sunjay einen Preis von 50 € für jeden Tag aus, an dem er uns voll zur Verfügung stand. Es holte uns am Hotel ab, fuhr dahin, wo wir wollten und lieferte uns abends wieder im Hotel ab. Zusätzlich zeigte er uns sehenswerte Punkte auf der Insel, die wir alleine nie gefunden hätten. Alles in allem eine runde Sache. Er lud uns sogar zu sich nach Hause ein, und wir lernten Ehefrau und Kinder kennen. Sehr freundliche Menschen und ungemein hilfsbereit.

Ein Leihwagen kostete um die 65 € / Tag und den muss man auch noch selber fahren.

Wir machten abwechselnd jeden zweiten Tag einen Ausflug oder blieben am Strand. Linda gefiel das Schnorcheln ungemein und wir erstanden Taucherbrille und Schwimmflossen. Die Tage waren herrlich und eindeutig viel zu kurz. Alle Sehenswürdigkeiten, die wir besucht haben, kann man hier nicht aufzählen, dafür gibt es einfach viel zu viele. Aber wir schworen uns damals, nochmal nach Mauritius zurückzukehren. Das gelang uns später auch tatsächlich.

92. Kapitel

Eine „Sehenswürdigkeit", von der ich noch berichten möchte, war „Domain Anna." Aus dem Reiseführer wusste ich, dass es sich um eine ehemalige Zuckerrohrplantage handelte. Ein wohlhabender Chinese hatte die Plantage gekauft und in ein Restaurant umgebaut, dass damals zu den Top 3 auf Mauritius gehörte. Über Sunjay ließ ich einen Termin buchen, und abends holte er uns zur verabredeten Zeit ab. Die Fahrt dauerte ca. 15 Minuten, und wir kamen aus dem Staunen nicht mehr heraus, als wir eintrafen. Es war ein riesiges, wunderschön eingerichtetes Rancher Haus mit Nebengebäuden, in dem Gesellschaften bewirtet werden konnten. Dazu eine Außenanlage, wie wir sie schöner noch nie gesehen hatten. Im Grunde war es ein großer See, in dem viele, dezent beleuchtete, kleine Pavillons standen, die mit Holzbrücken im japanischen Stil miteinander verbunden waren. Am Rande des Sees stand eine kleine Bar. Dort spielte eine Band mit Sängerin Musik, im Stil amerikanischer Barmusik. (Rod Steward: The American Songbook)

Wir wurden in einem der kleinen Pavillons platziert und unser Kellner, schwarz wie die Nacht, stellte sich mit „Norbert" vor. Ja, Norbert, genauso wie mein Freund. Wir konnten nicht umhin, ihm davon zu erzählen und seine Freude darüber war riesig. Er empfahl uns diverse Gerichte von der Karte und zuvor gab es „Planters Punch", ein Aperitif mit 60 Jahre altem Rum. Wir hatten ja einen Fahrer, und da konnten wir den Drink genießen. Wir tranken gekühlten Rose aus Südafrika, dazu gab es allerlei Leckereien aus dem Meer und einen delikaten Fisch. Es war einfach grandios. Die warme Nacht, die schöne Musik, das leckere Essen, der freundliche Kellner. Besser kann man nicht essen. Linda schaute mich ob des ganzen Luxus fragend an: „Können wir uns das überhaupt leisten?" „Ich habe noch eine Barreserve, die hauen wir heute auf den Kopp, so gut werden wir es wohl nie mehr haben." Die Währung sind Rupien, und da war ich mit dem Rechnen nicht so fit. Wird schon reichen, dachte ich mir.

Wir bezahlten, gaben Norbert ein wirklich gutes Trinkgeld. Im Hotel kramte ich die Rechnung raus, und begann zu rechnen. Ich konnte es kaum glauben und rechnete alles noch mal nach. Es stimmte. Wir hatten für diesen feudalen Abend 45 € bezahlt. Sensationell! Am nächsten Tag buchte Sunjay direkt wieder für uns bei Domaine Anna.

93. Kapitel

Für den Dezember hatten wir unsere Hochzeit geplant. Motto: Wir wollen, wir müssen nicht. Zu diesem Zweck hatten wir alle Freunde und Verwandten eingeladen, und wir waren sehr erfreut, dass auch alle gekommen waren. Wir feierten in der Burg Wissem, Troisdorf, die für solche Zwecke ideal ist. Unser

„Verhältnis" war damit endgültig legalisiert. Endlich waren wir Mann und Frau.

2008 waren wir mit dem Rad an der Lahn unterwegs. Für mehr als eine Woche reichte das Geld nicht, aber es war wieder wunderschön. Fahrradfahren ist das Größte. Man kann überall anhalten, Fußgängerzonen stehen einem immer offen, keine Parkplätze suchen, keine Staus, man sieht viel mehr von der Landschaft und man ist immer an der frischen Luft!

2009 machten wir dann wieder eine große Tour, von der ich hier berichten möchte.

Im Web stieß ich bei der Suche nach interessanten Fahrradtouren auf die „Feuersteinstraße". Schon vor 7000 Jahren sollen unsere Vorfahren Feuersteine aus dem Regensburger Raum nach Prag gebracht und dort gegen allerlei Brauchbares eingetauscht haben. Das interessierte mich ungemein, und gemeinsam planten wir, diese Tour zu realisieren. Dazu besuchten wir auch zwei Semester bei der Volkshochschule den Tschechisch-Kurs. Wir haben etwa 5 Monate für die Vorbereitungen benötigt. Am 23. Mai ging's los.

94. Kapitel

Samstag, 23. Mai 2009
„Der ICE 505 hat ca. 20 Minuten Verspätung", „Der ICE 505 fällt wegen Getriebeschaden aus". Dies waren die Durchsagen, die uns am 23. Mai um 11.00 h auf dem Bahnsteig in Siegburg erreichten. Enttäuscht und wütend verließen viele Fahrgäste den Bahnhof, doch ca. 20 Minuten später lief dann unser Zug ein, während noch immer die Durchsage lief: „Der ICE 505 fällt wegen Getriebeschaden aus." War es das, was Herr Mehdorn meinte, als er die Bahn „börsenfertig" machen wollte?

Tatsächlich kamen dann aber noch weitere 20 Minuten Verspätung dazu und unser Anschlusszug von Frankfurt nach Regensburg war fort. Die Zugansage auf dem Bahnhof war also korrekt, nur der Zeitpunkt war zu früh. Über Nürnberg sind wir dann mit ca. 2 Stunden Verspätung in Regensburg angekommen. Im Hotel dann die Hiobsbotschaft: Unsere Räder sind nicht da! Die hatten wir mit dem Vertragsspediteur der Deutschen Bahn AG, Hermes, vorausgeschickt. Lt. Bestätigung Hermes hätten die Räder am Samstag ankommen müssen. Die „Hotline" von Hermes verriet uns dann gegen die stattliche Gebühr von 1,55 €, dass „keiner zu Hause und erst Montag nach 8.00 h wieder jemand zu sprechen sei".

Sonntag, 24. Mai 2009
Wir saßen also fest und schauten uns in Regensburg um. Eine Bootsfahrt auf der Donau, das Anwesen derer von Thurn & Taxis, den Biergarten mit leckeren Grillwürstchen auf Kraut. Urlaubsstimmung wollte sich aber nicht einstellen. Immer wieder drehte sich das Gespräch um die fehlenden Räder und evtl. Alternativen. Leihräder, neue Räder kaufen oder gar den Urlaub abbrechen?

Montag, 25. Mai 2009
Am Montag ab 8.00 h nervt Linda bei Hermes so lange, bis unsere Räder endlich gefunden wurden. Um 14.00 wurden sie geliefert. 48 Stunden zu spät. Leider hatten wir unsere ersten beiden Etappen durch das „Regen-Tal", die als „Warmup" gedacht waren, bevor wir den Böhmer Wald erreichten, verpasst. Nun fuhren wir mit dem Zug direkt nach Furth im Wald. Unser Hotel „Am Steinbruchsee" lag zwar etwas weit außerhalb, bot aber herrliche Ruhe und vorzügliche Forellen.

Dienstag, 26. Mai 2009
Nun geht es endlich los. Hier sind die Berge etwas höher als bei uns, und der Weg ging rauf und runter, quer durch den Bayerischen Wald, an schönen, blumengeschmückten Bauernhäusern vorbei. Gegen 11.00 h erreichten wir die tschechische Grenze. Tschechien, Mitglied der EU, hat keine Grenzposten

mehr, aber an den Straßen merkten wir sofort, dass wir „woanders" waren. Radwege? Fehlanzeige! Bis Prag nur Bundes- und Nebenstraßen, mit mehr oder weniger viel Verkehr. Straßenzustand teilweise eine Katastrophe. Kopfsteinpflaster, bei dem häufig einzelne Steine fehlen, Straßenbelag teilweise nur rudimentär vorhanden, oder buckelig mit Schlaglöchern übersät. Auch die Häuser: Sehr schmucklos, vergammelnde Plattenbauten, überall Autowracks und der zu Nase gehende Verdacht, dass Kanalisation hier noch keine Rolle spielt. Gegen 11.30 h erreichten wir Kdyne, unsere erste tschechische Stadt. Hier verlassen wir den offiziellen „Radweg", da uns die Burg von Horšovský Týn als besonders besichtigungswert empfohlen wurde.

Geldwechsel, ein Kaffee und weiter nach Domazlice. Auf der Bundesstraße machten wir dann die ersten Kontakte mit den riesigen Trucks, die oft nur in Handtuchbreite an uns vorbei brausen, immer einen kräftigen Wind Sog verursachend. Ich frage mich, warum ich meinen Sturzhelm nicht mitgenommen habe. Die Straßen haben keinen Seitenstreifen, es geht direkt einen halben Meter tief in den meist mit Schlamm und Müll gefüllten Straßengraben. Domazlice erreichten wir gegen 13.0 h. Völlig entnervt, verschwitzt und durstig. Am großen Marktplatz fanden wir ein schattiges Plätzchen und stillten unseren Durst. An die niedrigen Preise musste man sich erst mal gewöhnen. Ein halber Liter Pilsner Urquell ca. 1 €, Kaffee 0,50 €, Flasche Wasser mit 1,5 Liter ca. 0,25 €. Nicht nur mir fällt auf, dass die tschechischen Damen mit ihren Reizen sehr offen umgehen und Einblicke gewähren, die hier bei uns zu Missverständnissen führen könnten.

Nach der Pause geht's zum letzten Abschnitt Richtung Horšovský Týn. Von 400 m geht's hoch auf über 550 m. Es ist um die 25 Grad, und schon nach einer guten halben Stunde sind die Wasservorräte wieder verbraucht. Von den Bergen aus haben wir eine wunderbare Aussicht auf die herrliche Landschaft... aber auch auf ein heranziehendes Gewitter. Für die 12 km lange Stecke brauchen wir 1,5 Stunden und sind froh, als wir endlich im Hotel ankommen. Im Hotel das erste tschechische Abendessen. Es schmeckt alles wunderbar, nur der mit Marmelade gefüllte Palatschinken zum Nachtisch ist nicht der wahre Renner. Wir spielen noch eine Weile Skipbo, während draußen mit Starkregen und lautem Krachen ein Gewitter heruntergeht.

Mittwoch, 27. Mai 2009.
Nach dem Frühstück besichtigen wir die wirklich sehenswerte Burg Horšovský Týn der gleichnamigen Stadt (Bischofsmützenstadt). Die angekündigte „Deutsche Führung" entpuppt sich als ein sehr sympathischer, junger Mann, der kein Wort Deutsch spricht, uns dafür aber eine Übersetzung seines Führungstextes in die Hand drückt.

Nun brechen wir auf, Richtung Pilsen. Wieder Bundesstraße. Einen auf dem Plan eingezeichneten Radweg, der uns auf „unseren Radweg" zurückbringen sollte, finden wir nicht. In Stod geht die Bundesstraße mächtig gegen den Berg und auf der Suche nach dem Bahnhof weist uns „glücklicherweise" ein Schild den offiziellen Radweg Nr. 2270, um diesen Abschnitt der Straße zu umgehen. In einer kleinen Bäckerei trinken wir einen letzten Kaffee. Der „Radweg" geht erst mäßig, dann steil bergan, ist aber glatt geteert. Nach und nach jedoch erscheinen dicke Lücken im Straßenbelag. Die werden immer größer und nach 5 km stehen wir vor völlig aufgeweichtem, morastigem Untergrund. Wir schieben unsere Räder durch die Pampe und holen uns mächtig nasse Füße. Auf dem vorerst höchsten Punkt des Weges ist es trocken. Zeit fürs Mittagessen, das heute aus trockenen Brötchen, Wasser und Tatschlenka besteht, so eine Art Schwartenmagen. Wir schieben nun wieder den Berg hinunter, allerdings auf der anderen Seite. Der Weg geht durch ein trockenes Bachbett, völlig mit Sand und Geröll angefüllt, und schließlich landen wir auf einer Wiese. Hier stehen brusthoch Gras und Brennnesseln. Aber immer noch der Radweg Nr. 2270. Nach gut 2 Stunden erreichen wir den Ort Lazany.

Überall leer stehende Häuser, halb abgerissene Fabrikhallen. Eine Handvoll Menschen, die an einer Bushaltestelle wartet, sieht uns an, als seien wir Aliens, gerade gelandet. Keine Zeit für Pausen, denn wir sind mit unserem Zeitplan um Stunden zurück und müssen noch bis Pilsen. Über Dnesize erreichen wir wieder den „Radweg Nr. 3" und fahren wir dann an einer riesigen Fabrik für Betonsteine vorbei, deren Lastwagen uns mächtig zusetzen. Wir merken an den Häusern, dass wir uns Pilsen nähern. Schmucke, gepflegte Einfamilienhäuser mit schönen Gärten, teilweise mit Pool, gerade wie bei uns, zeigen den Wohlstand der Menschen an. Pilsen selbst ist eine laute Industriestadt und wir sind froh, endlich unser „Hotel Pilsen" zu finden. Schickes Hotel mit 3 Sternen, aber 4 Sterne wert. Auch hier essen wir lecker zu Abend und schlafen traumlos, bis uns um 6.00 h die Müllabfuhr mit lautem Getöse aus den Betten holt. Nun ja, ab 7.00 h gibt es Frühstück und um 8.00 h sitzen wir wieder auf den Rädern. Besichtigen lässt sich um diese Zeit noch nichts, das geht überall erst ab 10.00 h los.

Donnerstag, 25. Mai 2009.
Der „Ausstieg" aus Pilsen gestaltet sich recht schwierig, da die aufgestellten Wegweiser sich mit der Karte widersprechen und uns mehrfach in die Irre führen. Schließlich schaffen wir es aber doch noch und fahren, an der „Pilsner Urquell Brauerei" vorbei, aus Pilsen heraus. Für eine Besichtigung ist es noch immer zu früh, obwohl schon einige Reisebusse da sind, die sich ihrer Fracht entledigen. Nun geht es wieder den Berg hoch, durch einen Wald, vorbei an schönen, klaren Seen, bis unser Radweg mal wieder urplötzlich zu Ende ist, obwohl die Karte einen Weg ausweist. Anfangs noch mit spitzen Schottersteinen „belegt", löst er sich dann ganz auf. Also wieder durch die Wiesen schieben, ausgetretenen Fußpfaden folgen, um riesige Wasserpfützen herum, bis wir endlich wieder auf einer Straße landen. Wir sind in Rokycany, die erste Hälfte unserer Tagesetappe ist vollbracht. Allerdings waren wir für die 30 km rund 5 Stunden unterwegs und haben noch 30 km vor uns. Das Wetter schlägt um. Hatten wir am Morgen noch einige Sonnenstrahlen, zieht es sich nun zu, und es kommt ein unangenehmer, kalter Gegenwind auf. Während wir auf dem Marktplatz sitzen und Brötchen mit Würstchen essen, beginnt es leicht zu regnen. Wir suchen den Bahnhof und wollen mit dem Zug die restlichen 30 km bis Horovice zurücklegen.

Im Bahnhof fühle ich mich wie durch eine Zeitmaschine um Jahrzehnte zurückversetzt. Es gibt 2 Fahrkartenschalter, die mit echten Menschen besetzt sind. Freundlich geben sie Auskunft, beraten mich. Öffnungszeiten: 04.00 h - 23.30 h. Als unser Zug einläuft, steigt der Schaffner aus, weist uns den Weg zu einem Abteil und hebt die Räder plus Gepäck in den Zug. Am Ziel angekommen, steht er schon freundlich am Abteil und trägt alles wieder auf den Bahnsteig. Lächelnd winkt er uns zu, ein Trinkgeld ablehnend. Die ganze Fahrt, 30 km mit 2 Rädern, kostet 2,00 €. In Bayern kostet allein eine Fahrradkarte 4,50 €. Dafür hat man dann aber auch Null Service und die ewige Fummelei mit widerspenstigen Automaten.

Vom Bahnsteig in Horovice können wir schon in der Ferne unser Hotel sehen. Leider liegt dazwischen ein Tal. Wir müssen vorsichtig den steilen Hang hinunter und auf der anderen Seite wieder hoch. Wieder beginnt es zu regnen. Während wir unsere Räder in der Garage verstauen, platschte es dann richtig los und hörte auch erst spät am Abend wieder auf. Das Essen war wieder sehr lecker, der englisch sprechende Ober war sehr nett und half uns, unsere tschechische Aussprache zu verbessern.

Freitag, 29. Mai 2008
Am frühen Morgen scheint zwar die Sonne, aber es ist saukalt. Außerdem ist auch wieder Regen angesagt. Wir verlassen das „Hochland" und fahren auf einer 35 km Strecke von 450 auf 200 m runter nach Karlstejn. Die erste Strecke ist eine phantastische Abfahrt von 7 km, immer leicht den Berg hinunter. Leider zieht es sich wieder zu, und es beginnt zu tröpfeln. Nach einigen „kartenbedingten Umwegen" erreichen wir dann gegen 12.00 h Karlstejn an der Berounka. Auf der „Zielgeraden" zum Hotel beginnt ein Wolkenbruch, dem wir dann leicht angefeuchtet mit Flucht aufs Zimmer entgehen können.

Das Hotel liegt am Fuße der Burg und heißt wohl „Drachenloch". Auch hier gibt es vorzügliches Essen, aber die Zimmer haben schon etwas mit „Drachenloch" zu tun. Offiziell 3 Sterne, aber davon war mindestens 1 Stern woanders entliehen worden. Für den Nachmittag war die Burgbesichtigung geplant, aber es schüttet ohne Gnade, so dass wir den Nachmittag Karten spielend verbrachten.

Samstag, 30. Mai 2009

Am nächsten Morgen: Verhangener Himmel, kein Regen, aber kalt. Die Burgbesichtigung kann steigen und war wirklich großartig. Auch hier gibt es die Sage vom Ritter mit dem Drachen. Ähnlich der Siegfried-Sage. Um den entsprechenden Wahrheitsgehalt der Geschichte zu unterstreichen, stellt man einen „versteinerten Drachenkopf" aus, der aber mehr an ein kleines Krokodil erinnert. Nach der Besichtigung regnet es wieder, und wir fahren die restlichen 30 km mit dem Zug nach Prag. Diesmal zahle ich ca. 2,20 € Es ist ein moderner, doppelstöckiger Zug, in den wir die Räder einfach hineinfahren können. In Prag ist der erste Teil der Tour, die Feuersteinstraße, zu Ende, und wir haben zwei Tage Besichtigung eingeplant.

Die Moldau-Elbe-Tour.

Bei leichtem Regen fahren wir in Prag ein und sind platt über so viel Touristen. Dicht an dicht, vergleichbar mit dem Kölner Karnevalszug, schieben sich die Menschen durch die engen Gassen. Radfahren ist im Bereich der Altstadt nicht möglich. Wegen der vielen Straßenbahnschienen, aber auch wegen des Kopfsteinpflasters, das bedenkliche Lücken aufweist, ist das Radeln in Prag nicht sonderlich anzuraten. Geduldig schieben wir unsere Räder bis zum Hotel, das sich ein bisschen ziert, bevor es sich von uns finden lässt. Hotel Tyl, 4 Sterne, und die hat es auch verdient. U-Bahn nur 3 Minuten entfernt, leider keine Küche.

Als ich uns an der Rezeption anmelde, fragt die Rezeptionistin Elena, wo unser Auto steht. Ich erkläre, dass wir auf Rädern unterwegs seien. Selten habe ich gesehen, wie jemand vor Staunen der Unterkiefer herunterklappt. Wir dürfen die Räder hinter der Rezeption verstecken, müssen aber dafür mit den schmutzigen und triefenden Rädern quer durch die Halle schieben. Linda findet das peinlich, aber schon nach wenigen Minuten ist jemand da, der die Halle wieder blitzblank putzt.

Das Zimmer ist super! Schöne, große Dusche, stabile Betten und reichlich große Handtücher. Wir duschen, ziehen uns trockene Sachen an und beginnen mit der Erkundung von Prag. Es werden für ca. 50 € Stadtrundfahrten in Oldtimern angeboten. Aber dafür ist es einfach zu kalt und zu nass.

Sonntag, 31 Mai 2009.
Wir unternehmen eine Stadtrundfahrt und schlendern durch die Altstadt. Mit der Linie 22 fahren wir durch die Vororte und sehen, was 50 Jahre Kommunismus so alles anrichten können. Abends essen wir bei „U Schwejk". Hier soll der „brave Soldat" immer sein Bier getrunken haben. Das Essen ist wirklich empfehlenswert und dazu gibt es leckeres Schwarzbier, direkt vom Fass!

Montag, 1. Juni 2009
Wir verlassen Prag. Es geht weiter nach Melnik. Zum Start geht es einen steilen Berg hinauf. Wir haben ja zwischenzeitlich schieben gelernt und tragen es mit Fassung. Natürlich geht es auf dem Berg wieder runter und am Schloss Troja erreichen wir dann den Radweg entlang der Moldau. Der Radweg ist eine Wohltat. Frisch asphaltiert, ohne Straßenlärm, läuft er malerisch durch die Uferlandschaft. Doch unser Glück währt nicht lange. Unvermittelt, ohne jede Warnung ist der Radweg zu Ende, und wir stehen auf dem Uferbankett, das nicht zu befahren ist.

Eigentlich, so hatte ich gelesen, waren von der EG über 30 Millionen in den Radweg geflossen, um hier touristisch einen Meilenstein zu setzen. Das Geld hat also mal gerade für 3 km gereicht. Der Rest war irgendwie „umgeleitet" worden.

Also wieder schieben. Heute ist es richtig heiß, und die Sonne brennt uns auf den Rücken. Nach 2 km werden wir dann durch das kleine Dorf Vodochody „umgeleitet" müssen von der Moldau weg, ca. 40 Minuten einen Berg hinaufschieben.

Oben angekommen, haben wir Durst und finden mitten in der Pampa sage und schreibe 3 Restaurace. Bei einem lassen wir uns nieder, und trinken, trinken, trinken. Nach der Pause geht es dann noch ein Stück den Berg hinauf und auf einer steilen Straße wieder runter zur Moldau. Steile Abfahrten sind in Tschechien immer mit größter Vorsicht „zu genießen", da häufig urplötzlich der Straßenbelag fehlt, Schlaglöcher auftauchen oder die Wegstrecke allgemein so schlecht ist, dass man schieben muss, will man nicht vom Rad geschüttelt werden. In Tschechien schiebt man nicht nur den Berg hinauf, sondern auch wieder herunter. An der Moldau vorbei geht es auf einen kleinen Trampelpfad weiter. Nach der Schleuse dann auf der Uferstraße. Mittagspause in Kralupy. Hier gibt es frischen Leberkäse im Brötchen und einen heißen Kaffee. Wir überqueren wieder die Moldau und fahren durch Wiesen und Wälder auf verkehrsarmen Nebenstraßen ganz entspannt Richtung Melnik. Eine Gierponte bringt uns kurz ans andere Ufer, dann taucht auch schon Melnik am Horizont auf. Wie nicht anders zu erwarten liegt Melnik auf einem Berg, den es heraufzuschieben heißt. Bei Melnik fließen Elbe und Moldau zusammen. Diese Stelle ist aber ziemlich zugewachsen und von oben kaum zu sehen. Die Elbe ist hier noch ein schmales Flüsschen, etwa mit der Agger vergleichbar.

Unser heutiges Domizil liegt zwar im Zentrum, aber doch 150 m tiefer als das selbige. Nach dem Duschen fahren wir mit dem Taxi zum Essen, den Berg wieder hinauf, denn wir haben beide „weiche Knie". Beim Abendessen kommen wir mit dem Koch ins Gespräch, der in den Wintermonaten in Freiburg und im Sommer in Melnik kocht. Das Essen war vorzüglich und unsere Gespräche auf Deutsch / tschechisch waren sehr lustig. Wahrscheinlich spielte auch der „Becherovka" eine Rolle. Ein gesundheitsfördernder Kräuterlikör.

Dienstag, 2. Juni 2009.
Es ist uselig und kalt. Vorbei am Atommeiler Melnik mit dem dazugehörenden Kraftwerk geht es nun an der Elbe entlang weiter nach Litomerice. Das Kraftwerk macht durchaus einen recht bedrohlichen Eindruck, und ich bin froh, als es endlich aus den Augenwinkeln verschwindet. Es ist der gleiche Bautyp wie

Tschernobyl. Erst spät kommt die Sonne heraus und wärmt uns ein bisschen auf. Ansonsten fahren wir auch heute wieder ganz entspannt mal am Ufer, mal durch Wiesen. Auf der Karte sind einige Gasthäuser eingezeichnet, doch sie stehen entweder leer, stehen zum Verkauf oder sind schon „entsorgt" worden. Wir haben aber immer Proviant dabei und müssen nicht hungern.

Gegen 15.00 h erreichen wir Litomerice. Endlich mal sind wir mit der geplanten Zeit ausgekommen. Unser Hotel erweist sich als echtes Schmuckstück und liegt mitten in der Stadt, direkt am Marktplatz. Wir schauen uns die Stadt an, tätigen einige Einkäufe und essen dann auf der überdachten Hotelterrasse zu Abend. Auch hier essen wir sehr gut und, wie immer, zu kleinen Preisen.

Mittwoch, 2. Juni 2009
Heut ist es nur noch 8 Grad, und wir haben einen beißenden Wind, direkt aus Norden. Schafskälte. Ich trage 3 T-Shirts übereinander, hätte aber auch gerne Handschuhe und eine lange Hose angezogen. War leider nicht vorhanden. Bei Linda war es nicht besser. Bei Velké Žernoseky fahren wir durch die „Böhmische Pforte". Hat viel Ähnlichkeit mit dem Mittelrhein. Mühsam kämpfen wir uns gegen den Wind, fahren an der Burg Schreckenstein vorbei und erreichen gegen Mittag Usti. Eine Industriestadt mit riesiger, lärmender Baustelle. Nichts für uns, schnell weiter. Doch der Gegenwind macht es uns schwer. Hinter Usti kein Radweg mehr, jeglicher Verkehr über die Straße bis Decin, unsere letzte Station in Tschechien. Mittags mal wieder Wasser, Brötchen. Eine Wildschweinsalami, die ich seit Furth im Walde im Gepäck habe, wird heute als Notration geopfert.

Kurz vor Decin beginnt es zu regnen, und mit letzter Kraft erreichen wir „halbtrocken" unser Hotel. Wir fühlen uns ziemlich ausgelaugt und essen früh zu Abend. Das Essen ist heute auch keine kulinarische Erbauung. Ziemlich lieblos und fade. Wir spielen noch einige Runden Skip-Bo und gehen früh schlafen.

Donnerstag, 4. Juni 2009

Der nächste Morgen ist noch kälter und es regnet ein bisschen. Da es noch recht früh ist, lasse ich meine Brille richten. Ein Bügel hatte sich gelöst. Wir beschließen, mit dem Zug bis nach Bad Schandau zu fahren. Dort wären wir dann gegen Mittag. Wir hoffen, dass bis dahin der Wind abnimmt und die Temperatur zu. Ab Bad Schandau sind es noch 50 km bis Dresden. Diesmal ist die Zugfahrt nicht so einfach. Ich muss für unsere Räder eine Erklärung unterschreiben, dass die Räder uns gehören, dass wir sie selbst nach Tschechien eingeführt haben, dass wir sie selbst ausführen und in Deutschland nicht verkaufen. Die Eurokraten hinterlassen überall ihre Exkremente.

Da wir nun auch deutsches Gleismaterial befahren, zahlen wir wieder deutsche Preise, fast 20,00 € für 20 km. In einem kleinen Bahnbus fahren wir nach Bad Schandau. Obwohl es immer noch recht kalt ist, erscheint die Stadt freundlich, Blumen geschmückt, an vielen Ecken laden Bänke zum Sitzen ein. Wir merken sofort, dass wir wieder in Deutschland sind.

Nach einer Kaffeepause geht's an die Elbe, Richtung Dresden. Die Elbe schlängelt sich in vielen Windungen und je nach Himmelsrichtung gibt es Gegen- oder Rückenwind. In Königstein überqueren wir mit der Fähre die Elbe, sehen die gleichnamige Festung von unten und brausen mit Rückenwind Richtung Pirna. Unterwegs bietet ein kleiner Gasthof frisch gegrillte Würstchen an. Da können wir natürlich nicht nein sagen. Direkt gegenüber, Stadt Wehlen, kommt das Elbsandsteingebirge in Sicht. Kurze Zeit später sehen wir dann auch die Basteibrücke von unten. Erst zu Hause erfahre ich, dass mein Freund einige Tage vorher, ebenfalls an der Basteibrücke war, allerdings „oben"! Sehr beeindruckend ist die Sicht auf die Felsen. Würde der Wind nicht so pfeifen, könnte man länger bleiben.

In Pirna essen wir trotz der Kälte erst mal ein großes Eis. Leider bekommt man in Tschechien nur Fabrikeis minderer Qualität, und wir genießen die Leckerei. Weiter an der Elbe vorbei Richtung Dresden. Jetzt fast nur noch Gegenwind. Die vielen, schön angelegten Biergärten machen Lust auf eine kleine Pause, aber es ist effektiv zu kalt, um draußen zu sitzen. Außerdem tröpfelt es mal wieder. Schon von weitem sehen wir „Das blaue Wunder". Eine Stahlbrücke, die 1895 gebaut wurde und damals als blau gestrichenes, technisches Wunderwerk galt. Auf der anderen Elbseite suchen wir die Standseilbahn, die uns auf die Höhen von Dresden transportieren soll, denn dort liegt unser Hotel. Nach einigem Suchen werden wir fündig und werden, in Kabinen sitzend, durch einen Tunnel nach oben gezogen. Immerhin 100 Höhenmeter, die wir nicht schieben müssen. Das Hotel ist eine gut erhaltene Villa aus der Gründerzeit. In der Nachbarschaft, „Weißer Hirsch", essen wir zu Abend und gucken danach ein bisschen Fernsehen.

Freitag, 5. Juni 2009
Der Hotelier hat uns erklärt, dass die Innenstadt komplett gesperrt sei. Obama ist gekommen und mit Sightseeing ist heute nix. Da es immer noch sehr kalt ist, beschließen wir, das „Elbamare" aufzusuchen. Ein großes Schwimmbad mit Sauna. Wir möchten uns mal wieder so richtig aufwärmen. Mit einer Tageskarte für den Dresdener ÖPNV bewaffnet (6,50 €), erreichen wir das Ziel. Das Ausleihen von Bademänteln und Saunatüchern ist nicht möglich. Wer aber schleppt schon auf einer fast 600 km Fahrradtour immer Bademantel und Saunatuch mit sich herum? Bei einem nahe gelegenen Billigmarkt erstehen wir einen Stapel kleine Handtücher, die uns gute Dienste leisten. Am späten Nachmittag fahren wir in die Innenstadt. Obama ist wieder weg und die Absperrungen werden gerade weggeräumt. Nach einem Kaffee fahren wir wieder ins Hotel.

Samstag, 6. Juni 2009
Hermes hat unsere Räder abgeholt, die am Dienstag wieder zu Hause sein sollen. (Doch wir werden erneut auf eine harte Geduldsprobe gestellt.) Wir warten an der Haltestelle auf den Sightseeing Bus und fahren rund 2 Stunden durch Dresden. Dabei erfahren wir allerlei Neues und buchen eine Besichtigung in der Semperoper. Leider regnet es mal mehr, mal weniger, so dass Fotografieren kaum möglich ist. In der Semperoper, sehr beeindruckend, habe ich dann keine frischen Akkus für den Fotoapparat mehr.

Dresden gefällt uns sehr gut und wir möchten gerne mal wiederkommen. Aber bei schönem Wetter. Abends essen wir wieder im „Weißer Hirsch" und sortieren schon mal unsere Habseligkeiten für die Rückreise.

Sonntag, 7. Juni 2009
Wir packen und fahren mit dem Bus zum Bahnhof. Dort lagern wir unseren „Kram" im Schließfach und erkunden die Stadt zu Fuß. Noch immer ist es um 12 Grad, aber es regnet nicht mehr. Ganz knapp verpassen wir den Ausflugsdampfer. Aber es gibt auch ohne Dampfer noch viel zu sehen. Gegen 14.00 h fahren wir mit dem Zug zum Flughafen, um 16.00 h geht's ab nach Köln. Unser „Billigflieger" nimmt pro Gepäckstück 5,00 €. Bei 4 Packtaschen immerhin 20,00 €. Mit Packband kleben wir je 2 Packtaschen so zusammen, dass wir nur noch 2 Gepäckstücke haben. Beim Einchecken merke ich, dass man dort über unsere „Gepäcklösung" gar nicht erbaut ist. Wir werden „zur Strafe" an die „Aufgabe für Sperrgepäck" geschickt. Dort ist „Holland in Not", denn der zuständige Computer hat keine Lust. Die hinter der Glasscheibe herumsitzenden „Kräfte" wohl auch nicht. Nach einer Beschwerde bei der Aufsicht wird das Gepäck per Hand gewogen und abgefertigt. Nun möchten wir auf der Aussichtsterrasse etwas trinken, aber wir werden des Feldes verwiesen. Man könne nur „brunchen", aber nichts trinken. Irgendwie hatte ich mir Dienstleistung immer ganz anders vorgestellt. Die Art und Weise, wie hier mit „Gästen" umgegangen wird, ist wohl ein Relikt aus der glorreichen „DDR-Zeit". Pünktlich um 16.00 h fliegen wir los, und als wir eine Stunde später in Köln landen, geht gerade ein starkes Gewitter herunter. Na ja, das kennen wir nun schon.

Dienstag, 9. Juni 2009
Heute kommen unsere Räder an. So der Plan. Aber nichts passiert. Mittwoch wieder stundenlange Telefonate mit Hermes. Per E-Mail teilt man uns mit, wir sollten das Schadensformular ausfüllen und die Räder als Verlust melden. Dann würde sich ein Sachverständiger bei uns melden. Wir wollen aber weder das Eine noch das Andere. Wir wollen unsere Räder. Also weitertelefonieren. Am Donnerstag ist lt. Hermes kein Suchen möglich, da in NRW Feiertag

ist. Und das, obwohl niemand weiß, ob unsere Räder überhaupt schon in NRW angekommen sind. Freitag das gleiche „Theater". Erst am frühen Nachmittag werden wir informiert, dass die Räder gefunden worden sind und Freitagabend geliefert werden. Eine tolle, logistische Leistung! Schlamperei hat einen Namen: Hermes! Ich kann an dieser Stelle nur die Einsatz- und Telefonierfreude von Linda bewundern, die sich hartnäckig und ohne je frech zu werden, von einem Sachbearbeiter zum nächsten durchgekämpft hat, bis sie endlich an der richtigen Stelle war.

In der gleichen Zeit hätten wir auch mit dem Rad nach Hause fahren können. Stellen wir uns zum Schluss die Frage, ob wir das Ganze noch mal machen würden, dann ist die Antwort: Jein. Ja, immer wieder mit dem Rad in Urlaub, aber Nein, wenn es um Tschechien geht. Mit Sicherheit ist die Tschechische Republik ein interessantes Urlaubsland mit vielen schönen Burgen und leckerem Essen, aber für Radfahrer nicht geeignet. Ein herzliches Dankeschön an meine Frau, die nie gemeckert hat. Grund hätte es genug gegeben.

95. Kapitel

Dadurch, dass ich Arbeit mit nach Hause nahm, fehlte mir Platz, ein Büro war nicht möglich. Der PC mit Internetanschluss stand unter der Treppe, die zum Schlafzimmer führte. So richtig ausbreiten konnte ich mich dort nicht, und wenn Linda Besuch hatte, ging es auch nicht. Wir mussten uns also vergrößern. Das war klar. Aber wie, war noch nicht klar. Am einfachsten war es, die Wohnung zu verkaufen und das erlöste Geld in eine neue Wohnung oder ein Haus zu stecken. Aber was kaufen? Und wie bezahlen?

In dem Haus, in dem Linda ihre Wohnung hatte, wohnte ein Mitarbeiter der Volksbank. Mit dem führten wir ein Gespräch, um zu erkunden, ob es für uns überhaupt eine Möglichkeit gäbe, ein Haus zu kaufen. Wir versorgten ihn mit allen Unterlagen und nach wenigen Tagen klingelte er an der Wohnungstür. Wir beide waren natürlich gespannt wie die Flitzebogen und Linda rechnete mit einer Absage. Ich war da schon positiver eingestellt, und tatsächlich bekamen wir einen Kredit angeboten, der ausreichte, ein Haus zu kaufen. Auch die Rückzahlungsmodalitäten waren sehr moderat. Wir schlugen zu.

Es hat dann noch zwei Jahre gedauert, bis wir das richtige Objekt gefunden hatten. Keine Ahnung, wie viele Objekte wir besichtigten, es werden wohl so um die zehn gewesen sein. Als wir nach dem letzten Besichtigungstermin wieder auf der Straße standen, sahen wir uns nur an und wussten: Das ist es! Das kaufen wir! Leider mussten wir dann doch noch ein gutes halbes Jahr warten, bis wir einziehen konnten. Der Verkäufer baute gerade neu, und das zog sich leider hin.

Immerhin: Am 1.8.2010 zogen wir ein. Vorher hatten uns Freunde geholfen, einige bauliche Veränderungen vorzunehmen. Das Badezimmer wurde komplett umgebaut. Im Erdgeschoss mussten Holzdecken eingezogen werden. Der Fußboden war verschlissen und musste erneuert werden. Die Elektroinstallation wurde renoviert. Mit meinem bewegungsunfähigem, rechtem Arm konnte ich leider bei keiner Maßnahme richtig helfen, was mir oft die Tränen in die Augen trieb. Schließlich hatte ich ja jahrzehntelang all diese Arbeiten selbst ausgeführt.

Endlich hatten wir ein eigenes Haus, Garten mit Rasen, Hecken, Terrasse, Garage und Kamin im Wohnzimmer. Es war nicht zum Aushalten. War ich doch einige Jahre vorher noch am Boden zerstört und hatte keinen Lebensmut mehr, so ging es mir nun wieder richtig gut. Dank Linda. Nach meiner Trennung von Romika war mir sehr deutlich aufgefallen, dass ich für mich selbst relativ wenig Geld benötigte. Der Löwenanteil meines Einkommens diente Romika zur Führung ihres „Lifestyles". 25 verschiedenfarbige Haute Couture Blusen, 25 farblich dazu passende Armbanduhren müssen erstmal finanziert werden. Linda war da genau das Gegenteil. Sonst hätten wir das alles nicht in so kurzer Zeit geschafft. Die sieben „mageren Jahre!" waren vorbei.

Beruflich ging es auch gut weiter. Irgendwann war die Insolvenzphase vorbei, ich musste nichts mehr abgeben. 2009 konnte ich den alten Japaner wegen der Abwrackprämie eintauschen und bekam einen Zuschuss von 2.500,00 € für den Kauf eines neuen Wagens. Das erste und einzige Mal, dass der Staat mir etwas geschenkt hat. Allerdings verkaufte ich den nach einem Jahr zu einem guten Preis, da ich nur noch Aufträge annahm, die ich mit dem ÖPNV gut erreichen konnte. Ein Auto, nämlich das von Linda, reichte uns völlig aus. Das Seniorenticket kostete rund 60 € im Monat und damit kam ich überall hin. Außerdem fuhr ich, wann immer es möglich war, mit dem Rad zur Arbeit.

96. Kapitel

Aber, wie immer im Leben, gab es auch Schattenseiten. Meine Tochter entwickelte sich zu meinem großen Bedauern immer mehr in die Richtung ihrer Mutter. Emma bekam einen „Dolce&Gabana" Spleen. Ewig neue Klamotten, Marke, Marke über alles. Natürlich immer das neueste I-Phone, wo ein normales Handy völlig ausgereicht hätte. Da ihre eigene Finanzkraft ihr diesen Lebensstil nicht ermöglichte, verfiel sie auf die Idee, sich Geld zu leihen. Damit fing der Ärger an. Natürlich ist man als Vater gerne bei finanziellen Engpässen behilflich, wenn man sich das leisten kann und wenn es sich um ein „finanzierungswürdiges Objekt" handelt. Leider haute Emma alles auf den Kopf, um irgendwelche Spielerein zu erstehen, die im Grund völlig sinnfrei waren. Ärgerlich wurde es dann, wenn das Geld nicht zurückfloss. Schließlich hatte ich über längere Zeit den Insolvenzverwalter im Nacken. Da hatte ich genug Probleme, selbst über die Runden zu kommen, und konnte nicht alle Nase lang 300 € verschenken.

Nachdem, wegen eines nicht zurück gezahlten Darlehens einige Zeit Funkstille herrschte, rief sie mich an, um mir zu sagen, dass sie mich unbedingt sehen möchte. Der Vater ihrer Freundin sei gestorben, und das habe ihr zu denken gegeben. Unbedingt wolle sie mit ihrem Vater im Guten leben und mich treffen. Na gut, dachte ich mir, das hört sich ja nach Einsicht an. Wir trafen uns und gleich zu Beginn erklärte ich ihr eindringlich, dass ich auf die Rückzahlung der bisher geliehenen Beträge verzichte. Wenn aber noch einmal ein Betrag nicht zurückgezahlt werden würde, wäre Schluss mit lustig. Ich würde den Kontakt endgültig beenden. Emma erklärte sich damit einverstanden, entschuldigte sich und bat dann sofort um 300 €, die sie dringend für die Miete benötige. Von ihrem Ehemann getrennt, hatte sie eine eigene Wohnung genommen und angeblich bezahlte der EX keinen Unterhalt. Ob ich denn wolle, dass sie mit meinen(!) Enkelkindern auf der Straße leben müsse. Den Exmann konnte ich nicht erreichen. Ich schlug vor, dass ich monatlich 50 € von ihr zurückbekommen würde. Nein, war ihre Aussage, das bekommst du viel früher, komplett von der Lohnsteuerrückzahlung zurück.

Und? Ich bekam einmal 50 € zurück und das war es dann. Immer wieder neue Ausflüchte wegen der Rückzahlung, aber es kam nichts. Weihnachten hatten wir alle zum Essen eingeladen. Emma hatte ich gesagt, dies sei der letzte Rückzahlungstermin. Hätte sie bezahlt, dann wäre das Geld ihr Weihnachtsgeschenk gewesen. Aber es kam noch schlimmer. Sie hatte sich einen Lover zugelegt, der irgendwo im Outback wohnte und nur mit stundenlanger Autofahrt erreichbar war. Sie kam zum Essen viel zu spät. Ihr Exmann und die Kinder saßen bei uns wie auf heißen Kohlen. Außerdem hatten alle Hunger. Als die Dame dann endlich erschien und uns teilweise ihre Aufmerksamkeit schenkte, musste sofort das I-Phone ausgepackt werden, der Lover wurde mittels WhatsApp informiert, und sie zeigte dann die Fotos herum, die sie mit ihrem Typ über die Feiertage geknipst hatte. Da wurde nicht erst Mal den eigenen Kindern frohe Weihnacht gewünscht oder gezeigt, wie sehr sie sich freuen würde, die Kinder wiederzusehen. Nichts von alledem.

Das war das letzte Mal, dass alle eingeladen worden waren. In Zukunft fanden Weihnachtsessen nur mit Schwiegersohn und Enkeln statt.

Natürlich bekam ich auch kein Geld zurück. Das habe sie zu Hause liegen gelassen. Lange Rede kurzer Sinn, letztendlich erklärte sie, das sei „vorgezogenes Erbe". Geld, das ihr ohnehin zustehen würde und deshalb nicht zurückgegeben werden müsse. Ich habe dann die Restsumme über den Gerichtsvollzieher eintreiben lassen. Wer hier was erbt, entscheide ich und nicht ein etwaiger Erbe. Das war dann auch das Letzte, was ich von ihr gehört habe.

97. Kapitel

Beruflich tat sich wieder etwas Neues auf. Nachdem ich in den letzten Jahren hauptsächlich kurzfristige Verträge hatte, tat sich nun in Köln eine Ganztagsbeschäftigung auf. Es war eine Modefirma, die allerlei Accessoires aus Indien und China importierte und in Deutschland an Modeketten verkaufte. Der Inhaber war ein Mann in meinem Alter, mit einer erheblich jüngeren Zweitfrau, die den Geschäftsführer spielte. Aus Haftungsgründen und wohl auch wegen einer abgeschlossenen Insolvenz konnte / wollte der eigentliche Inhaber nicht als Geschäftsführer agieren, aber er war der eigentliche Drahtzieher des Unternehmens. Bei meinem ersten Arbeitstag fiel mir auf, dass auf dem Schreibtisch der Geschäftsführerin Ria, ein riesiger Haufen Papier lag. Da ich keinen echten Kampfauftrag hatte, ich sollte mich, so der schwammige Auftrag, um die Buchführung „kümmern", nahm ich mir diesen Haufen vor. Mir wurde sofort klar, dass ich hier wieder eine Schuhkartonbuchhaltung vorfand. Kontoauszüge, Rechnungen, Briefe, Belege aller Art, Kassenzettel etc. lagen völlig unsortiert herum. Die ersten Tage war ich also damit beschäftigt, Ordner anzulegen, abzuheften, zu prüfen, was erledigt werden musste und so weiter.

Ria beobachtete genau, was ich tat, und fiel von einem Begeisterungstaumel in den nächsten. So etwas habe sie noch nie gesehen, wie ich Ordnung schaffen konnte, das war großartig, ja sensationell. Eigentlich war es nichts, wofür man Betriebswirt sein musste, jeder Lehrling hätte das auch gekonnt. Nachdem die Ordnung zumindest optisch hergestellt war, ging es an die Konten. Zahlungen an Lieferanten, bei denen die Rechnungen fehlten, gebuchte Rechnungen, die nie bezahlt worden waren, private Zahlungen auf Geschäftskonten, Reklamationen waren nicht abgerechnet worden und so weiter. Das erste Halbjahr verbrachte ich mit Kontenabstimmungen. Dabei musste ich natürlich besonders tief in die Lieferanten einsteigen, und es entspann sich ein reger Schriftverkehr mit Indien und China, wobei ich meine Englischkenntnisse verbessern konnte. Fast immer endeten meine Recherchen bei Rudi, dem „Geschäftsführer." Sein eigentliches Talent war das Verkaufen, mit Belegen hatte er nichts im Sinn. So gab er mir einmal einen Stapel Belege, die alle 2 Jahre alt waren. Die Belege habe er im Anzug gefunden. Den hatte er zwei Jahre nicht mehr getragen.

Es war dann auch in der Tat recht schwierig, an die entsprechenden Unterlagen zu kommen. Es gab keine Briefe, nur E-Mails, und die waren wer weiß wo gelandet. Also musste ich häufig bei Lieferanten und Kunden Kopien unserer eigenen E-Mails anfordern. Alles sehr zeitintensiv und so nach und nach arbeitete ich mich komplett ein. Wer was wissen wollte, musste mich fragen.

Das wurde mir dann auch zum Verhängnis. Ria sah sich als gut ausgebildete, hochmotivierte, effektive Geschäftsführerin, hatte jedoch von Tuten und Blasen keine Ahnung. Wollte sie ihren Standpunkt gegenüber Rudi durchsetzen, wurde ich immer dazu gerufen und sie erwartete natürlich, dass ich ihr beistand, ihre Meinung vertreten würde. Rudi machte nach einer gewissen Zeit das gleiche und nun hing ich immer zwischen zwei Stühlen. Ich versuchte also immer eine dritte Meinung zu kreieren, damit ich aus der Nummer raus kam, aber das klappte nicht immer. War ich für Ria, und gegen Rudi, war Rudi sauer und umgekehrt. Die beiden belauerten sich gegenseitig und trugen quasi auch ihre Ehestreitigkeiten vor mir aus. Das musste ja schiefgehen. Wechselseitig wurde ich zum Essen eingeladen um mich dabei auf die „richtige Seite" zu ziehen. Irgendwann hatte wohl jeder der Beiden den Verdacht, dass ich den jeweils anderen bevorzugen würde und es knallte gewaltig. Letztendlich habe ich mich nie auf eine Seite ziehen lassen, sondern immer nur versucht, objektiv zu bleiben.

Rudi führte den tatsächlich statt gefundenen Umsatzrückgang darauf zurück, dass ich mit meiner Buchhaltung nicht klar käme. Als versierter Buchhalter hätte ich frühzeitig erkennen müssen, dass es mit dem Umsatz immer weiter herunterging. Das war natürlich Bullshit. Ich fertigte, gerade für ihn, monatliche Statistiken an, aus denen ganz klar hervorging, dass der Umsatz von Monat zu Monat zurückging und ich hatte mehrfach im Gespräch darauf hingewiesen. Jaja, das stimme wohl, aber ich sei eben Betriebswirt und hätte gegensteuern müssen. Wie ich das denn hätte machen sollen? Das weiß ich doch nicht, ich hab ja nicht studiert.

Dann ging das Gespräch darum, dass ich immer meine vereinbarten Stunden arbeiten würde, obwohl der Umsatz um 50% zurückgegangen sei. Wenn ich im Monat 50 Rechnungen schreibe, dann ist es vom Zeitaufwand her gesehen völlig egal, ob es 50 Rechnungen zu 100 oder 50 Rechnungen zu 1000 oder 50 Rechnungen zu 10.000 sind. Da wird nichts eingespart. Dieser Standpunkt, meinte Rudi, sei dialektisch. Als es dann auch noch darum ging, dass ich meinen 3 Monate vorher angekündigten Urlaub verschieben solle, wurde ich dann auch unangenehm. Es gab überhaupt keinen Grund, keinen Urlaub zu machen. Dies war alles schon Monate vorher, mit dem Steuerberater, Rudi und Ria abgesprochen. Das war mir einfach zu viel dummes Gerede. Ich kündigte und ging nach Hause. Später rief er wieder an und meinte, wir sollten es doch noch mal versuchen. Aber ich hatte die Nase voll.

Ich arbeite sehr gerne, aber so nötig habe ich es dann doch nicht.

98. Kapitel

Ohne jeden Stillstand begann ich in Köln bei einer anderen Firma mit meiner segensreichen Tätigkeit. Es waren zwei junge Männer, ich nenne sie mal Hipp und Hopp, die ein internetbasiertes Fotostudio betrieben. Auf den verschiedenen Internetseiten konnten Interessierte verschiedene Fototermine und / oder Fotodienstleistungen in ganz Deutschland buchen und bezahlen. Dann bekam der Kunde einen Gutschein für das Studio seiner Wahl gemailt und der Deal war perfekt.

Eigentlich eine ganz simple Sache. Dachte ich. Ich hatte es aber hier mit zwei ganz kreativen Köpfen zu tun, die, bar jeder kaufmännischen Ausbildung,

Erlös mit Gewinn gleichsetzten. Man fuhr fette Firmenwagen, ging regelmäßig aus Essen, hatte teure Freundinnen und ebenso völlig übertuerte Wohnungen. Man gab aus, was man einnahm. Steuern, Betriebsausgaben, Löhne, Gehälter, Mieten waren zwar vorhanden, aber das scherte die Beiden nicht. Es war ein mühsamer Erziehungsprozess mit empfindlichen Rückschlägen, den Beiden klar zu machen, dass man nicht das jeweilige Guthaben auf dem Konto abhob und auf den Kopf haute.

Gerne ging man abends in die Altstadt und leerte mit Freunden eine Flasche Gin für 600 €. Man parkte generell im Halteverbot und schob immer so um die 1.000 € unbezahlte Knöllchen vor sich her. Drohte die Stilllegung der Firmenautos, wurden mal wieder 200 € bezahlt und das Spiel ging weiter.

Ich hatte also auch sehr viel mit Krankenkassen, wegen nicht bezahlter Beiträge zu tun. Ebenso mit dem Finanzamt, wegen nicht abgeführter Umsatz- und Lohnsteuer. Es war natürlich schwierig, hier um Verständnis und Aufschub zu bitten, wenn Hipp und Hopp im Internet auf Facebook alle Nase lang irgendwelche Urlaubsfotos „teilten", die sie fröhlich und gut gelaunt in den entlegensten Teilen der Welt zeigten. Beide gelobten zwar nach jeder Entgleisung Besserung, aber es brach immer wieder mit den Beiden durch. Von einem Fototermin bei Karstadt in Hamburg, der 10.000 € einbrachte, landeten ganze 250 € in der Kasse. Der Rest waren „Ausgaben", für die es keine hinreichenden Belege gab.

Als es dann auch noch darum ging, meinen Job mit einer ehemaligen Mitarbeiterin (abgelegte Freundin, der man noch etwas „schuldig war") zu teilen, kündigte ich. Außerdem war man mittlerweile auch bei mir mit 1.000 € mit Zahlungen im Rückstand. Mehr wollte ich nicht investieren.

99. Kapitel

Und dann ging für mich tatsächlich die Sonne auf. Ich traf auf W.F.E, Weiterbildung für Erwachsene. Hier wurden Erwachsenen-Seminare für Weiterbildung aller Art angeboten. Man suchte dringend einen versierten Buchhalter, denn der vorherige Stelleninhaber hatte die Buchhaltung „absaufen" lassen. Man war sich überhaupt nicht über die Tragweite der Versäumnisse in der Buchhaltung im Klaren. Erst nach einigen Tagen war mir das Ausmaß der Verfehlungen meines Vorgängers klar. Man war von der EÜR auf Bilanzierung umgestiegen und dazu mussten alle Konten in offene Posten umgewandelt werden. 30 Jahre vorher hatte ich das schon mal bei Neumann in Bonn erledigt. Leider hatte man die Auflösung sehr schluffig betrieben und so gut wie kein Personenkonto stimmte. Egal ob Kreditor oder Debitor, es war fast alles falsch. Es tat sich also ein weites Betätigungsfeld auf und ich habe ca. 1,5 Jahre benötigt, alle Konten sauber abzustimmen. Dazu kam natürlich das Tagesgeschäft, denn das Unternehmen lief ja weiter. Außerdem kamen auch Anforderungen für Statistiken, Listen etc. Der ursprünglich geplante Einsatz von drei Tagen / Woche erhöhte sich ganz schnell auf fünf Tage/ Woche.

Im Laufe der Arbeit stellte sich heraus, dass das eingesetzte Buchungsprogramm den Anforderungen nicht mehr genügte und ich stellte dann, in meinem letzten Jahr, alles auf DATEV um. Das hat, im Gegensatz zu meinen Erwartungen, mit hohem, zeitlichen Aufwand sehr gut geklappt.

Die Arbeit machte mir sehr große Freude, da ich zum ersten Mal in meinem Arbeitsleben mit Menschen zusammenkam, die andere auch als Menschen behandelten. „Team" wurde nicht als obskure Organisation betrachtet, es wurde hier gelebt. Jeder konnte sich einbringen, jeder wurde gehört und Entscheidungen fanden fast immer mit Mehrheitsbeschluss statt. *Scherzfrage: Was ist das Wichtigste an einem Team? Es muss mindestens immer einer dabei sein, der arbeitet.*

Zwar gab es auch eine Art von Hackordnung, aber das war doch recht mild im Gegensatz zu anderen Unternehmen. Mit der Geschäftsführung kam ich sehr gut zurecht. Als ich dann zum 70.sten Geburtstag hin erklären musste, dass ich mit der Arbeit aufhören wollte, gab es mir schon einen Stich ins Herz. Begriffe wie Achtsamkeit waren mir zwar bekannt, aber hier lernte ich eben auch, diese mit Wissen zu unterfüttern. Auch die Teilnahme an den Betriebsausflügen gefiel mir sehr. Ich durfte daran teilnehmen, obwohl ich nicht fest angestellt war, sondern über einen Beratervertag abrechnete.

Da ich in der Buchhaltung als Alleinunterhalter auch mit den Kunden in Berührung kam, beispielsweise wenn es Zahlungsprobleme gab, war ich auch in das Tagesgeschäft involviert und ich kam zu manch lustiger Information. Da war der Ehemann, der mit seiner Ehefrau ein gemeinsames Seminar gebucht hatte und nun schrieb: „Ich möchte nicht mehr mit meiner Ehefrau in einem Zimmer untergebracht werden. Eine andere Ehefrau wäre mir angenehm."

Dann war da die Dame, die unbedingt nur vegetarisch essen wollte und wenige Tage vor Seminarbeginn mitteilte, dass sie nunmehr auf keinen Fall vegetarisch essen wollte. Sie habe sich „umentschieden". Unglücklich, denn das Seminarhotel bot nur vegetarisch an. Und da war dann auch ein Herr, der nur buchen wollte, wenn er ausschließlich Ölsaaten und Nüsse zu essen bekäme. Diesem Herrn musste ich dann monatelang wegen der Bezahlung hinterherlaufen. Er würde die Bezahlung immer vergessen, so seine Ausrede am Telefon. Schon schlimm, was eine einseitige Ernährung so alles anrichten kann.

100. Kapitel

Die Zielgerade war in Sicht und zum Abschluss meiner beruflichen Laufbahn wollten wir noch einmal nach Mauritius. Den Taxifahrer Sunjay fand ich nach einigem Suchen wieder und buchte ihn für den Urlaub. Da die guten Hotels hoffnungslos übertuert waren, suchten wir nach einer Ferienwohnung. Wir kochen im Urlaub sehr gerne selber und mit „Villa Kajana" fanden wir ein einmaliges Schmuckstück. Alleinstehende Villa, vollklimatisiert, großer Garten, Pool, 2 Badezimmer, absolut ruhig, riesige, überdachte Terrasse, voll eingerichtete Küche mit Gefrierschrank, 10 Minuten zum Strand, bzw. zur Bushaltestelle. Pool Boy, Gärtner und Haushaltshilfe inclusive und das zu einem Preis, deutlich unter dem, was wir in Südtirol für eine Ferienwohnung bezahlt hatten.

Leider steht dem Einzug ins Paradies wieder ein 12-stündiger Flug im Wege. Diesmal hatte ich die um 50% teureren Komfortsitze gebucht, die einen, lt. Condor, den Flug ganz entspannt erleben lassen. Ich brauchte zwei Tage, um wieder aufrecht gehen zu können.

Sunjay holte uns am Flughafen ab und brachte uns zu unserem Domizil. Vorher führen wir noch am „Cascavelle" vorbei, einem großen Supermarkt, um uns schon mal mit einem Grundvorrat einzudecken. In der Villa angekommen, wurden wir vom Vermieter erwartet. Wir waren einfach nur platt. Schöner als auf den Fotos. Viel schöner!

Badesachen raussuchen und ab in den Pool. Traumhaft, und das ab jetzt jeden Tag!

Danach erkundeten wir die Umgebung. Unser Standort war nahe beim Hotel Manisa, das nun noch schäbiger aussah, als schon vor 13 Jahren. Auch der Pool war noch immer oder schon wieder leer. Wir stellten fest, dass sich Mauritius stark verändert hatte. Wo vormals Äcker und Ödland zu sehen waren, standen nun endlos Reihen von Appartementhäusern. Fast alle standen leer.

Dazu ein kleiner Exkurs. Bis in die 2000er Jahre war der Zucker die Haupteinnahmequelle. Der Tourismus fand in stark geregelten Bahnen statt. Man konnte als Tourist nicht einreisen, wenn man zusammen mit dem Flug kein Hotel gebucht hatte. Also war eine Pauschalreise die einzige Möglichkeit, als Tourist einzureisen. Damit wollte man sich Bagpacker und Hippies vom Leibe halten, die in der Regel ja nicht viel Geld auf der Insel lassen. Die Hauptakteure im Finanzbereich der Insel sind Engländer und Franzosen, die, beide als Mitglied der EG mit Hilfe der EG, über lange Jahre hinweg Mauritius einen stark überhöhten Zuckerpreis garantierten. Mauritius erhielt also einen höheren Zuckerpreis, als auf dem Weltmarkt üblich war und davon lebte man ganz gut. Als sich dieses Geschäftsmodell wegen der Proteste der anderen Zuckerproduzenten langsam auflöste, entdeckte man den Tourismus neu.

Es durften nun auch Flüge gebucht werden, ohne dass es feste Hotelbuchungen gab. Die Inselbewohner / Investoren, investierten nun in Appartementhäuser, was von AIRbnb zusätzlich befeuert wurde. Das erklärt dann die langen Reihen von leerstehenden Appartementhäusern, da man, völlig losgelöst von der tatsächlichen Entwicklung, massive Überbestände produziert hatte. Eine durchschnittliche, gut ausgestattete Ferienwohnung liegt im Preis zwischen 40 und 50 €. Erheblich billiger als zur Hauptsaison in Holland. Leider entschied man sich auch, dem internationalen Geldwäschegeschäft eine neue Heimat zu bieten. Mauritius liegt in etwa auf der gleichen Höhe mit den Cayman Islands, betreffend Anlagen von Schwarzgeld und illegale Einnahmen, z. B. Erlöse aus Rauschgift oder „Erträge", die afrikanische Stammeshäuptlinge dadurch erreichen, indem sie Subventionen und / oder Steuereinnahmen entsprechend umleiten.

Wir hatten ja nun unsere Villa, und die war jeden Cent wert. Linda and ich hatten beide während unseres Urlaubs Geburtstag, und wir hatten uns zwei schöne Geburtstagegeschenke ausgedacht.

101. Kapitel

Der Hubschrauberflug, einmal in 30 Minuten rund um die Insel, war mein Geschenk. Wir fuhren mit Sunjay zum Flughafen, der im Norden der Insel liegt. Wir wurden gewogen und man teilte uns mit, dass heute zu viel Wind sei, man könne leider nicht fliegen. Es lag tatsächlich am Wind und nicht daran, dass wir vielleicht zu schwer waren. Immerhin zeigte man uns den für uns vorgesehenen Hubschrauber, und wir durften einmal Platz nehmen. Schon ein mulmiges Gefühl in einer so kleinen Kiste. Wie sich so ein Flug zu meiner Höhenangst verhielt, war noch eine offene Frage. Ein paar Tage später wurden wir angerufen und wir fuhren erneut zum Flughafen.

Jetzt ging es los. Linda saß vorne, links neben dem Piloten, ich hinter Linda. Wir bekamen dicke Kopfhörer übergestülpt, der Heli wurde gestartet und wir hoben ab. Unser Pilot war sehr erfahren, erzählte uns denn ganzen Flug über kleine Geschichten und machte immer wieder auf interessante Landmarken aufmerksam. So konnten wir von oben Schildkröten sehen, die im Wasser schwammen, unsere Villa erspähten wir auch, den „Underwater Waterfall" haben wir bewundert und als wir urplötzlich in eine dicke Regenwolke flogen, sahen wir absolut nix mehr. Der Pilot meinte, das ginge gleich vorbei und die Scheibenwischer würden nichts nutzen, dafür sei der Regen zu stark. Dabei schaukelte der Heli hin und her und mir wurde ganz anders. Aber die Situation beruhigte sich schnell wieder, die Sonne kam heraus. Nach 35 Minuten waren wir zurück und landeten. Der Heli flog mit einer Geschwindigkeit von ca. 200 km/h in 250 Meter Höhe. Wir konnten eine Menge Aufnahmen machten und waren froh, dass wir hier zugeschlagen hatten. Wenn man am Strand steht, und zu den fliegenden Helis aufschaut, kommt einem das ungeheuer schnell vor. Sitzt man hingegen im Heli und schaut nach draußen, hat man das Gefühl, er kriecht.

Der „Underwaterwalk" in Grand Baje war Lindas Geschenk. Nicht so teuer wie der Heli, aber ebenso mächtig spannend. Wir trafen uns mit anderen Interessenten an einer Strandbude und stiegen dort auf eine Art motorisiertes Floss. Dieses Gefährt brachte uns dann weit aus der Bucht hinaus zu einem anderen Floß, was dort fest verankert lag. Man setzte uns einen riesigen Taucherhelm mit großen Fenstern auf, dazu gab es noch einen Bleigürtel, um den Auftrieb zu bremsen. Nun wurden wir zu Wasser gelassen, etwa 4 – 7 Meter tief. Oben auf dem Helm befand sich ein Sauerstoffventil, und während des gesamten Tauchganges wurde dort über eine lange Leitung frische Luft eingeblasen.

Das war schon ein komisches Gefühl, mitten im Meer auf dem Sand zu stehen und von Fischen umringt zu werden. Wir wurden von zwei Tauchern begleitet. Plötzlich holten die aus einem Beutel Brotreste und zerkrümelten die in Augenhöhe. Eine ungezählte Anzahl von Fischen schoss sofort in die Brotwolke hinein, man war umzingelt von Fischen. Die waren nicht nur zum Greifen da, man konnte sie greifen, aber nicht festhalten. Zum Glück war keiner grösser als 30 cm. Das war unheimlich beeindruckend, zumal man sich immer an die Strömung anpassen und aufpassen musste, dass man nicht umfiel. Nach ungefähr 30 Minuten wurden wir wieder aus dem Wasser geholt, auf das fahrbare Floß verfrachtet und fuhren an Land zurück. Ein Ausflug, der sich gelohnt hat.

Natürlich haben wir an jedem Geburtstag wieder bei Domaine Anna gegessen. Sunjay, der die Buchung vorgenommen hatte, muss wohl darauf hingewiesen haben, dass wir Geburtstag hatten, denn jedes Mal bekamen wir einen kleinen Geburtstagskuchen und einen Drink „vom Haus" nach Wunsch.

102. Kapitel

Beim ersten Besuch wurden wir wieder von einem eleganten, schwarzen Ober empfangen. Nachdem die Orders platziert waren, fragten wir, ob er uns vielleicht sagen könne, was aus Norbert geworden sei. Er zog die Augenbrauen hoch und fragte zurück, was wir denn mit Norbert zu tun hätten. Wir erklärten, dass wir bei unserer ersten Reise Norbert kennen gelernt hatten und von ihm so begeistert gewesen seien, dass wir ihn nie vergessen haben, zumal mein bester Freund ebenfalls Norbert hieß. Wir möchten gerne wissen, was aus ihm geworden sei. Da schaute er uns nachdenklich an und erzählte uns eine kleine Geschichte. Er und Norbert hatten gemeinsam in Südafrika Hotelfach studiert und waren dann 2005 gemeinsam nach Mauritius gekommen. Sie seien die besten Freunde gewesen und vor ein paar Jahren sei Norbert an Krebs gestorben. Er sei noch keine 40 gewesen. Seine Frau und sein kleiner Sohn lebten nun wieder in Südafrika.

Das war mehr als traurig und so richtige Geburtstagsfreude wollte sich nun nicht mehr einstellen.

Linda ist ja eine begeisterte Schnorcheltante und da lag es nicht fern, es einmal mit dem Tauchen zu versuchen. Wir besuchten eine Tauchschule und informierten uns. Grundsätzlich sei das Tauchen möglich, aber Linda besäße kein ärztliches Tauchzeugnis. Ohne dass dürfe man leider nicht tauchen. Zwischenzeitlich war auch der Chef des Ganzen eingetroffen. Ein sehr sympathischer Schwarzer, der mit einer Deutschen verheiratet war. Wir erzählten ihm also die ganze Geschichte noch mal und er empfahl uns, per E-Mail ein entsprechendes Zeugnis von Lindas Arzt in Deutschland anzufordern. Damit würde es auch gehen.

„Stehenden Fußes" verfasste Linda eine entsprechende E-Mail an den Arzt. Leider enthielt das „Attest" nur die lapidare Feststellung, dass Linda bei ihm in Behandlung sei. Pierre, der gut Deutsch sprechen und lesen konnte meinte, der Arzt hätte bestimmt darauf hingewiesen, wenn Linda nicht für das Tauchen geeignet sei. Wir sollten am nächsten Morgen um 10:00 h kommen.

Prima, das hatte ja geklappt. Am nächsten Morgen stand schon ein Helfer bereit, der Linda die Sauerstoffflaschen anlegte. Im Hotelpool übten die beiden dann eine ganze Weile das richtige Atmen, Zeichensprache, auf- / abtauchen und allerlei mehr. Um 12:00 h dann auf zum Boot. Dort warteten noch andere Teilnehmer, aber alles erfahrene Taucher. Ich durfte mit aufs Boot und alle wurden nochmal von Pierre belehrt. Uhrenvergleich und dann verschwand einer nach dem andern, sich rückwärts fallen lassend, vom Boot. Nur der Skipper und ich blieben übrig. Nichts war mehr zu sehen. Linda und Pierre waren verschwunden. Genau wie die Anderen.

Ich will nicht sagen, dass ich in Panik geriet, aber mir war ganz schön mulmig. Der Skipper vollführte eigenartige Bewegungen mit dem Boot. Offensichtlich wusste er nicht, wo die Taucher abgeblieben waren. Auf meine Frage lacht er nur, zeigte aufs Wasser und sagte: "Look at the bubbles!" Tatsächlich sah ich bei genauem Hinsehen, kleine Luftblasen an der Wasseroberfläche, die von den Tauchern stammten. Das beruhigte mich doch sehr, aber so richtig erleichtert war ich erst, als Pierres Kopf aus dem Wasser auftauchte und Linda direkt daneben. Die halbe Stunde war rum. Wieder an Land konnte mir Linda gar nicht oft genug erzählen, wie toll der ganze Tauchgang gewesen war. Das war wohl noch besser als Hubschrauberflug und Underwaterwalk zusammen.

Obwohl wir beide ja nicht die großen Shopping Fans sind, fanden wir in Grand Baie einen Laden, der, zumindest optisch, ausnehmend gute Damenoberbekleidung anbot. Die Inhaberin, eine gut gekleidete Inderin, versicherte uns, dass es sich nicht um billige, indische Ramschware handelte, sondern um guten Stoff, licht-, farb- und **waschfest.** Die Kleider könne man unbesorgt kaufen. Linda suchte sich drei Kleider aus. Auch mir gefielen sie sehr gut. Zurück in unserer Villa konnte Linda nicht dem Drang widerstehen, die neuen Teile im Schongang zu waschen.

Die Überraschung war riesig, als der Waschvorgang beendet war. Es handelte sich ja ursprünglich um drei Kleider, deren Grundton rot, blau und grün war. Es waren zwar immer noch drei Kleider, aber die Farben hatten sich ineinander vermischt. Die Farbe schwarz hatte sich vom Saum des einen Kleides her großzügig auf alle Kleider verteilt. Grün war weg und rot und blau hatten sich zu einer ganz neuen Farbe zusammengetan und auf alle drei Kleider verteilt. Dazu kam, dass sich fast alle Nähte aufgelöst hatten. Es handelte sich nun eigentlich nicht mehr um drei Kleider, sondern um eine Vielzahl unterschiedlich großer Stofffetzen. Eine Erfahrung mehr! Umtausch? Die Klamotten hatten 60 € gekostet, eine erneute Taxifahrt nach Grand Baie lag bei 50 €. Inwieweit wir unser Geld zurückbekommen hätten, weiß ich nicht, aber wir wollten dem einen Ärger nicht noch einen weiteren hinzufügen. Allerdings fanden wir dann einige Tage später in Quatre Bornes einen großen Markt, der fast ausschließlich von Einheimischen besucht wurde. Dort erstand Linda dann wunderschöne Stoffe, die hier in Deutschland zu hübschen Sommerkleidern verarbeitet worden sind.

Leider muss man sagen, dass der Fischbestand im Vergleich zu 2007 erheblich zurückgegangen ist. In der Tauchschule konnte man Fotos von Fischen betrachten, die vor wenigen Jahren noch hier vor der Küste lebten und heute als ausgestorben gelten. Auch das einst geschlossene Riff, das weite Teile von

Mauritius vor Sturmwellen schützt, ist an vielen Stellen lückenhaft und erholt sich nicht mehr. Die Korallen sterben. Das geht wohl hauptsächlich auf die Wassererwärmung zurück, aber auch die Überfischung trägt dazu bei.

Ich konnte hier wirklich nur die absoluten Highlights wiedergeben. Jeder Tag war unvergesslich und wir haben auch jeden Tag genossen. Es war ein Bilderbuchurlaub. Nach drei Wochen hieß es Abschied nehmen. Ich flog nach Deutschland, in den Winter zurück, Linda flog nach Australien zu ihrer Tochter, dem Sommer entgegen.

103. Kapitel

Rosenmontag kam ich nach 12 Stunden Flug und einstündiger Zugfahrt gegen 20:00 h zu Hause an. Eine vor dem Urlaub gekaufte Pizza wurde frisch aufgebacken und ich schaute ein bisschen TV. Dann ging ich ins Bett, hatte einen sehr unruhigen Schlaf, wurde dann irgendwann am Dienstag wach. Ich rief Norbert, meinen Freund, an, um ihm zu sagen, dass ich wieder im Lande sei. Mittlerweile hatte sich das Corona Virus etabliert und da niemand etwas Genaues wusste, gab es unendlich viele Geschichten und Bewertungen. Die Bandbreite ging von „Harmlos, wie eine Grippe", so Herr Spahn, bis „Tödlich", RKI. Jeder konnte sich aussuchen, was er glauben wollte. Es war die Stunde der Experten. Es gab Tage mit mehr Experten als Erkrankte! Norbert, nicht nur er, war erheblich verunsichert und sagte mir am Telefon, dass sei jetzt die Gelegenheit, sich vom Acker zu machen, bevor man in die Fänge der Medizin geriet. Dann habe man keine Kontrolle mehr über sein Leben und gerate in vollständige Abhängigkeit. Tatsächlich tauchten ja dann auch Berichte auf, dass man Personen, 80 und älter, sterben lassen musste, da man sie mangels Kapazität nicht behandeln konnte. Norbert ging auf die 78 zu, sah sich also dem stark gefährdeten Personenkreis zugehörend.

Ob ich ihm nicht eine Pistole besorgen könne, so die Frage. Ich hätte doch Internet, da müsse das doch möglich sein. Nein, ich kann keine Pistole besorgen. Wenn du unbedingt eine Schusswaffe haben möchtest, dann fahr nach Belgien. Da geht das.

Ein paar Tage später besuchte ich ihn und seine Frau. Ich erzählte vom Urlaub, aber wir redeten auch eine ganze Weile über die Corona-Krise. Ich hatte ihn noch nie so verängstigt gesehen. Er war ein ganz anderer Mensch geworden. Nicht mehr tatkräftig und Entscheidungen fällend, sondern zögerlich und verunsichert. Er hatte massive Angst. Ich hatte das Gefühl, dass er starke Depressionen hatte, er versuchte, das aber irgendwie zu verbergen. Vielleicht wurde ihm zum ersten Mal bewusst, dass er auf die 80 zuging. Im Vorjahr war er noch die Auffahrt zur Talsperre Wahnbach hinaufgeradelt und hatte mich auf meinem E-Bike überholt. Er fuhr fast täglich 30 KM Rad. In Folge telefonierten wir häufiger als früher und das Thema war immer Corona.

Ende März kam Linda dann aus Australien zurück. Sie war sehr überrascht, dass ich in Siegburg direkt am Bahnhof parkte, und alle anderen Parkplätze waren unbesetzt. Der Bahnhof menschenleer und die Straßen so frei, wie sonst nur morgens um drei Uhr. In Australien hatte es zwar auch Schutzmaßnahmen gegeben, aber so krass war es denn doch nicht.

Über das Internet besorgte ich Norbert dann immerhin einen ausreichenden Vorrat an Toilettenpapier und als dann die Maskenpflicht ausgerufen wurde, auch einen entsprechenden Vorrat an Masken. Immer wieder telefonierten wir. Wegen des Kontaktverbotes wollte er sich aber nicht mehr mit mir treffen. Trotzdem kam er dann am 28. April mit dem Rad bei mir vorbei, um die Masken abzuholen. Er wollte nicht in die Wohnung kommen und sich auch nicht lange unterhalten. Er habe keine Zeit. Am nächsten Vormittag rief ich bei ihm zu Hause an, irgendwie hatte er mir mit seinem Verhalten Angst gemacht. Seine Frau nahm das Gespräch entgegen und sagte tonlos: „Er ist von uns gegangen, er hat sich soeben kopfüber vom Dach gestürzt."

Epilog

Im Juni 2020 hatten wir die Möglichkeit, eine Woche Urlaub an der Mosel zu verbringen. Besonders interessierte mich der „Maare-Mosel-Radweg". Norbert hatte mir davon erzählt und wir hatten schon oft darüber gesprochen, diese Abfahrt zu realisieren. Leider kamen wir terminlich nie richtig klar und die Sache wurde immer wieder verschoben. Die Eisenbahnstrecke von Daun nach Bernkastel war vor Jahren stillgelegt worden. Förderkreise hatten sich gebildet, und mit Hilfe örtlicher Fremdenverkehrsvereine hatte man die Bahntrasse zu einem Radweg umgebaut, der nun auf einer Länge von 58 km von 410 auf 110 Meter herunterführte. Man konnte den Weg natürlich auch herauffahren. Wir waren jedoch nur an der Downhill-Version interessiert. Mit dem Bus fährt man ca. 2 Stunden von Bernkastel bis Daun. Es ist ein Linienbus, der einen Fahrradanhänger mit sich führt und an jeder Milchkanne hält. Diese Fahrt war nicht unbedingt ein „Leckerbissen", denn man musste Maske tragen, und der Bus war voll besetzt. Aber es lohnt sich. Der „M-M-Weg" hat einige, kleine Gegensteigungen, aber in der Regel fährt man durch die herrliche Eifellandschaft bergab. Da die Eisenbahnen eine bestimmte prozentuale Steigung nicht überschreiten durften, etwa 25 o/oo, ist die Abfahrt moderat, und man kann sich mit 35 km/h Downhill gleiten lassen. Es gibt wunderschöne Ausblicke, man kann Abstecher zu den Maaren unternehmen, in Biergärten Rast machen, und unterwegs wird auch nicht mit Eisenbahnromantik gegeizt. Ein Muss für jeden, der gerne radelt.

Norbert hätte die Tour ganz bestimmt sehr gut gefallen. Leider konnte ich ihn nur in meinen Gedanken mitnehmen. Du fehlst mir.

CPSIA information can be obtained
at www.ICGtesting.com
Printed in the USA
LVHW051907291120
672964LV00028B/1256